王道劍

貳 新錦衣衛

上官鼎 著

目錄

【第九回】

天地雙尊

天尊見地尊直撲藏經閣後塔頂層，於是同時發難，
再次擺脫完顏的牽制，和地尊雙雙飛起，對準來阻的少林和尚發出襲擊。
這天尊、地尊兩人，在擺脫糾纏、以一擊一的情形下，
確實無人可敵，少林高手已有六七人倒在血泊中。

武昌在長江之東南，隔江可望見漢水入江之口。北漢口、南漢陽，兩邊捍衛著滾滾漢水流入滔滔大江。戰國時的楚國在此留下文化遺跡，三國時東吳在蛇山建城，卻是為了軍事需求。直到洪武四年，江夏侯周德興大加拓建，圍城二十餘里，築牆三丈有餘，武昌才成為長江上一座巍巍重鎮，城中居民漸多，商旅漸集，有衙門、學府、貢院，也有百商、古廟、古觀，儼然成為重要的政、商、文、教中心。

此地多山多水，山雖不高但丘陵連綿，尤因城內外河湖交錯又西臨長江漢水，行船走馬，自古以來，不論它的名稱是武昌，還是夏口、江夏或郢城，都是兵家必爭之地。城東有一座大湖，就叫東湖，湖面有五萬畝，以城市之湖而言，可稱江南第一。

這時夕陽西下，湖面上映著萬丈霞光，化為千萬碎粼粼的金片。東湖西角的岸邊有一片台地，長約四十丈，寬約三十餘丈，臨湖處有一塊大石，那石面極為平滑，便似一個天成的石台。大石邊一塊較小石頭上刻著三個大字：「放鷹石」。

遠方走來一老一少，兩人行色匆匆，背上揹著包袱，看來是遠行之客，正是方冀和傅翔。兩人走到岸邊，遠眺對面湖光天色，方冀道：「這東湖風景宜人，雖無西湖之嫵媚柔美，但水面遼闊，怕有五六個西湖之大，朝暉夕陰，必也氣象萬千。」傅翔道：「我瞧這裡風景美不勝收，何以武昌東湖之名遠不及杭州西湖？那日有便，要去看看西湖。」

方冀微笑道：「自古風景勝地必因人傑而地靈，東、西湖風景不殊，此地便缺了一個蘇東坡呀。」

傅翔跟著方冀這幾年，除了讀經書、練武外，前人詩文也讀了不少，他想到蘇學士在杭州寫下與西湖有關的詩篇，又築了一道為西湖畫龍點睛的蘇堤，覺得確如師父所言，西湖自被蘇學士拿去跟西施一比，幾百年來，就晴雨濃淡無不宜人了。想到這裡，便笑道：「當年若是皇帝老兒把蘇學士貶到武昌來，只怕今日東湖的名氣還要勝過西湖哩。」

方冀點頭道：「不錯。咱們要儘快和丐幫取得聯繫，說也怪，今日一路走來沒碰到丐幫的人啊？」傅翔低聲道：「師父，那邊不是兩個？」方冀抬眼一看，遠處兩個叫花子正站在那岸邊的石台上。

這兩個叫花子原來躺在石上聊天，這時站起身來，其中一個伸了個懶腰道：「咱們在此候了大半日，也無動靜。」一個忽然對著夕陽西下的天空興奮地叫道：「來了，真的來了。」前一個以手遮光遠眺，看了一會兒，便稱讚他的同伴道：「還是阿呆你的目力好，現在我也看到了。」

方冀和傅翔朝那兩個花子眺望的方向看去，只見到被金色夕陽染紅的天空中，有一個模糊的小黑點，停在空中似乎動也不動。傅翔低聲問師父：「他們在看什麼？是天上那個小黑點嗎？」方冀也不清楚，搖了搖頭沒有回答。

那兩個花子把雙手攏在眉上努力眺望，那個叫「阿呆」的是個年輕花子，他極目看了一會，喜道：「孫師叔，方位都沒變動，直對著咱們呢。」那孫師叔是個中年花子，一面遠眺一面點頭道：「沒錯，方向堅定不移，來的是個好樣的。」

傅翔聽得一頭霧水，這時他倆已走得近了，方冀一瞥，看到石台邊的「放鷹石」三個刻字，便道：「他們莫非在看鷹？」傅翔也道：「瞧兩個花子的模樣，定是在看鷹。」兩人走到石台下，便停下身來也朝天際眺望。

過了半炷香時間，天空那個黑點漸漸清晰了一些，依稀可以辨認是一隻飛鳥，正對準「放鷹石」這邊飛過來，來得甚是快速。傅翔在神農架上常常觀察老鷹翱翔，他仔細又看了一會，低聲道：「來鳥飛的模樣，不像是老鷹呢。」方冀也道：「翔兒說的不錯，體型比老鷹小很多。」

這時石台上兩個花子一同從背袋中掏出一面紅色的旗幟，那中年花子道：「阿呆，起舞吧！」

只見兩個花子在放鷹石上一面揮舞紅旗，一面腳踩舞步，兩人搭配得極是熟練，幾個跨步、兩個轉身，便在台上演出一套漂亮的舞蹈。傅翔瞧他們舉手投足，威武之中帶有幾分嫵媚，兩面紅旗上下飛揚，在夕陽照射下好看極了。傅翔正要叫好，卻聽得方冀低聲驚呼：「啊，這是當年討元義軍的凱旋舞啊！」

當年討元義軍多為農民起義，打了勝仗時，農民軍士及當地農婦便跳這凱旋舞歡迎將軍歸來。自編的民間舞步，有軍士的豪邁，也有農婦的嫵媚，揉合成為極有特色的美感。只是此時這兩個叫花子跳這支舞來歡迎一隻鳥兒，卻是別開生面。

天空那隻飛鳥顯然已瞧見這台上紅旗飛舞，便加快朝這邊飛來，掠過四人頭頂，迴轉過來落在收旗停舞的阿呆肩上，原來是一隻灰白相間的鴿子。

阿呆歡聲道：「回來的是傅友德呢，南京放出他們的王牌啦。」他仔細察看那鴿兒右足上紮著的布卷，卷上繡了一金一紅兩線，便道：「是紅孩兒傳給幫主的信。」他小心翼翼把布卷拆下。那中年叫花湊近看了一眼，道：「沒縫黑線，你可拆閱。」同時瞧見布條邊一個小字「辰」，他看了看天色，啊了一聲道：「南京辰時放飛的，現在近酉時，傅友德這一羽五個時辰便飛了千里，落點又精準，真是好樣兒。」

阿呆捧著那隻「傅友德」，低頭在鴿頭頂上親了一下，然後從背包中拿出一盒玉米花生，一隻空碗，又從水壺中倒了一碗清水，愛憐地對鴿子道：「咱就知道你一羽當先，勇冠三軍，便如當年穎國公傅友德一般呢。俺那隻藍玉便沒有你厲害。」

這兩個花子的一番對話，教傅翔和方冀聽得傻住了。不過轉念一想，丐幫既然用開國大將來命名信鴿，那麼當信鴿完成任務，大夥兒便跳凱旋舞迎牠歸來，倒也合宜。

信鴿「傅友德」吃喝完畢，咕咕叫了幾聲，似乎疲勞略微恢復，那年輕花子阿呆十分寶貝地捧著牠藏入懷中，然後拆開那布卷，交給了孫師叔。那中年花子讀完布條上寫的蠅頭小字，將布條收好，道：「明教的方軍師和他徒兒正趕來武昌，紅孩兒隨後就到，這信裡還有一些事體，咱們要趕快去報告幫主。」

這時他們才注意到石台下兩個「遊人」還沒離去，不禁有些生疑，兩人對望一眼，那「孫師叔」便欲上前相詢，方冀卻含笑拱手，先行自我介紹了：「老夫方冀，小徒傅翔，適才見到兩位養的好信鴿，大開眼界。又聽老弟提到『明教方軍師』，正是老朽昔日的稱號，真是巧遇了。」

那兩個叫花吃了一驚，方冀見兩人似有不信之意，便道：「方才兩位跳那討元義軍凱旋舞，咱們明教弟兄當年也跳的，只是幾十年沒見人跳了，想不到丐幫仍然保存了這舞。」傅翔也上前補一句道：「咱們離開南京時，還和我那好兄弟朱泛在一起呢。」

這兩番話一出，丐幫兩人便信了，連忙抱拳道：「明教的英雄事蹟咱們丐幫一些前輩常常道及，每一提到小諸葛方軍師都是欽佩不已。今日咱們巧遇，真乃三生有幸，快快隨我一起去見幫主，幫主定然高興。」

傅翔忍不住心中的好奇，問道：「此地名為放鷹石，想必經常有老鷹出沒，兩位在此接收信鴿，豈不危險？」那阿呆哈哈笑道：「此地叫做放鷹石，乃因相傳唐人常在此處觀鷹活動，李白也曾在此觀看放鷹捕魚而得名，其實有沒有這些故事誰也不知道。倒是蒙古人喜好打獵，他們來了一百年，此地便再也見不到蒼鷹了。」

方冀笑道：「倒成了丐幫的放鴿台。」傅翔繼續問道：「聽兩位方才把這隻信鴿喚作傅……傅友德，又是何故？」

阿呆笑道：「咱們養馴的鴿兒都是千中選一，嚴格分短程、中程及長程定點集訓，每羽都有專屬路線。好比飛南京到武昌，就只專飛這一條路線，訓練好的鴿子便把這一路的景物地貌牢牢記住，是以除非碰上特別壞的天氣，他們都能安全找到老家。這其中最有靈性的幾羽，咱們便給牠們取個開國名將的名字，喊起來十分威風響亮。像今天這隻『傅友德』，便是南京、武昌線上的頂尖信鴿，因為牠飛得特快，又從不會迷路，咱們才叫牠『傅友德』。武林中說到訓練信鴿，咱丐幫恐怕是天下第一。」

傅翔聽他把自己的祖父變成了一隻鴿子，雖說是隻頂尖好鴿，還是哭笑不得，只好道：「承教，承教，原來訓養鴿子有如此高超的學問與技術。」方冀道：「便請帶路，咱們去拜見錢幫主。」那孫師叔點頭道：「是，咱們上蛇山。」

∞

蛇山古名江夏山，又名黃鵠山，後因南宋大詩人陸游入蜀途經此地，認為此山「繚繞如伏蛇」，後世便稱之為蛇山。蛇首伸臨長江，蛇尾掃入城區，蛇身不過三里半長，最高不及三百尺，然而沿江蜿蜒陡斜，形勢十分險峻。

這時天色漸暗，蛇山更像一條埋伏在大江邊上的巨蟒，默默護衛著武昌城。方冀和傅翔隨著兩位丐幫弟兄走到蛇山南坡一個山坳，尚未進入，便見幾縷炊煙在山坳樹梢之間飄繞升起。

進入山坳，只見一片樹叢竹林沿著山壁而生，山壁下有幾個天然的山洞，洞前的空地上搭了一排木屋和竹棚，幾個丐幫弟兄在最靠邊的一個大竹棚中埋鍋造飯，另有十幾人在搭建新的木屋。阿呆和他孫師叔請方冀師徒在一個竹棚中坐定，那孫師叔道：「兩位請稍坐，待咱們進去通報。」便與阿呆一同走入左邊一個山洞。

方冀見那十幾個正在造屋的丐幫兄弟的動作，便知沒有一人是工匠出身，但每個人都有一身高強的武功。只見當中有兩個就地取材的高手，在附近的樹林裡揀那碗口粗的杉木，抱住樹幹施出內力左右搖動數次，然後蹲下大喝一聲，雙掌發勁，那杉樹便應聲而倒，聲勢驚人。另幾個丐幫漢子手持砍山刀，將一棵杉木枝葉削去，直如摧枯拉朽一般，不一會就成了光溜溜一根圓木，刀上功夫之強令人咋舌。還有兩個年紀較大的，每人拿著一段圓木豎立在地上，吸一口真氣，便運刀如飛地劈砍下去，只聽嚓嚓數聲，一塊木板便從圓木柱劈削下來，厚薄絲毫不差，便如木匠量尺使鋸做出的一般。傅翔瞧得又是有趣又是佩服。

就在此時，左邊那山洞走出三個人來，前面是一位白髮老太太，阿呆及他孫師叔跟在後面。那老太太手持一根青光閃閃的細鋼杖，對著方冀大聲道：「方軍師大名如雷貫耳，今日得見，何幸如之。」方冀連忙站起身來，拱手道：「見過婆婆。方某不才，求見丐幫錢幫主……」

那老太太微微一笑，道：「老身錢靜，忝領丐幫總舵。」

方冀和傅翔都大吃一驚，武林第一大幫的錢幫主竟然是位老太太。方冀呆了一下，連忙一揖到地道：「老朽遠離江湖十餘年，還請幫主原諒在下無知之罪。」

錢幫主道：「不怪，不怪。敝幫正在趕建一處臨時場所，為即將舉行的丐幫大會所需，這幾日老身都住在這山洞中，一切簡陋，還請方軍師、傅小弟包涵。」

錢幫主舉手肅客，便在竹棚中坐定。方冀道：「老朽離開南京時，曾與紅孩兒小哥兒約定，他處理好南京分舵事務後便即趕來。主要是因天竺武林入侵中土，在武林及朝廷兩邊都將有極大陰謀，於是咱們想先到武昌來拜見江湖第一大幫幫主，要向錢幫主討教如何因應。」

錢靜抱拳道：「軍師忒謙。前不久朱泛已查出，敝幫在臨安發現的古秘笈便是天竺人奪去，方才接到他的飛鴿傳書，其中提及他打探到天地兩尊將率門人傾巢離京，或攻少林，或攻武當，或分兩路同時攻擊少林與武當，咱們必須儘快回應。此事攸關我中土武林存亡，丐幫願盡全力加入抵抗行列，還望方軍師主持大計。」

方冀聽到錢靜這一番話，心中對這位老太太暗讚不已，忖道：「這錢幫主對整個事情的細節尚不清楚，便已洞悉大局大勢之所在，義無反顧的氣概表露無遺，真不愧為天下第一大幫的幫主。」當下拱手道：「錢幫主率領丐幫數千弟兄威震江湖，方某乃是明教覆滅的漏網之魚，何敢言什麼主持大計？只求能說動各大門派共襄盛舉，共抗天竺妄人。」

錢靜微微一笑，正色道：「明教不幸遭難，但老天爺留下軍師這等人物不死，必有深意；想你方冀單槍匹馬深入皇宮，憑一人之力行刺洪武皇帝，雖然功敗垂成，朱元璋這老兒多半嚇得肝破膽裂，沒有幾天就一命嗚呼！有這分膽識及武功的，武林中豈有第二個人？明教便只剩下軍師一人，也足與天下各大門派分庭抗禮，平起平坐！」

這番話說得鏗鏘有力，方冀和傅翔大大為之動容。方冀對丐幫的消息靈通也大感佩服，連忙將京城情況及傅翔搭救無痕大師的經過細說一遍，幾個原來在造屋的丐幫高手都停下了工作，圍到竹棚裡聆聽方冀講述。

他講完後話鋒一轉，道：「適才幫主過獎。老朽推測，那天尊及地尊極有可能合力先襲武當，憑武當山目前戰力，可能不易抵擋。天竺人如在武當得手，除了可奪獲武當張三丰真人的武功秘笈，又有可能再次拿住少林無痕大師。當然，這是假設那日武當掌門救了無痕大師後，直接回了武當山。如果拿住無痕大師，再上嵩山少林，少林寺縱然高手如雲，只怕也難與之硬拚。」

錢幫主聽了這番分析大感欽佩，點頭道：「軍師說得不錯，咱們可能要先援武當……」說著指著那兩位劈材成板的漢子道：「老身來引見一下，這兩位是咱丐幫伏龍舵的丁舵主及潘副舵主。今日的工作輪到伏龍舵負責，是以正副舵主都在這裡。」方冀一一道了久仰，心中暗讚道：「丐幫這些雜工也由正副舵主親自帶頭幹活，確是有上下一體的精神。」

錢靜接著問那丁舵主：「伍宗光、姚元達兩位護法，此刻應該還在襄陽城吧？」那丁舵主恭聲道：「回幫主，伍姚二位護法預定三日後偕無影千手范青回武昌，此刻應該還在襄陽。」錢幫主點頭道：「那就趕快飛鴿傳書給二位護法及范青，告知明教方軍師師徒二人將於兩日內趕到襄陽，有要事相告，並帶達幫主命令，三人暫時不要回武昌。」那阿呆及他孫師叔躬身道：「遵命。」

錢幫主又問道：「兩位在南京見過朱泛那孩子吧？」提到朱泛，錢幫主臉露慈祥笑容。傅翔搶著道：「咱們同在京師城外的靈谷寺共商大計，朱泛和方師父的另一個學生鄭芫，回城裡辦完事後便要趕來武昌，現在應該已在半路上了。師父，咱們要不要等他們一同去襄陽？」

方冀想了一想，便道：「兵貴神速，咱們要等也在襄陽等吧。錢幫主，便請寫個書信封好了，讓老朽帶著，這就動身赴襄陽。」那邊廂早有丐幫的小伙子從洞中拿了紙筆墨硯飛奔而來，錢靜就伏在木板桌面上，一封短函一揮而就，信封上寫著「急件親啟」，左下角畫了一個筆意古樸的銅錢。

方冀讚道：「錢幫主字畫俱見功力，了不起啊。」錢靜笑道：「軍師見笑了。」便把那封信上的墨瀋吹乾，交到方冀手中道：「急也不差兩個時辰，兩位便在此處和咱們用了飯再上路罷。」方冀謝了。傅翔對丐幫花子的伙食感到好奇，也樂意留下吃一頓叫花飯。

方冀拱手道：「咱們此去與天竺高手決戰，丐幫還有一件利器是對方所無，應該善加利用。」錢幫主道：「有何利器？」方冀道：「便是貴幫的飛鴿傳書之技，快速精準，天下無雙。」錢幫主有些得意地道：「軍師言之有理，天竺人萬里之外來到中土，那裡會有那麼快捷的傳信辦法？咱們丐幫確實可以藉此掌握先機。軍師有何想法，是否說出來大家琢磨一下？」方冀道：「老朽想向幫主借一人數鴿……」錢靜道：「請說。」方冀道：「老朽想請『阿呆』帶幾隻武昌飛襄陽，以及武昌飛武當山的信鴿，隨老朽前去襄陽和武當。」

錢幫主望了望身後的阿呆，微笑道：「『阿呆』姓戴，大夥兒便叫他阿呆，他可是馴養信鴿的高手。軍師有他隨行，保你信息又快又準，必然大有幫助。」那阿呆笑道：「幫主過獎，能隨方軍師去見見大場面，是阿呆的造化。」

傅翔聽得十分興奮，忙向阿呆拱手道：「阿呆哥，我方才瞧你們跳那凱旋舞極是好看，那隻……『傅友德』也極是可愛，你一路上能教我收放信鴿嗎？」阿呆道：「小哥要學收放信鴿容易，調教訓練信鴿便不簡單了。那隻傅友德卻不能帶去，牠只飛南京往返武昌這條線。」

阿呆告聲罪，便先行離去準備信鴿。兩個叫花子已將飯菜準備好，一大鍋飯菜混在一起，放在地上，大夥兒捧著碗席地而坐，也不等幫主開動，就唏哩呼嚕吃將起來。方冀見錢幫主也是席地而坐，便和傅翔照丐幫的規矩盤膝坐地吃飯。

傅翔扒了一大口菜飯，覺得滋味還不錯。

∞

方冀一行三人到達襄陽城時，午時剛過。一路上傅翔和阿呆兩個年輕人已混得熟了，阿呆教傅翔一些放鴿的技巧，傅翔便說起四年前和紅孩兒朱泛、無影千手范青在襄陽相識的事。阿呆道：「紅孩兒天賦異稟，年紀輕輕不但武功高強，而且足智多謀，錢幫主收他為義子，丐幫弟兄雖不明言，都覺得朱泛應是丐幫幫主的繼承人。」

方冀聽這兩個年輕人談得高興，不禁感慨萬千，心想丐幫在錢幫主帶領下好生興旺，下一任的幫主也已培養得人，到那小朱泛繼任幫主時，恐怕武功、能力都不在錢幫主之下。想到明教的命運，便不由自主地想到傅翔……但傅翔的想法仍不明朗，尤其他對擔負起重振明教的大任是否有意願，就更是未知之數了……

阿呆兩日前已飛鴿傳書到襄陽，是以三人才入城，便有兩名年輕的叫花子過來乞錢。阿呆穿了一件布衫，像是個隨從小廝，便上前打發了兩個銅錢。那花子低聲道：「申時，城西呂公祠。」接過銅錢謝了又謝，便轉身離去。

阿呆尋個路人打探了去呂公祠的路線，便隨方冀和傅翔走向一家酒樓。方冀記得前次下神農架去南京，路過襄陽時也曾在這酒樓打尖，這時他們一行三人走到酒樓門口，方冀和傅翔卻看見一件事物，頓時驚得呆住了。

原來那酒樓門口有一棵大槐樹，樹旁有一口井，那口井四周用土磚砌了一圈矮牆，方冀便曾在這矮牆上留下明教的暗記，當時是為必要時給傅翔看，告知傅翔自己的去向。這時那暗記猶在矮牆上未曾褪色，但下面赫然多了一行暗記，居然也是用明教的密語，看上去是新近寫上去的。

方冀和傅翔對望了一眼，傅翔正要發問，方冀低聲道：「咱們先上酒樓再說。」

上了酒樓，三人就一張靠窗的方桌坐下，店小二送上茶水，傅翔點了些簡單的飯菜。

待那店小二下樓，方冀用筷子沾了茶水，在桌面上用暗記寫了「章逸」兩個字。傅翔暗驚，忖道：「章逸來了？他怎可能比咱們先到？」

阿呆瞧得一頭霧水，方冀便低聲解釋道：「是咱們明教傳消息用的密語，方才樓下大槐樹邊那口井的牆上，咱們的人留言告知，有錦衣衛的高手到了襄陽城。」阿呆啊了一聲，暗忖：「看來明教有如百足之蟲，雖死不僵，到處還有兄弟在聯絡通報消息。」其實阿呆是高估明教了，明教能用此暗記通消息的只剩下三人，恰巧都給阿呆碰上了。

阿呆道：「咱們吃了飯得要尋個隱密地方，俺要侍候鴿子吃喝。」方冀低聲道：「離申時還有一段時間，咱們索性尋個客棧歇腳，阿呆好好照顧一下你的鴿寶寶。」傅翔從窗口往下一指，道：「對街不就有一間『悅來客棧』？」方冀知他刻意指定悅來客棧，因為井旁矮牆上章逸留下的暗語，就是約在悅來客棧相見。

三人用完飯，便到對街悅來客棧要了兩間房，傅翔和阿呆一間，要看阿呆照顧信鴿。方冀住進另一間房。不到一炷香時間，便有人輕敲房門，湊近門縫一看，來者正是章逸，只見他一身緊衣，未著錦衣外袍。

章逸低聲道：「那日你們在靈谷寺商議完畢，朱泛和鄭芫來通知俺撤離，但我決定留下來探聽第二天金寄容召集的會議，豈料他們會商完了，便命我立即趕往襄陽，負責指揮襄樊的錦衣衛待命。錦衣衛一路有驛站，我一路換馬，不休不眠趕到襄陽，竟比你們快了半日。」

方冀道：「咱們在武昌接到朱泛離開南京前的飛鴿傳書，告知那天尊、地尊已率子弟傾巢而出，只是目標是武當還是少林仍不明朗。從他們派你火速前來襄陽的動作看來，目標應是武當——先武當，再少林。」

章逸聽了，暗忖：「未必如此，也有可能他們要把我支開，以免消息被我探知。如果是這樣，他們就另有打算了。」他心中雖有隱憂，但方軍師的推測也極合理，就沒有把這番話說出來，而是道：「現在咱們要合計一下，下一步怎麼走？」

方冀道：「我在武昌見到了錢幫主，她指派原就在襄陽的伍、姚二位護法及無影千手范青支援咱們，待會兒申時便約在呂公祠見面。」章逸哦了一聲，道：「魔劍伍宗光、醉拳姚元達？」方冀點頭道：「正是。還有朱泛、鄭芫也即將趕到。」章逸輕呼道：「襄陽此刻臥虎藏龍呵！」

方冀道：「所以咱們要想想，此次倘若是天尊、地尊連袂而出，咱們這邊雖然高手不少，仍難正面與之為敵；但如咱們傾力而出，講究戰法，將敵之主力拖住而讓武當方面應變，倒也有足夠的實力。然而咱們是先上武當與武當派力量滙合，或是留在襄陽突襲對方，這就需要瞭解武當方面的想法……」說到這裡，便起身敲阿呆房間的門。

阿呆應了門，方冀進屋後問道：「阿呆哥，能否用飛鴿傳書聯絡一下武當？」阿呆道：「丐幫在丹江口有個聯絡站，咱們這就把書信送到丹江口，由那邊的丐幫弟兄持信上武當。」

房裡的傅翔道：「師父，翔兒知道襄陽城內有一個武當派的聯絡站，咱們何不先去問問情況？」方冀大喜道：「這倒忘了。你識得地點及那邊的駐守道士？」傅翔點頭道：「離此地不遠。」

方冀回房對章逸道：「咱們暫時住這裡，申時去赴丐幫伍、姚二位護法之約，晚上還在此見面交換消息。你錦衣衛應能最快掌握天尊、地尊的行程，丐幫弟兄能掌握朱泛、鄭芫的行蹤，目下這兩大天竺高手齊出，敵強我弱，全靠掌握訊息先機，才能打勝這場仗。」

章逸點頭道：「就照軍師的計畫行事。我住在縣衙門內的貴賓樓。」方冀哦了一聲，道：「就是衙門內第三進荷花池邊的小樓？」章逸奇道：「軍師怎知道？」方冀腦海中浮出四年前追蹤范青入衙門偷官銀的往事，微笑道：「那衙門咱早就進去過了。」章逸將信將疑，但也不再問，匆匆辭去。

∞

方冀和阿呆兩人來到隱藏在槐樹林中的呂公祠外，四周靜悄悄的不見人影，祠門也緊緊關閉，看上去祠堂雖未敗毀，但也年久失修，平日大約甚少遊人來此，顯得有些荒涼。忽然身後的林子中有人問道：「來的是阿呆哥麼？」阿呆應聲道：「正是，還有方軍師一同前來。」

只見林子中不知從那裡走出兩個年輕花子，正是方才入城時來討錢傳話的兩人。他倆對方冀行了一禮，低聲道：「請隨小的來。」便引著兩人走到呂公祠後方，在一扇油漆剝落的木門上敲了七下。

後門開處，只見開門的是個留著山羊鬍子的中年花子，阿呆忙引見道：「姚護法，這位是明教的方軍師。」方冀連忙拱手道：「『醉拳』姚護法名震江湖，方某久仰大名。」那姚元達拱手道：「豈敢，豈敢，方軍師快請進屋說話。」

屋內坐著一個頭髮花白的叫花子，另一個便是方冀四年前的舊識「無影千手」范青。范青見了方冀很是高興，一把握住方冀的手，道：「方兄別來無恙。這位是敝幫左護法『魔劍』伍宗光。」只見那魔劍伍宗光衣衫襤褸，衣上怕不有十幾個補丁，看上去十分惹眼。

大夥寒暄完畢，便在屋內坐定。姚元達道：「咱們接到幫主飛鴿傳書，便在此恭候方兄大駕，還望方兄指點下一步該當如何。」

方冀將目前所知情勢很快地說了一遍，然後將錢幫主的書信交給了伍姚二人，切入正題道：「眼下咱們只知天竺天尊、地尊及其弟子傾巢而出，但是先攻武當還是先攻少林卻不敢確定。貴幫紅孩兒隨後即到，或將帶來更新的消息，同時阿呆哥已經飛鴿傳書貴幫在丹江口的聯絡站，請其探知武當山的情況和打算。是以依小弟愚見，咱們不妨在襄陽停留一日，靜待消息齊全，再作最後決定。」

那丐幫右護法姚元達不停地搓捻著他的山羊鬍，好像那把山羊鬍裡藏有什麼奇珍異寶，他聽方冀說完，便搖了搖頭道：「方兄這一計頗有風險，似須再思。」方冀道：「請教。」

姚元達道：「那天竺人如果以武當為首要目標，此刻多半已離襄陽頗近。咱們若在此再等一日，可能武當那邊消息尚未探得，便要先碰上天尊、地尊，豈能不預作迎戰的準備？」

方冀點首道：「姚兄問得好。倘若天竺人先趕到了，咱們不只是迎戰，而是要予以突襲，即使不能擊敗天尊、地尊，總要讓他們折損幾個，挫一挫天竺武林的威風。」范青拍手道：「好啊，軍師計將安出？」

方冀正色道：「小弟曾與那天尊交手過一次，只一招便敗在他掌下，所受內傷折騰了許久才得恢復。」伍、姚及范青三人都久聞明教軍師方冀文武雙全，現下聽他說只一招便傷在天尊掌下，無不臉色大變，不敢相信是實。方冀接著道：「那天竺武功在天尊身上，有三件事只能用神乎其技來形容，咱們遇著了千萬要小心。知彼知己，才不致像小弟上次一樣，一出手便著了道兒。」范青急切地問道：「那三件事？」

方冀緩緩道來：「第一，那天尊的輕功身法有如鬼魅，總是在一陣模糊之中便突然出現，極是可怕。第二，他有一種移向借力的功夫，能在一瞬間將對手之力道加上他本身之力道，突然轉而合擊第三人，變化莫測。第三，他有一種極其詭異的內力，凝力如尖針利鋒，就像有形的利器突破對手內力的防範，一穿而入，無堅不破，最為可怕。小弟便是傷在這種內力之下。」

那姚元達起先聽方冀說他出手一招便被天尊打傷，雖感駭然，但總覺這方冀徒負虛名，怎會如此不濟？這時聽方冀娓娓道來，不禁愈聽愈是心寒，再也不敢托大，反而虛心請教：

「如此說來，咱們碰上了豈不只有挨打的分？方兄可有妙策教我？」

方冀道：「妙計雖然沒有，但是咱們既知這幾點厲害之處，便絕不與他硬拚內力，儘量與他側擊遊鬥，倒也不致如小弟上次那般狼狽。我猜想，姚兄的醉拳可以和他纏鬥一番，然後著另一人伺機夾擊，或可奏效。不過合擊之時，須得謹防他們移向借力的絕招，借咱們一人之力猛擊另外一人。總之，知彼知己以後，憑三位的武功及經驗，也不致就束手無策，一籌莫展。」

那范青道：「方兄所言，實是聞所未聞。想不到天竺武功神秘詭奇如此，若是再讓他們得了我中土各大門派的武功秘笈，那真要縱橫中原，天下無敵了……」一直沒發言的「魔劍」伍宗光忽道：「我在川西有個藏派朋友對我說，天竺三尊，除天尊、地尊外，還有一個『人尊』更為可怕，不知這次是否同來中土？」

正說到此，門外又是七聲敲門聲，門開處，兩個年輕花子引著一個少年進來，正是傅翔。方冀連忙為兩位護法引見，范青見著傅翔大是開心，哈哈笑道：「傅小哥兒幾年不見，你長成大人了。」傅翔納頭便拜道：「范老前輩，四年前此地一別，時常思念前輩及紅孩兒。」范青雙手一抬道：「快快起來，不可多禮。」他雙臂暗中發力，竟然抬不動傅翔，還是讓傅翔老老實實一拜到地，身形顯得若無其事，完全看不出一絲用力相抗的跡象。伍、姚都是高手，兩人不免對望了一眼，范青更是親身感受，三人對這少年的內功之深都覺不可思議。

方冀道：「翔兒，你去過武當在襄陽的聯絡站了？」傅翔點頭道：「那小道觀的道士有一個還記得我，我大致將天竺人大舉來襲的消息說了，並打探武當山那邊的情形。那道士似有難言之隱，只對我表示感謝，其他情況一概守口如瓶，只說立刻飛鴿傳訊，一切要等武當山回信來了再與咱們聯繫。」

方冀沉吟了一會，那阿呆道：「襄陽到武當山大約三百多里，若是俺的傅友德或常遇春，只需一個半時辰就飛得到。如果一切順利，武當山上的消息明日一早就該有了。」伍宗光點頭道：「不錯，不論是武當的信鴿還是咱們丹江口的信鴿，明日都該有回信了。」

方冀盤算了一下，晚間還有章逸來報錦衣衛那邊的訊息，便拱手道：「如此甚好，咱們先回客棧，明日仍在此處相會，便可決定下一步的計畫。」他心中仍在嘀咕：「方才魔劍伍宗光說，天竺還有一個更可怕的『人尊』，雖然至今沒有他的消息，但卻不可不防。便是一個天尊、一個地尊已經應付不了，若再加一個人尊，那便如何是好？」

∞

第二日上午，還沒等到信鴿帶來回信，卻等到了朱泛及鄭芫。朱泛、鄭芫一進襄陽城就被丐幫弟兄發現，立時便將兩人引到了方冀投宿的悅來客棧。

傅翔見到兩人大為高興，連忙拉著問消息。朱泛道：「咱們留在京城，原指望章指揮能傳些訊息出來，但等了一整天不見章指揮的蹤影。後來還是一個丐幫弟兄在秦淮河酒樓裡探得消息，才知道天竺那批怪人要傾巢出動了……」

鄭芫接著說：「咱們得了這消息，便先用飛鴿傳書通知武昌，一面埋伏在正陽門附近，朱泛則命他的叫花弟兄埋伏在其他幾個城門附近，盯著那批天竺怪人怎麼個走法。果然，他們在次日天黑之前便沿西安門外大街向西，從石城門出城，一行七八人在秦淮河畔上了船。咱們這才判斷他們的目的地應該是武昌，於是兼程趕來，但奇怪的事發生了……」

朱泛搶著道：「芫兒和俺趕到河口，卻不見這批天竺怪人的蹤跡，守在外金川門一帶的丐幫兄弟也沒有見到他們，秦淮河口的船老大們也說沒有天竺人來雇船西上的，那天尊一行人就忽然在秦淮河口消失了。軍師，您說奇不奇？」

方冀在心中把前後訊息整理了一遍，先對朱泛道：「那日你們等不到章逸，乃是因為章逸接到緊急命令火速趕往襄陽，不得耽誤。」鄭芫驚呼道：「是嗎？章指揮現下也在襄陽？」傅翔道：「他住在縣衙門中，昨晚才來和師父相會，帶來了錦衣衛那邊的消息。師父，您來說。」

方冀道：「不錯，章逸昨晚便服來此，他告訴咱們的消息十分簡單：南京方面用六百里快驛送來的只有一句話，就是天尊、地尊和魯烈等人隨時將抵達襄陽，叫章逸準備好一切待命。」傅翔啊了一聲，道：「那魯烈也在一行人中。」鄭芫道：「可是那一行人沒了蹤影呀！」方冀道：「咱們這就去呂公祠，聽聽丐幫二位護法的看法。」

大夥兒趕到呂公祠時，丐幫的信鴿已帶回來武當山上的情況。丹江口的丐幫弟兄接到傳書後，就上武當求見掌門天虛道長，卻被告知天虛道長與天行道長為太極劍法雙劍合一的幾個難處，正在閉關苦修，還要十幾個時辰方能出關。丐幫弟兄枯等了十個時辰，一個武當職事道人終於將襄陽傳來的信息轉交給了天虛道長，並請丐幫使者用些麵食，一個時辰後，將一條信卷交給了他。阿呆拆開信卷，那武當傳來的信只有簡單幾行字：

「大師歸名山
太極深洞間
天竺來惡客
武當有神仙」

方冀看過後，便問丐幫兩護法的意見。那醉拳姚元達道：「看來無痕大師已回嵩山少林寺，武當秘笈也已被封在深洞之中，天竺人襲擊武當，其實已無實質意義。」魔劍伍宗光皺眉道：「只是不懂最後一句是何指？」

紅孩兒朱泛唸了三遍仍然參不透，口氣便不好了，抱怨道：「咱們兩隻鴿子飛得千辛萬苦捎來了信息，你卻給咱們出一道謎語，你們說這武當山的牛鼻子是不是心裡有些毛病？」鄭芫道：「朱泛，你自己沒學問看不懂，便說人家打謎語。這最後一句不是明白告訴你，武當要去請活神仙張三手出來了！」

鄭芫原是和朱泛鬥嘴才說的，卻將方冀一語驚醒，他拍掌道：「莫非真如芫兒所言，武當張三丰仍在人世？」無影千手范青也興奮地叫道：「那敢情好！咱們就瞧瞧是天竺的『天尊』、『地尊』為尊呢，還是咱中土的『太極』為尊？」

那姚元達疑惑地道：「張真人倘若尚在人間，怕不有一百三、四十歲了？這……這恐怕不太可能吧？」范青道：「道家得道之士，一百多歲年齡的並不乏其人。張真人內外兼修，已達神人地步，近二十年來雖然沒有人再見過他老人家，但有關他仍在人間的傳言也從未斷過。咱們快去武當山吧，這回說不定就能見著他。」

方冀仔細思考了一下，道：「天竺天尊和地尊率門徒傾巢來襲，雖然目前行蹤不明，但咱們既已齊聚於此，便是假設他們要攻武當。咱們便留在襄陽以逸待勞，待對方人馬一到，咱們就發動全面攻擊，打他們一個措手不及，然後再往武當山撤，與武當諸俠會合後，重新布置準備再戰。」

傅翔聽師父說到武當諸俠，心中不由一緊，因為他想到五俠中的坤玄子為天竺人臥底十多年，現在身分已經曝光，不知武當派如何處置？

紅孩兒朱泛聽得極為興奮，連聲追問方冀：「軍師說咱們要發動『全面攻擊』，怎麼個攻擊法？」

方冀道：「咱們在襄陽突擊對方，重點不在一對一的對決，而是雙方團隊的戰鬥。如果能瞬間造成以多對少的局面時，千萬不要猶豫，抓住機會就痛下殺手，每去掉對方一人，咱們就多出一人之力，戰況就好轉一分。」

方冀之所以如此強調，乃是因為武林高手習慣於一對一的決鬥，對以眾擊寡或以多勝少常會有排斥之心，但此刻敵強我弱，若是不能拋棄成見，仍依武林常規應戰，只怕凶多吉少。

伍宗光見方冀分析得頭頭是道，十分佩服，便抱拳道：「但憑軍師分派。」方冀點頭稱謝，正色道：「此戰致勝之道在於突襲，咱們埋伏在縣衙門附近……」

才開口說戰法，丐幫右護法姚元達已搖頭道：「或許明教慣於此等戰法，丐幫對敵向來光明磊落，絕不靠偷襲取勝，也不以二打一，以多勝少。」方冀急道：「丐幫英雄光明磊落令人欽佩，但事有從權。敵人此番實力在我方之上，咱們如不出奇計，絕難獲勝，甚至不得全身而退。」

那姚元達只是搖頭，左護法伍宗光也從旁勸道：「俺倒覺得方軍師此計可行，咱們應該配合行事。」姚元達不知為何只是搖頭道：「咱們丐幫數百年來歷經多少戰仗，從來不使這偷襲的勾當，俺情願和那天尊一對一拚個生死，雖死猶榮。」伍宗光拿他沒輒。

朱泛見情況有些僵了，便提醒方冀：「方軍師，幫主有一封信託您帶給兩位護法，信上如何交代？」方冀搖頭道：「錢幫主致兩位護法的信函，老夫怎知曉內容？」那姚元達經這一提醒，便不再言語，因為錢幫主的命令便是一切聽命於方軍師，不得有違。

方冀正要到縣衙門附近仔細勘查地形地物，規劃最佳埋伏突襲之地，忽然一個年輕花子急忙從祠外奔進來，拉著阿呆便往外跑。片刻之後，阿呆回到祠內，右手捧著一隻信鴿，左手拿著一條布卷交給伍宗光。伍護法看完後，緊皺雙眉道：「敝幫河南分舵傳來消息，天竺武林一行已在鄭州附近現蹤。」

朱泛和鄭芫齊聲叫道：「咱們都被耍了，他們根本沒有沿長江上武昌，卻直接由陸路北上，攻少林寺去了！」傅翔也道：「難怪他們早已動身，卻始終不見蹤影。」

方冀雖驚不亂，反而冷靜地想到：「原來章逸也是他們用來欺敵的工具，如此，章逸危矣。」他雙手一伸，止住眾人的譁然議論，當機立斷，發號施令道：「事不宜遲，咱們半個時辰內立刻過江北上。誰能張羅幾匹駿馬？咱們先騎馬趕路，再棄馬施展輕功直奔少林寺。」

朱泛道：「咱們先過漢水，樊城有個軍馬場，到時芫兒助我去偷他幾匹好馬，供各位使用。」鄭芫聞言大喜。

方冀和傅翔飛快來到縣衙門外，正對著衙門有幾棵銀杏樹，方冀就在左邊的一棵樹上留下了明教暗記，通知章逸：「天竺一行人已去了少林，大夥兒正過江北上。」

∞

嵩山座落河南，北面俯覽黃河洛水，南面有穎水箕山，東西分別連接歷史名都汴梁及洛陽，自古以來被稱為五嶽裡的中嶽，是中原的第一名山。

少林寺建於北魏孝文帝時，為天竺僧人跋陀在此傳授佛法，三十二年後達摩祖師來到少林，傳授禪宗，發展武學，從此禪學和武學便在少林寺落地生根。

嵩山西半部是少室山，少室山的主峰連天峰下有一片極大的樹林，在這一帶奇岩連亙的山區中彌足珍貴。林中百樹雜生，但以松杉柏最多，有幾棵古柏軀幹要三人才能合抱，都該有千年的樹齡了。

這時在密林中走來一個和尚，身著一件深灰色僧袍，頭上壓著一頂黑色僧帽，看上去大約三十歲左右，長得眉清目秀，面貌英俊。這和尚快步走到一棵古柏前停下。那棵古柏高近十丈，樹分兩主幹，幹上樹皮斑駁，且有一主幹曾遭雷殛，另一主幹卻依然生機旺盛，枝葉繁茂。

那和尚抬頭注視著古柏離地七八丈高的主幹上，似乎刻畫著一些圓形線條，但部分被枝葉擋住了，看不完整。和尚忽然提氣上縱，輕飄飄地落在三四丈高的橫枝上，這回瞧得真切，只見那樹幹高處確實刻了兩個虎頭，寥寥數筆，卻甚為生動。和尚顯然看得震驚不已，盯著那兩隻虎頭好半天，才自言自語道：「不得了，天尊地尊全到了。此刻他們應藏身在太室山峻極峰下那個石洞中，我得立即趕過去，才來得及在天黑之前趕回少林寺。」

只見他微一提氣，又輕飄飄地從樹上跳下，落地時一點聲音都沒有，端的是輕似鴻毛。他落地後毫無猶豫，立刻施展輕功向東疾行而去，偌大的樹林又恢復了寂靜。

在十幾里外太室山的西南山麓，一片寬廣的矮林子裡，小徑錯綜複雜，其中一條引向一個隱密的石洞，據說是當年少林武僧埋伏襲擊元軍的舊址。此時洞內或立或坐著九個人，正是天尊等一行七人，另外兩人卻是先前攻打武當的「大師兄」絕垢僧及辛拉吉。

眾人皆以天竺語交談，只有魯烈用漢語。只見他從背囊中拿出一個油紙包，打開紙包，裡面是一隻燒雞，他把燒雞放在天尊和地尊面前，道：「兩位試試這燒雞，可是馳名四方呢。」接著道：「絕垢僧前天已在約定的那棵古柏上留下了記號，可至今仍未見回應。是否著一人找上少林寺去，也省得我們一直在此枯等？」

地尊撕了一條雞腿，咬一口讚一聲。那天尊道：「咱們就再等一天，明日若再無回應，絕垢，你便上少林寺去尋楊冰來見。」

就在此時，坐在洞口的兩名天竺弟子低喝道：「有人來了！」兩人閃身出洞，一左一右從矮樹叢中竄出，只見不遠處一個身著深灰色僧袍的和尚正快速朝著石洞而來。

待那和尚行得近了，兩名天竺弟子用天竺語低聲喝道：「來人通名！」那灰袍和尚也用天竺語回答：「貧僧少林悟明，前來拜見天竺來的前輩。」兩名天竺弟子迎上前去，其中一個高大的黑漢子道：「俺天竺天尊門下阿蘇巴，來的可是楊師兄？」那悟明和尚應道：「正是，便煩請師兄引我見天竺兩位尊者。」

這時另一名天竺弟子也跳出樹叢，對那「楊師兄」拱手道：「俺乃地尊門下沙格，楊師兄快請，兩位師尊正在等候。」

四人進入石洞，那「楊師兄」見了天尊、地尊，連忙拜倒道：「弟子楊冰，拜見天尊師父、地尊師叔。」又和眾人都相見了，大師兄絕垢僧一一替他介紹。

天尊道：「楊冰潛身少林多年，瞞過整座少林寺，十分不容易。咱們這就要對少林發動攻擊，你且將所知儘量告訴咱們，以利籌劃進攻的策略。」

那楊冰道：「自從藏經閣首席無痕大師遭地尊師叔擒獲後，掌門方丈親率羅漢堂首席趕往南京赴約……」那地尊打斷他的話，不耐煩地道：「這些事大家都知曉了，不必多言。」

楊冰點頭稱是，接著道：「貧僧……弟子就從那以後的事說起。住持方丈下山後不久，有一位自稱姓完顏的老道士來到少林，說無痕師伯已被武當掌門救去，少林寺全體僧人皆感振奮，但對如此大好消息畢竟半信半疑。不久之後，京師一帶的少林弟子傳回消息，說方丈等人全身而退，正在回寺的途中；武當掌門天虛道長也帶著重傷的無痕師伯出現，全寺僧人無不……歡欣萬分……」

那地尊怒哼一聲，待要說話，天尊一揮手道：「楊冰，你繼續講下去。」

楊冰道：「天虛道長將無痕師伯交給了達摩院的無定師伯照顧，便匆匆離寺回武當去了。那個完顏道長卻在藏經閣中和幾位師叔每日講經傳道，竟然就留了下來……」

地尊再也忍耐不住，他打斷楊冰的話，怒氣衝天地道：「你說那完顏老道現下還在少林寺？」楊冰道：「不錯，完顏道長年歲雖尊，卻沒有老前輩的架子，和幾位師叔都極交好，不時向師叔請教學習梵文，看來他極喜愛少林寺，曾跟侍候他的小沙彌說打算長住。只是……少林寺乃佛門聖地，一個道長每日在各院各殿之間遊東遊西地串門子，看上去有些古怪……」

坐在一旁的辛拉吉忽道：「楊師弟，你方才說那老道在少林寺學習梵文？」楊冰點頭道：「聽藏經閣的師叔們說，莫看他年過八十，學習梵文極是認真，拿著一冊梵文書整日不恥下問，很是上進呢。」辛拉吉心知，完顏老道每日研讀的便是從自己手中搶去的秘笈，直氣得七竅生煙，卻又不敢言明，只能暗中恨得牙癢癢的。

地尊對天尊恨恨地道：「咱們攻上少林，這個臭老道定要交給我來對付。」

天尊很認真地聽楊冰的敘述，一直未發一言，這時才問道：「你是說完顏老道住在藏經閣中？」楊冰道：「老道長夜宿客房，白晝則常在藏經閣出入。」天尊道：「那藏經閣汝曾進去過否？」楊冰道：「弟子與藏經閣中一位師叔著意交好，加以弟子本身在羅漢堂苦修的功夫也還及格，便被選中在藏經閣前樓守護。閣中所藏經書置於前樓的，悟字輩以上的僧人皆可進入翻閱，但不得借出；珍藏的經書都在後塔中，沒有方丈允許，無人可以進入。少林七十二絕學中最重要的二十四種秘笈，皆藏於第五層塔中。」

天尊道：「那前樓後塔是相連的麼？」楊冰道：「後塔五層，前樓三層，兩者第三層處有橋相連。前樓後塔各有十二位高手鎮守，全是『無』字輩的師叔伯及『悟』字輩的年輕好手，實力之強，整個少林寺中只有羅漢堂堪與比擬。」

地尊接口問道：「楊冰，你潛伏少林這麼多年，有無機會進入後塔中探探情況？」楊冰道：「只有一次，就是那位師叔帶弟子進入後塔第三層。塔內書架圍成六壁，每壁書架共有五層。後塔各層之間並無樓梯相連，需由塔外施展輕功方能上下。」說得鉅細靡遺，天尊點頭稱許。

這時一直未發言的魯烈忽道：「少林寺與朝廷之間關係良好，這回要幹一場大架，錦衣衛最好不要直接介入。俺還是留在山下，負責指揮傳遞消息較佳。」

天尊點了點頭道：「此次你派那姓章的去襄陽故布疑陣，讓丐幫好手及明教姓方的餘孽都趕去保衛武當，錦衣衛在傳遞消息上大有用處，你便帶幾個當地的錦衣衛，在山下待命接應。」天尊心知魯烈不願上少林還有一層原因，就是他不願面對全真教的「完顏師叔」。

地尊忽然冒出一句：「明教姓方的餘孽？我瞧那個姓傅的少年才真是可怕。」天尊道：「如何可怕？」地尊道：「姓傅的大約十六、七歲吧？那日在武當山上，竟然和辛拉吉對戰百招而未落敗。辛拉吉，你自己說……」

那矮黑漢子辛拉吉道：「姓傅的小子確實有些古怪，他的武功招式前後全不連貫，卻又一氣呵成，實是弟子從未見過的奇異武功。咱施出天竺絕招，似乎並不能對他一擊奏效，有時他在咱強攻之下，打得跌跌撞撞，但又不露敗象，只要攻勢略緩，他就立刻奇招迭出，扳回劣勢……」

天尊打斷辛拉吉，問道：「你說……那小子的招式『全不連貫卻又一氣呵成』？你用天竺語再說清楚一些。」他問話時面色凝重無比，眾人都能感受到，便都望著辛拉吉。

辛拉吉也感受到嚴肅的氣氛，他仔細回想了一會兒，然後用天竺語道：「那姓傅的小子一出手，招與招之間不相連貫……」終於還是用漢語道：「簡直南轅北轍……」

天尊要辛拉吉用天竺語描述與傅翔對戰的感覺，目的在於用母語較能將十分細微的地方精準地表達出來，他再從細微之處琢磨其中精要，但辛拉吉用起成語來，顯然還是漢語較為管用。辛拉吉接著用天竺語道：「儘管他的招式都像是臨時湊出來的，稀奇的是無論是攻是守，招式的效力卻是相得益彰，絕無相互扞格之處。師伯，您說怪不怪？」

天尊沒再問話，反而陷入沉思之中。地尊問道：「那小子的內力如何？」

辛拉吉道：「這又是一樁奇事。那小子似乎知道咱們天竺『御氣神針』神功的厲害，每當弟子施出之時，那小子便避不接招，是以並無正面對掌的機會。不過旁敲側擊，也知這小子身上竟似有二、三十年的功力，實不知他是如何練成的？」

石洞中一時沉靜下來。過了一會，天尊道：「明日咱們攻少林，我從正門獨挑羅漢堂前的羅漢陣，地尊率所有人從後山越院牆，直取藏經閣。楊冰在內接應，魯烈在外接應。」他說完向眾人看了一眼，見大家並無異議，便溫言對楊冰道：「楊冰，你快回少林寺吧，一切依計行事，不要最後關頭露了馬腳。」

楊冰抱拳跟大夥一一作別，整了整僧帽，退出石洞，施展輕功向少室山方向如飛而去。他身在林間疾奔，心中暗暗狂喊：「楊冰呵，你現在又是少林寺的悟明和尚了！」

這時洞中的天尊以極為嚴肅的口吻對地尊道：「完顏老道定會出現在藏經閣，就交給你了。」地尊重重地點了點頭。天尊忽又壓低了嗓子，道：「傅翔那小子比他師父更危險，今後只要找到機會，咱們不擇手段把他幹掉！」

∞

楊冰展開輕功疾行，身形穩定平滑，端的是上乘的少林輕功，然而他心中卻一絲也得不到平靜，一幕幕充滿不幸的淒涼往事浮現心頭。他想到爹爹慘死滇西異鄉，媽媽也因長期挨餓而病重，垂死前要將哥哥和自己送人領養，他還記得媽媽在路邊一張草蓆上，跪求過路的仁人君子將兩個小孩領走……行人掩鼻而過，不肯稍停……接著師父出現，把哥哥和自己收下，媽媽放心地去了，師父將爹爹媽媽好好葬了才帶著兄弟倆離開。他記得最深刻的是，那晚師父帶著他和哥哥到一家飯店，點了大碗米線，青菜豆腐，還有一碗野菇蒸肉，他和哥哥長期以來都在忍飢挨餓，靠媽媽行乞來的殘羹剩菜過活，這頓飯菜實是一生中最為美味的佳餚……

師父帶他們到了天竺，將哥哥交給師叔，便開始分別教他們認字、讀書、練武功，漸漸他們知道師父和二位師叔乃是天竺武林的領袖，在天竺沒有人直呼他們的姓名，只要提到「天尊」、「地尊」、「人尊」三人，便如聽到天神名一般……兄弟倆過了幾年快樂的日子，師父便是再生父母……直到有一天，師父派大師兄絕垢僧將兄弟兩人帶回中土……

他想到這裡，便想到十多年來身為少林和尚、心懷天竺師恩的矛盾，有時真壓得自己透不過氣來，只有靠勤練武功、潛心佛學來支撐自己度過。

這時楊冰，也就是悟明和尚的速度已達極致，整個身形就如一條灰線，在岩石和樹林間穿進穿出，然而就在此時，悟明的思緒被左前方一條飛快移動的人影所打斷。悟明來到太室山下的石洞，是極秘密的行動，他不願有任何閃失，一眼瞥見左前方那條人影，便立刻煞住自己的身形，隱身在一片樹叢之後。他從極速奔馳到驟停藏身，深灰色的身影如行雲流水般，絲毫不見滯礙。

前方那人漸漸奔近，悟明從樹叢中望出去，只見來者是個身著青衣的秀士，輕身功夫十分了得，看他輕鬆越過一片山岩的模樣，似乎功力不在自己之下。悟明起先是擔心碰上少林寺熟人，這時見是個俗家打扮的武林人，心中又生另一番警惕，暗道：「來者是誰，此時上太室山有何企圖？」

說時遲那時快，青衣秀士已經來到悟明隱身的林前，悟明原以為對方一定會穿林而過，那知那人也是一個旋身就停了下來。那人向四方探望了一下，便開始緩步向前搜索，似乎他比悟明更早發現對方，已經知道悟明藏身此林之中。悟明見狀，不禁大感緊張，暗中提起一口真氣，準備隨時出手。

便在此時，那青衣秀士忽然停下身來，低聲道：「小冰，小冰，是你嗎？」

悟明聽到這一聲呼喚，頓時如雷轟頂，心中的酸甜苦辣一下子全都湧將上來，但他立刻冷靜下來，躲在密葉林裡，仔細打量那青衣秀士，那面龐似陌生又熟悉。他一面運氣全身蓄勢待發，一面壓低了聲音問道：「你是何人？」

那青衣秀士聞言大喜，連忙回道：「小冰，我是大哥呵！」

只見右方樹叢中一陣簌簌聲響，悟明和尚如一縷輕煙般冒起又驟降，輕輕落在青衣秀士面前。兩人各自暗運真氣，互相打量了一會兒，忽然一個叫「小冰」，一個叫「大哥」，兩人同時上前相擁，兩股真氣一撞而分，一個少林，一個武當，不分軒輊。

悟明和尚強忍激動，對武當坤玄子道：「大哥如何來此？師父嚴禁咱們相見……」坤玄子打斷悟明的話，道：「小冰，我已暗中跟蹤你一整天，方才你去見我師伯及師父，我才不敢跟過去，怕被他們發覺，便在這裡等你。小冰，天尊師伯和地尊師父率領諸門人就要與中土武林決戰了，你打算怎麼辦？」

悟明和尚不假思索地回答道：「怎麼辦？當然是做內應啊，咱們臥底了這麼多年，為的不就是這個？」

坤玄子長嘆一聲，道：「小冰，你有所不知，大哥已經被發現身分，眼下落得流浪在外，不能再回武當了。」悟明大吃一驚，問道：「怎麼會這樣？大哥，你們武當五俠的名頭在武林中愈來愈響，正是如日中天，你怎會……」

坤玄子道：「此事說來話長。月前地尊師父擒住了少林無痕大師，押著到了襄陽，你師父傳訊要他立刻趕到南京去，我武當掌門師兄率了我等到襄陽援救無痕……後來完顏道長出手抵住我師父，掌門師兄救走無痕的事想來你都知道了。在那場爭鬥中，我把武當的營救計畫偷偷報告師父，就在這裡出了問題，我的身分暴露了，事後掌門師兄雖還沒有對我以門規處置，我自知東窗事發，無法脫罪，就索性逃離武當。如今武當山已發出追捕令，掌門師兄親自出馬，我已是個孤魂野鬼，不知下一步怎麼辦？」

悟明和尚聽到這裡，一把抓住坤玄子道：「大哥，你索性跟我一起上少林，咱們合兩人之力，先暗算那完顏老道，一則替你出口惡氣，一則為師父、師叔他們除掉一個勁敵，豈不是好？」

坤玄子聽悟明如此說，不禁一怔，他握住悟明雙手，顫聲道：「小冰，咱們身在武當及少林十年有餘，長於斯，學於斯，師恩深似海；入門時又曾有誓言，如果真的臥底反噬，立刻成為欺師滅祖的武林敗類，永為武林所不齒。大哥我已是江湖中的孤魂野鬼，小冰，你還有機會，要想清楚啊！」

悟明雙手一振，掙脫坤玄子掌握，也顫聲道：「大哥啊，你還記得媽媽是怎麼死的嗎？她每天忍餓行乞，從早到晚討得一碗殘菜剩飯，全部給咱們兩人吃了，她只喝口涼水，躺在草蓆上睡一陣便又出門行乞，每天只能吃兩三口湯飯。大哥，她是活活餓死的啊……」坤玄子聽到這裡，早已淚流滿面。悟明接著道：「是誰拉拔咱兩個孤兒，從飢寒死亡邊緣救出來？是誰把咱爹媽屍骨收葬，免被野狗吞食？天尊和地尊這再造之恩，又怎麼報答？」

坤玄子只是流淚，卻說不出話來。悟明低首閉目，默唸佛號，然後睜目對坤玄子道：「大哥保重，小弟去也。」一晃身，已在數丈之外。

悟明的話仍在坤玄子耳邊繚繞，他又想到武當山上學藝成長的過程，師恩浩蕩，同門情同手足，武當五俠行俠仗義，快意江湖……俱往矣。眼下前途茫茫，不知下一步是什麼？望著漸漸西沉的紅日，但覺天地之大，自己竟無容身之處。

∞

登封縣城外五里，有一座年久失修、屋宇殘破的岳王廟，廟中供奉的是南宋抗金名將岳飛。這座岳王廟建於宋孝宗淳熙年間，距今已兩百多年，在元朝異族統治的一百年間依然香火不絕。到了元末天下大亂，戰爭綿延了二、三十年，此廟才逐漸衰敗，住持及僧侶皆逃荒而去，終致成了一座廢寺，也成了當地丐幫弟兄聚會的所在。

這時，廟外林子裡有幾個叫花子在把守，廟裡則席地坐了幾個人正在密商。

一個頭纏青布巾的叫花聲如洪鐘，正在向大夥報告這段時間在少林寺山下發生的事情：

「……先是來了兩個天竺人，一僧一俗，從身形動作上看，武功極是高強，但這兩人到了此地，卻在登封縣找了家客棧住下，每日只在少室山和太室山附近進出，想來是在勘查地形及山間路徑。咱弟兄不敢靠近跟蹤，也不知他兩人在搞什麼花樣，猜測他們是在等人。咱手下有個弟兄，與少林寺裡一位搞伙食的和尚交好，從那伙房和尚口中探得，有個老道士到了寺中，告知無痕大師已經被武當掌門救走，少林全寺聞訊都高興得緊，把那來報喜訊的老道士侍候得像個活神仙似的。」

傅翔聽到這裡，不禁發出會心的微笑，忍不住問道：「何舵主，那老道長仍在少林寺嗎？」

那何舵主是丐幫當地的分舵主，也是有名的包打聽，他聞言得意地道：「俺手下那個小兄弟聽那伙房和尚說，老道士仗著眾僧感激他千里送佳音之德，不但不走了，還每天在各院各堂之間串門子、交朋友，過得好不快活。隔不了多久，天虛道長果真把受傷的無痕大師送回少林寺，老道長更是大大的有面子。人家武當掌門只不過交代了幾件重要的事，連一餐齋飯都不吃就匆匆走了，這老道士卻到現在仍留在少林寺白吃白喝。」

丐幫左護法伍宗光問道：「何兄弟，你那手下如何與少林寺的伙食執事僧有這般好交情？」何舵主道：「阿彌陀佛，罪過，罪過。若不是護法要問，咱是不嚼這舌頭的。那個伙房和尚有點……有點貪杯，但少林寺規矩嚴得緊，他既無法私下藏酒，又無銀子買酒，是我手下那弟兄時常討些好酒供他享用，便成了生死之交……」

紅孩兒朱泛聽到這裡，忍不住插嘴道：「討些好酒？咱叫花子那討得到好酒？怕是偷些好酒吧？」何舵主毫不汗顏，依然聲若洪鐘地答道：「紅孩兒明鑒，有時偷些好酒也是有的。」

鄭芫嘻嘻笑道：「如何瞞得過咱們偷東西的小祖宗？」何舵主忙點頭道：「姑娘說得極是，論到妙手空空，咱們還有范老祖宗在座，是以在下不敢提這『偷』字，其實是對……

對大家尊敬的意思……」

那右護法姚元達聽得何舵主開始有點夾纏不清了，忙插口道：「老何，你且把少林寺的事先說完。」

何舵主道：「遵護法命。三天前，俺手下弟兄就發現了天竺一行七人的行蹤，他們出現在登封城下，入夜時施放了一個燄火信號之後，就再無蹤跡。咱們弟兄不敢靠近，趕回來報告，卻發現天亮後，原住在城內客棧的兩個天竺人也失了蹤。掌櫃的發現那兩人不但房錢未清，還把廚房裡大鍋燒雞也順手包走，掌櫃的氣得口吐白沫，差點中風。」

朱泛瞪大了雙眼，恨恨地道：「媽的，好本事。」傅翔卻低聲對方冀道：「定是辛拉吉那無賴所為。」方冀聽到這裡，心中已經有譜。

伍宗光道：「老何，後來呢？」何舵主道：「後來你們就來了。」

伍宗光想了片刻，先問姚元達道：「元達，你怎麼說？」姚元達道：「看來兩批天竺高手已經會合了，咱們現下不能假設七個主要對手的戰法，對方高手至少已有九人。」說到這裡，他轉眼望向方冀，意思是說方冀原先的分派計畫要修改了。

方冀點了點頭道：「姚護法說得一點不錯，對方高手又增了兩人，但我方卻也多了一位頂尖高手完顏道長，是以對戰計畫可改為完顏道長對付那天尊，即使不勝也不致落敗。至於地尊麼……」

方冀停了一停，接著道：「地尊則還是由老朽和傅翔負責拖住，不容他脫身攻擊我方其他人……」方冀說到這裡，瞥見姚元達想要說話，便停下來。

果然姚元達道：「依我聽來，那地尊武功似不在天尊之下，否則少林藏經閣的無痕大師豈能遭他擒住？方兄的功力自然不在話下，但傅小哥畢竟只有十來歲……我瞧這地尊還是交由伍護法和在下來對付，較為妥當。不知方兄以為然否？」

方冀道：「姚兄說得雖然不錯，但老朽的想法是，天竺武功中最詭異厲害的幾招，傅翔和老方都有實戰經驗，事後也曾仔細思索過自保之策。如由咱師徒聯手戰那地尊，也許較能發揮拖延戰術的功效，而兩位護法加入其他各點，必可增加單點突破致勝的機會。姚兄似乎不喜以二對一的雙戰，老朽想請姚兄、伍兄分別單戰魯烈及絕垢僧。范兄獨戰辛拉吉，朱泛和芫兒聯手與對方四人遊鬥，須有少林高手加入助戰。咱們此次的戰法與之前在襄陽城最大的不同在於，我方有少林寺的高手為後盾，是以必須充分利用此一優勢。」

姚元達聽方冀的剖析及分派頗有道理，又拿出自己反對以二打一的話來封口，便不再言語。方冀見再無異議，便繼續道：「眼下咱們須派人立即上少林，將咱們的計畫告知完顏道長及無為方丈，務請派幾名高手加入朱泛和芫兒這邊。咱們此戰的突破點，便在先擊倒對方那四名天竺弟子；其他各點的要務，則是拖住對手，使其不能馳援！」

無影千手范青從頭到尾仔細聆聽，此時開口道：「好計策！誰上少林？」方冀道：「我派傅翔立刻動身……」鄭芫和朱泛幾乎同時道：「我也去！」方冀微笑道：「就芫兒陪翔兒去吧，多一個人作伴。別忘了芫兒的新師父天慈法師此時也在少林寺，你們兩人把計畫告知少林後，便留在寺中，咱們上山與對方遭遇開打時，你們正好做為內應，就裡頭殺出來。朱泛休要急，老夫留你在此另有計較。」

他的謀略及運籌全是群戰策略，絕非一般武林中講究單打獨鬥的思維，只有習於大規模群戰的明教軍師才有此能。朱泛生性跳脫無羈，此時竟也感受到一股無形的威嚴，隱隱有軍令如山的感覺，就不再多言。

傅翔和鄭芫大喜，向何舵主問明了上少林的捷徑，便要離去。方冀叮嚀道：「此役成敗關鍵在此，千萬小心。何舵主可送你們到山下，你們便施展輕功全力以赴。咱們五人隨後就到。」

接著他對大夥兒道：「群戰須有策略，各人的進退如能配合得好，整體力量可以倍增。咱們與天竺人接戰時，老夫以旗為號，小旗舉起時，對付天尊、地尊、魯烈及絕垢僧的便全力搶攻，務必讓對手無暇顧及其他。但在此之前，朱泛須設法率領我方高手，迫使對方四名天竺弟子落單，機會一出來，朱泛便指揮我方及少林高手鎖定對方一兩人，一一以眾擊寡，全力擊殺。朱泛，你便是天竺四弟子那個戰場的指揮官，能否儘快將對方擊潰，讓我方人手多出來圍剿其他敵人，責任便在你身上了。」

朱泛最是好事，這時聽得這場大戰具勝負關鍵的作戰由自己指揮，不禁又覺興奮又感刺激，自我陶醉得深深感動了。方冀道：「朱泛，你好好想想如何指揮，如何令八名高手逐漸形成四個以三圍一的局面。」

朱泛一臉正經，潛心思索，方才未能和鄭芫一起去少林寺的不快，就拋到腦後去了。

∞

天色向晚，少室山在斜陽下顯得格外巍峨厚重。五乳峰下的少林寺已經開始晚課，鐘鼓聲、梵唱聲，隨著敲木魚的節奏，緩緩地與裊裊香煙一同升入天庭。

這時寺院正門出現了一個老者，像是一般的登山客，其實他正是天竺第一高手「天尊」。少林寺山門前兩個青年僧人迎上來，合十道：「施主來得晚了，寺門將要關閉哩。」天尊嘿嘿一笑，道：「老夫不是來進香的，喚你們住持方丈無為和尚來見。」那兩個青年和尚對望一眼，其中一個問道：「敢問施主大名，也好進去通報……」

天尊雙臂一揮，左掌右指一閃而收，氣定神閒地站在原地，那兩個少林和尚已一左一右如斷線風箏般飛出，慘叫聲中跌落地上，不知生死，一動也不動了。

天尊大步入門，提氣喝道：「無為和尚滾出來，天竺的菩提天尊到了！」那聲音極是怪異，並不特別宏亮，但卻穩穩送到少林寺每一角落，凝而不散，實為武林中聞所未聞的神功。天尊一進少林山門便施出這一招絕學，顯然是要把天下聞名的少林佛門獅子吼比下去。

這時正門大殿的石階上緩緩走出一個身披紅色袈裟的花白虬髯和尚，他緩步走到石階中央，雙掌合十道：「南京一別不足一月，施主凶殘乖戾之性大發，血光之舉對施主大大不利。貧僧慈悲為懷，奉勸施主回頭是岸。」他說得極為平和，但吐出每一個字時，白鬚無風而如波濤般自動，表面上似乎並無任何奇特氣勢，其實每一字都是佛門獅子吼的極致。這種化明為暗的獅子吼絕技，全少林寺只有一人練成，就是羅漢堂的首席無嗔大師。

天尊在南京城外孝陵曾見識過無嗔大師的絕技，此時不敢大意，連忙提氣護住全身。不料這一次的力道較前回強大何止數倍，每一字傳耳，有如巨鎚擊到，他一連提了兩次真氣才能擋住，頭頂已冒出一道白氣，心中不禁暗暗吃驚。

就在無嗔法師施出佛門獅子吼的同時，大殿兩邊無聲無息地飄出十七名灰衣僧人，待天尊發現時，左九右八已經站定了位置。只見三圓重疊，中央相交處應有三人，這時北方一點空著，虛位以待無嗔大師加入。

無嗔大師緩緩從石階走下，方才施出獅子吼時，看似平和，階台上居然留下兩個腳印。他走到三圓的中央空位上站定，名震天下的少林羅漢陣便就位了。

天尊雖然自許武功蓋世，氣勢干雲，此時見了這陣仗，也有幾分心驚。但他立刻恢復了睥睨天下的豪氣，冷冷笑道：「好極，好極，今日就憑我天尊一人，來破你這蘿蔔陣。」

只見他向左跨出一步，身形卻如鬼魅般從右邊圓圈攻入，當前四名少林僧兩個持劍，兩個持戎刀，在天尊一片模糊的身形中並未能看清楚，但四僧完全不為所動，只是按著陣法進退挪移，刀劍相交，攻守互補，法度儼然。

天尊對著一僧揮指點去，那僧人單劍劃圓推出，指劍尚未相交，兩股真氣已經相撞，天尊感受到對方真力大得出奇，換一人出掌兩次，皆是如此。待他換掌攻向第四人時，反彈力道竟然更為強大，他不禁咦了一聲，連出殺手，皆被巨大力道封回。

天尊於武學一道原是奇才，他一面出招，一面思索，二十幾招後，已漸漸領悟這羅漢陣的奧妙，暗忖道：「這羅漢陣每個圓線上的和尚，可以與左右配合，分頭合擊；也可與左右連氣，合力由一人單擊。單擊出手便是三人之合力，難怪力道如此之大。我若攻向兩圓相交點的和尚，則此和尚可合四人之力反擊，力道更為巨大。我若攻入圓中，將遇到前有四人之合力，後遭四個和尚或合擊或單擊，勢必陷入險地……」

他雖已抓住羅漢陣的基本訣竅，但對此陣的各種變化一時仍無法想清楚，天尊是個自負之極的武學天才，決心殺進圓圈一探究竟。只見他左掌右指攻向一僧的左右兩人，料知對方必然合力於中間的和尚，由他攻向自己中路，他卻在這一瞬間施展天竺移形借力的絕招，突然將所有力道轉襲左邊第二名僧人。那僧人正在兩圓交會之處，立刻發出四人之力勉強接了一招，而天尊已閃身進入圓圈。

天尊進入圓內，面對的是羅漢堂排名第三的悟因和尚，此僧雖是「悟」字輩，但因天賦異稟，把少林神拳練到出類拔萃，年紀不滿四十，竟然名列第三號羅漢，算是少林寺的後起之秀。天尊一眼瞧見悟因年紀雖輕但身沉步靈，面對自己毫無懼色，忽地一伸手，一股凌厲勁風直點悟因眉心。悟因藉著左右及身後四股力道之合，緩緩遞出一劍。這一劍去勢不快，但貫於劍尖的內力大到駭人，而劍的去勢又極為飄忽，雖然只是一劍，天尊感覺到的卻是一片劍幕，直有天羅地網的威勢。

天尊大喝一聲：「來得好！」瞬間察覺背後來襲的力道竟然也是三合一的單擊，他猛然再施移形借力，將劍氣及掌力一併送入斜後方，估計右後方的一僧必定應聲飛出圓圈，絕無倖理。

豈料自己施出的移形借力之招似乎遇到一股極強的黏滯之力，那劍上內力雖然被引變向，但卻滯停了一剎那，便只這些微之差，向後轉擊的威力便大打折扣。果然右後方的和尚開聲吐氣，竟然挺住了這飛來的一擊。天尊又驚又怒，知道問題出在悟因背後，他一眼瞥見悟因左後方一僧虬髯抖動，正是羅漢堂首席無嗔大師。

再鬥了一百多招，這個武學奇才已將羅漢陣的奧妙摸得更為清楚，只見他橫跨一步，將手中凝聚的內力提到滿，雙掌合一，以十成功力再攻悟因。悟因長劍飛動，步伐疾換，堪堪避過掌力，天尊已經接住身後的攻勢，看也不看便從悟因閃開的空隙中挾著身後攻來的劍刀之力，一併擊向無嗔法師。

無嗔凜然不懼，凝聚陣心四大高手之力舉掌還擊。電光石火之間，忽然聽到一聲大喝：「法師不可硬拚！」無嗔猛然省起事前的警告，卻已來不及撤招，只覺天尊雙掌上的力道忽然化為一道細如尖針的利鋒，直穿而入。無嗔心知不妙，只好提氣將畢生苦修的達摩神功遍布全身，硬接天尊這一擊。

只聽得無嗔發出一聲悶哼，口吐鮮血，倒退五步。天尊雖被無嗔奮力一擊的餘力震退三步，但顯然傷他不得，他掌起掌落，又擊倒了一個少林和尚，大步長笑跨出圓圈，百年來名震武林的羅漢陣就被天尊破了。

天尊一離圓圈，轉身便要對殘破的羅漢陣眾僧猛施殺手，這時他聽到身後一個平淡的聲音道：「天尊，你敢跟貧道鬥一鬥嗎？」

天尊猛然停手，全身如一尊石像般動也不動，雙腿微蹲勢如沉岳，雙臂微曲如抱重鼎，他緩緩轉過身來，面對這向他挑戰的人；這輩子已有幾十年沒聽過敢向他挑戰的話了，他感到又陌生又驚訝，也有幾分興奮。只見石階上站著一個又高又瘦的老道士，長袍在山風中飛動如旗，身軀直立如竿。

天尊仔細打量了一會，沉聲道：「你是完顏？」

老道士點了點頭道：「完顏是我。」然後再次一字一字地道：「天尊，你敢跟貧道鬥一鬥嗎？」

∞

少林寺後院牆內種了數百棵銀杏樹和槐樹，皆有參天之高。樹林裡散立了數十塊石碑，有的是紀事的，有的是名士留句的真跡，還有幾塊是古墳的墓碑，那些墓葬都是少林建寺之前的古蹟，多年來保留了原狀不曾遷走，以示對先民的尊重。樹林後隱約可見到飛簷黃瓦，那便是少林藏經閣了。

這時幾塊石碑之間出現了兩個少年，兩人皆小心翼翼地一面勘察四方，一面尋找最佳的藏身之處。走在後面的低聲道：「傅翔，我瞧咱們還是躲在樹上最好。」前面的停下身來，轉身道：「芫兒，妳瞧左邊那幾棵大槐樹可好？」鄭芫抬眼望去，見那幾棵古槐高達四五丈，枝葉濃密，離藏經閣的後塔約在二十丈之內，便點點頭。

兩人從石碑之間閃身而出，到了那幾棵古槐下，無聲無息地垂直拔起，輕輕落在三丈高的樹幹上，然後慢慢調整位置，躲入濃密的枝葉中。

四周一片靜悄悄的，只十幾隻松鼠被驚動，一溜煙般從樹上滑到草地上，跑得急了，前爪捧著的小果子和種子掉了一地，才落地就忙著尋找，動作逗人發噱。兩隻老鷹在天空盤旋，看到松鼠在活動，便愈飛愈低想要突襲。松鼠已經機警地躲入樹根下，有兩隻索性擠進了同一個樹洞，擠得兩條大尾巴露在洞外，毛茸茸地亂搖亂擺。也不知為何，傅翔和鄭芫心中竟然同時想到盧村那個月黑風高的夜晚，兩人的手不自覺地緊握在一起。

兩人從相逢到此刻，第一次那麼親近地獨處，傅翔只輕呼一聲「芫兒」，便沒再說話。鄭芫心中思潮起伏，想到小時候和傅翔一起上學、一起玩耍的往事，傅翔無論學什麼、玩什麼都是那麼認真，那麼出類拔萃，只有跟自己在一起的時候，才流露出一些頑皮好玩的性子。他總是像哥哥一樣照顧自己，帶頭冒險，卻又顯得那麼老成。

想到冒險，她眼前立刻浮出朱泛那調皮的笑容，一雙黑白分明的眼睛，不時閃出一絲詭計多端和隨時準備惹事的神情，鄭芫只要想起他便想笑。

這時，傅翔忽然轉頭看了鄭芫一眼，鄭芫只覺那眼光中充滿了關懷和愛護，一股溫暖流過心田。她不禁緊緊地握了一下傅翔的手，傅翔也不由自主地緊捏她的手掌，手指交纏在一起。

鄭芫卻不知為何又想到朱泛的眼睛，她和朱泛也曾如這般並肩躲在樹上；傅翔看自己時眼中全是關懷，而朱泛每次看自己時，調皮中似乎還藏著幾分壞主意。

傅翔見她面上神情有些恍惚，以為她有些緊張，甚至心怯，便安慰道：「待會對戰時，朱泛和少林高手會先出手，妳的任務是突襲，看準目標奮力一擊，不成就退。」鄭芫把手抽回，緊抓住腰間劍柄，點了點頭道：「我自省得。依照方師父的計畫，傅翔，你和方師父挑戰地尊，千萬小心啊！」

就在這時，少林寺後院牆上出現了一排人，傅翔剛低聲道：「怎麼只有六個人……」說時遲那時快，只聽到轟然一聲巨響，好好一道磚砌院牆竟然倒了一截，磚塊及碎片飛出兩三丈之外，院牆出現一個大缺口。

缺口處磚石砂塵落下，一個又高又瘦的身影大步跨了進來。傅翔和鄭芫心跳如擂鼓，從高處看下去，只見那人面目黝黑，身材瘦削，傅翔低聲道：「地尊來了。」

他飛快地瞥了一眼從牆上躍下的六人，認得頭尾兩人，正是那絕垢僧和辛拉吉，便悄聲在鄭芫耳邊道：「芫兒，妳要對付的是中間那四人，沉住氣，伺機而動。記著，打不過就往寺外跑！」

地尊走在前面，身後六人一字排開，齊向藏經閣走去。地尊朗聲道：「完顏老道出來，不要躲在裡頭當縮頭烏龜。」四周一片寂靜，無人回應。地尊停下身來，朗聲又喊了一次，仍然無人回答。

這時居高臨下的傅翔和鄭芫卻看到院外的樹林裡走出來五個人，當中一人正是方冀。傅翔一看這形勢，便知應該如何行動，他低聲對鄭芫道：「咱們貼著樹梢往前移……」話聲才了，身形已經移到前面一棵樹梢，沒有發出任何聲息。鄭芫如法炮製，也跟了上去。兩人連續三次前移，已落在林邊的樹上，鄭芫居高下望，下面就是絕垢僧、辛拉吉等一排六人，背對自己。

就在方冀一行五人悄悄從院牆的缺口進入少林寺的同時，前方藏經閣的後塔上輕飄飄落下五名少林僧人，一塵不起地站在地尊面前十步之遙。地尊冷笑一聲道：「少林寺想前後夾攻，以多勝少？可笑呵可笑，我要完顏老道出來說話。」

方冀想不到自己從後面出現，尚未出手，地尊已經察覺，只是他竟如此托大，頭也不回，但他身後的六個人就忍不住一齊回頭察看。方冀知機不可失，猛地一揮手中紅旗，大喝道：「邪魔外道，丐幫和明教不容爾等撒野！」

說時遲那時快，只見方冀、范青、伍宗光、姚元達、朱泛五人忽然發難，拳掌長劍齊攻向天竺一排六人中間的四人。天竺六高手兩端正是絕垢僧和辛拉吉，兩人轉身禦敵，等到發現方冀等人並非針對自己攻擊時，已經來不及協助中間四人。

那四名天竺高手驟遭五人攻擊，慌忙出招抵抗，其中遭方冀和朱泛聯手雙擊的一人，當場就被打退五步，勉強吸口真氣正待回擊，一支短劍從天而降，電光石火之間已經刺中他的左胸，頓時鮮血飛濺。

那由天而降的短劍客正是鄭芫。她在樹梢上將下面戰況瞧得清清楚楚，見到此人在方冀和朱泛夾擊下步法微亂，身邊傅翔也低喝道：「右邊第三人，快出手！」鄭芫沒有思考的餘地，仗劍躍身下擊，使的是少林達摩劍中的一招「飛天三現」，在少林劍法中堪稱攻勢最為凌厲的招式，尤其由高處下擊時更具無比威力。此招在閃電一擊之後，還隱藏有連續兩次出手，疾如神龍再現，是極厲害的殺手。

鄭芫一劍得手，本該以極隱晦的手法再遞出二式，取敵性命，但芫兒畢竟只是一個少女，又是平生第一次與敵真刀真劍地廝殺，一見敵人鮮血激噴，不禁嚇了一大跳，竟然呆住了。就是這一瞬間，給了旁邊辛拉吉襲擊的機會，辛拉吉正面對姚元達的醉拳，陡然施出移形借力的絕招，將合併的力道轉向鄭芫露出的一個空隙，鄭芫發覺時已不及閃避，不禁大驚失色。

轟然一震之後，鄭芫自覺無恙，卻見朱泛一個翻滾，躍起兩三丈高，在空中翻了一個跟斗又落回原地。只見他嘴角一縷鮮血，卻氣勢飛揚地對辛拉吉道：「黑傢伙，大家都施了偷襲，俺也不怪你，咱們再玩過。」一雙掌一錯，欺身而入，對著辛拉吉連攻三招。

鄭芫知道在自己感到完全無助的那一剎那，是朱泛施出無影千手范青所傳的獨門輕功，搶入鄭芫身前，代她挨了一掌。朱泛年紀雖輕，纏鬥經驗卻極是豐富，他將所挨之力藉一個大翻滾化去大半，絲毫沒有猶豫和耽擱，便重回戰場。

方冀看在眼裡，讚歎在心裡，忍不住大喝一聲：「朱泛好樣的，咱們來斃了這黑傢伙！」其實他心知肚明，突襲的機會只有一次，一擊之後便再無偷襲的可能，但他仍然使出十成功力側擊辛拉吉，大半目的是為受了傷的朱泛減輕一點負擔；而他們預定一上來就襲擊的戰術，起碼還是廢掉了一個敵人。

方冀斜眼望去，那五個少林僧人仍默默站在原地，分毫不動，宛若五個石翁仲，顯然對自己設定的群戰偷襲打法不願參與，一派名門之風。

就在這時，忽然眼前一花，地尊已經發動攻勢，他同時攻向兩名少林僧，又高又瘦的身形閃動有如鬼魅，每一招遞出皆飄忽不定，一落下便如千斤重錘。兩名少林僧奮力抵擋不住，地尊一長身形，便已越過少林僧，直向藏經閣奔去。

其他和尚這時才發動攻擊，只見當先一名老僧推出兩掌，一掌在前一掌在後，兩掌之力配合得巧妙無比，發勁的頂峰正好相疊，於是後掌催著前掌，威力倍增。地尊冷笑一聲道：「好一招『博浪雙峰』。老和尚，咱在南京見過你。」發掌之人正是趕來捍衛藏經閣的天慈大師。

地尊從這股掌勢中，已經察覺天慈的功力深厚，但他此次上少林乃是志在必得，出手絕不留情。只見他鼓足十成功力，身形舞動，化為模糊的一片，對手完全無從捉摸，一招發勁，下一招又變為借力，誘得對方發勁相抗時，立刻施展「御氣神針」的詭異內力，直破對方中庭。少林眾僧事前已得傅翔及完顏老道警告，知曉天竺武功的奇特之處，但在一對一的情況下，以天慈的高深修為，竟然在三十招內被他打得東閃西竄，完全擋他不住。

地尊長嘯一聲，哈哈笑道：「老夫不想玩了，咱們藏經閣裡再見。」他雙掌飛動，逼得對手連連後退，正待躍身而起，只聽得背後一個低沉沙啞的聲音叫道：「地尊休走！」一股強大的掌風接踵而至。

地尊正要反身接招，頭頂上又一股飄忽不定的勁道突然由天斬下，他咦了一聲，心中大為震驚。倒不是這兩股力道有多強大，而是兩股力道在空間和時間上的配合讓他大吃一驚，只因他已感受到，無論自己施出何種招式，都無法避免身上某一要害受到攻擊，除非……除非立即退閃避開。

這對地尊來說是前所未有的經驗，他當真只好退閃兩步，避開了這兩股力道。轉過身來一看，只見襲擊己背的是方冀，而從上而下發掌的，正是他在襄陽見過的少年傅翔。

傅翔在樹梢上目睹芫兒遇險，自己無論如何援救不及，幸好朱泛捨身擋了一招，當真是又驚又險。而自己的任務是和方冀夾擊地尊，是以只得耐著性子，等到方冀對地尊一出手，他立刻飛身而下，配合發招。至於發招攻擊的時間和部位恰到好處，以致讓地尊暗中震驚一事，他完全無知，只是直覺告訴他，如此才能和師父的招式力道配合無間，天衣無縫。

地尊斜目瞪著這個奇異的少年，心想：「這兩招必是巧合吧，待咱再試一下。」

只見他一起手，便是天竺「御氣神針」的功夫，直擊向方冀前胸。方冀在南京城牆上曾被天尊一招擊傷，記憶猶新，如何敢正面硬拚，連忙向左跨步，反手發出一掌側擊地尊。但他掌力才發，已被地尊將他掌力「借」走，直襲傅翔。方冀大吃一驚，猛一吸氣，單掌劃了一個大圓圈，將本已發出的掌力活生生收回，地尊的「借力」陡然落空。這是明教左護法喬原士「潛龍掌法」中的絕技，天下沒有第二種功夫能辦到，當今世上也只有方冀和傅翔兩人懂得其中奧妙。

傅翔一見師父施出這招，便不假思索地配合使出明教白天王的獅吼神拳補了進去，落掌之處正好是地尊因借力借空而露出的些微空隙，拳力不重，但正好逼得地尊得撤招自救。

這更是地尊意料不到的情況，他又試了兩招，結果皆是如此，一時之間，竟然佔不到上風。對方兩人出招，方冀的功力較為深厚，但二人間的互補倒像是由傅翔這少年在發動，地尊甚至以為這是對方練好的一套武功，專門對付自己的天竺神功。

焉不知傅翔發動配合師父的招式，乃全無定見，只因對師父的每一招都徹底瞭然於胸，自己出招便一直是隨性的臨時組合。只要師父一動，自己不經思索就有最巧妙的配合呼之欲出，合二人之力，竟似達到了完顏道長教給自己的「後發先至」境地，思之及此，傅翔不禁大為振奮。

地尊狂怒之下，將內力提到十成，猛然捨方冀而攻傅翔。傅翔出招抵擋，方冀從旁側擊，雖然兩人的招式和力道均屬厲害之極，但那配合在一起所產生的「後發先至」效力卻不見了。地尊長笑一聲，已知致勝訣竅，一面避開方冀，一面專注對傅翔猛下殺手。

傅翔只覺地尊的掌力有如泰山壓頂，每接一招便遇一次險，五招一過，已被打得連翻帶滾，狼狽不堪，而方冀施盡全力的攻擊，地尊或輕鬆閃過，或抽空還擊一招。方冀立感無力撼動地尊對傅翔的重擊，尤其地尊夾在雄厚掌力中的「御氣神針」詭異內力，師徒兩人除了躲避別無他法。幾個照面過後，地尊已經取得絕對優勢。

地尊一面出招猛擊傅翔，一面環目一看。只見徒兒辛拉吉正與一個中年乞丐快招對決，那乞丐身舞如醉，每一招都似顛撲欲倒，卻總在將倒未倒之時從出人意表的方位遞出致命攻擊，辛拉吉的天竺快掌威力雖強，卻沒有佔到絲毫便宜，好幾次差一點就傷在那乞丐的怪招之下。

天竺三代大師兄絕垢僧的對手是一個施劍的威猛乞丐，一身襤褸的破衣褲上打了十幾個補丁，手中一柄長劍如魔似幻，劍光所及寒氣逼人，絕垢僧武功雖高，一時好像也無法取勝。

另一邊，天竺的弟子兵阿蘇巴、沙格、新都魯正與一個少年花子、一個少女及一個身法怪異的老者三對三廝殺，一時也不分勝敗。地尊有些心焦起來，暗忖不知那裡跑來這幾個武功奇高的叫花子到少林寺來助戰？這邊廂打得熱鬧無比，少林寺的幾個和尚卻又原地佇立，穩穩地按兵不動。

他那裡知道，這時動手力阻天竺高手的丐幫英雄，乃是名震江湖的左右二大護法、天下第一神偷，以及丐幫最耀眼的明日之星紅孩兒；除了錢幫主外，丐幫幾乎精銳盡出。

地尊衡量一下形勢，覺得是他強行進攻藏經閣的時候了，於是連發兩掌，暗挾神針內力，方傅二人閃身躲避，他便乘勢疾步向藏經閣移動。堪堪攻到塔邊，四名少林僧立刻一擁而上，當先一人主動出掌攻擊，其餘三人嚴陣以待。

那當先的少林僧是「無」字輩中最年輕的高手無戒法師，他的擒龍手在少林寺中數一數二，年紀不過五十，已達到「九段擒龍」的最高一段。地尊見他一出手，自己腹胸已全在極強的掌力籠罩之下，他猛施絕技，一扭身，已借方冀和傅翔的力道轉迎向無戒法師，同時提氣低喝一聲，將「御氣神針」施到十成，內力一湧而出。

方冀大叫一聲：「大師快退！」豈料無戒法師竟不變招，繼續以擒龍手拍出硬碰硬的一掌，其他四僧似也無動於衷，並無人發出側擊。方冀暗中大呼要糟。說時遲那時快，兩股極強的力道撞擊下，發出轟然巨震，無戒法師倒退三步，緩緩坐倒在地，嘴角流出鮮血，顯然數十年的少林神功仍然擋不住天竺詭異的「御氣神針」，地尊的內力借這一針之破，結實地打在無戒胸口。

然而無戒法師的「九段擒龍」也重重推向地尊，地尊倒仰側步，全力化解，仍然硬受了部分掌力，感到一陣真氣逆轉，連忙提氣調理，深吸三口氣後才能發言：「好一招擒龍手，少林擒龍手恐怕以你第一吧？」

方冀正待出擊，忽然聽到傅翔一聲驚呼，就連前面幾位老神在在的少林僧也是一陣驚呼。他定下身來一看，只見兩條人影有如兩條飛龍在天，一面閃電般疾速出招過招，一面在空中不斷變換飛動的方向，加以過招時或掌或指，都發出尖銳的破空巨響，那景象直是身形幻變、招式神奇、內力強勁三者的極致，是天下武功的頂尖表現。

傅翔知是完顏道長與天尊到了，不由看得目瞪口呆，熱血沸騰，一時竟忘了自己也是在激戰之中。在場幾對捉對廝殺的高手竟也都暫停出招，大夥兒全被這一生難見的武學奇景所震懾。

只聽得天尊大聲道：「地尊老弟，他們擋不住咱倆，咱們往塔上攻！」

傅翔卻從兩人變化莫測的交手中看出端倪，那完顏道長雖仍處於被動的一面，但他見招出招，往往一招甫出，天尊就得趕緊換招，顯然他的「後發先至」打法已能發揮作用。較之前不久在漢水之濱，因參不破地尊隱藏式的運氣行功而無法施出「後發先至」，因而被地尊一輪重擊、打得狼狽不堪的景況，實有天壤之別。傅翔知道完顏道長這陣子窩在少林寺中學習梵文，必然有了進展，不禁又是欽佩，又覺莞爾。

再看地尊那邊，無戒法師坐在地上自行運功療傷，其他幾位少林僧並無一人上前相助。只見第二個和尚一言不發，劃圈點出手中木棍，直攻地尊小腹，棍風在少林僧十成內力催動下，凌厲如有形之物，在棍頭一尺外聚成一股凝重的力道。地尊大喝一聲：「有種一拚嗎？」他依樣畫葫蘆，如法炮製地掌中藏「針」，迎向少林齊眉棍。

那少林和尚居然也不變招，就如無戒法師一般，與地尊面對面硬拚一招。只聽得轟然聲響，和尚手中木棍斷成兩截，一截飛向天空，一截並未留在和尚手中，卻如有感之物般鼓餘勁直襲地尊丹田，和尚本人則倒退三步，略為支撐後終於跌坐在地，口流鮮血。

地尊驚咦一聲，雙掌一合，便要夾住那半截木棍，豈料斷棍上竟藏著餘力巧勁，突然向上激射，宛如活的一般。地尊一面疾退，一面下丹田猛縮，堪堪避過那半截木棍，猛然沉聲一喝，原來背上被方冀暗算，挨了一掌。

方冀一掌按向地尊氣海要穴，但地尊的天竺內功委實巧妙，竟在方冀一掌按實之際，氣海穴瞬間移位，方冀的掌力被他自然而生的應力所阻，傷害度抵銷一半，似乎未能造成對地尊的牽制。

地尊喝道：「好厲害的棍法，和尚通名來。」

坐倒在地的和尚冷哼一聲未答，第三個和尚已經雙拳擊出，悶聲不響地對準地尊攻去，上取巨闕，下擊氣海，乃是正宗的少林神拳。只是和尚功力深厚，又是力聚十成，那威勢有如五丁開山，實屬罕見。

地尊厲聲道：「還要硬拚嗎？」那和尚不哼不語，只是默默出擊，雙腳牢釘石階上，一分也不移動，要與地尊硬拚之勢已經一目瞭然。

方冀和傅翔忽然同時停止了動作，因為兩人同時理解到少林僧的作戰策略，不禁從心底升起一股敬意。傅翔低聲道：「師父，他們堅持要一對一與地尊硬拚呢。」方冀點頭道：「少林寺要以全寺一流高手拚到受傷，來消耗這空前強大敵人的內力，以待方丈出面做最後致勝一擊，悲壯啊！」他原本對少林眾僧不屑對敵偷襲、不屑以多擊寡的「名門正派」作風感到不滿，此時不禁大大改變看法，從不滿變為欽佩。

果然第三個少林僧又被地尊所傷，而地尊已覺血氣鼓盪，方才挨了方冀一記暗算，當時似無大礙，此時背上竟隱隱作痛。他也開始意識到這是少林寺的「車輪戰」，一樣是以多擊寡，但少林眾僧堅持一對一的硬碰硬，打得何等光明磊落。一念及此，不禁倒抽一口涼氣，不知道少林寺中到底藏有多少個這等高手，打算一一和自己硬拚？

此時第四個少林僧又已揮動手中長劍，踏中庭，走中宮，直刺自己幽門要穴，劍氣如芒，無形的銳鋒盈尺。地尊暗暗吃驚，忖道：「怎麼會有那麼多厲害的和尚？這和尚劍上的功力，咱們除了天尊和我，無人可及……」

他那裡知道，繼無戒法師之後出戰的三位和尚，分別是藏經閣排名第四、第三及第二的絕頂高手，在少林寺中都是武功頂尖、佛法高深的前輩大師。地尊既已猜到少林僧的戰法，便再無猶豫，運起十成功力，全力以赴。

然而就在此時，地尊忽然感到十成功力一下子聚不起來，他提氣兩次，手上的招式竟然遮不出去。那少林藏經閣排名第二的無憂大師長劍上的劍氣已經刺到，地尊大吃一驚，藉著倒退一步，終於凝聚內力，毫無保留地雙掌推出。無憂大師的劍勢雖然受阻，被地尊的詭異內力穿刺而入，但只是全身一震，並未受到重創。他倒退三步後，居然重整旗鼓，再次發出以硬碰硬的一劍，直刺地尊中宮。

地尊駭然自覺，經過這幾位少林高手的硬擊，自己的功力似已大為減弱，而少林寺那邊不知還有多少高手待出，此等形勢極為不妙，不遠處天尊和那完顏老道之鬥似仍膠著，自己如不能出奇制勝，今日將再無機會攻上藏經閣。

只見他忽然長笑一聲，攻勢換成了守勢，對手無憂法師的劍氣陡盛，繞著地尊如狂風席捲，內力從劍尖射出，嘶嘶作響，台階下眾高手看在眼裡，無不暗自讚歎。

一旁被完顏老道纏著不放的天尊瞥了一眼，已經瞭然於胸，他知道地尊正在施展另一項天竺武術的絕學，能從固守對手的攻擊中，一點一滴恢復自身的功力，這是一種源自極高段的瑜伽大法。只見地尊信手出招防禦，敵快他也快，但是呼息卻愈來愈慢，漸漸他手上的招式已成反射動作，他的身心卻似進入冥想境界。無憂法師奇招盡出，劍氣如虹，竟然奈何不了如在幽冥中的地尊。

無憂大師雖不知地尊所施的是什麼功夫，但身為少林藏經閣第二把交椅，他對武學精要瞭解極深，而且見多識廣，直覺感到對手正一點一滴地恢復之中。他雖不知地尊如何能夠做到，但若待得他功力全復，則少林寺這邊犧牲數位高手與他硬拚的戰略，勢必前功盡棄。只見他鬚眉俱張，大喝一聲，達摩神劍最厲害的招式已然發出，在十成的少林神功催動下，劍氣凝結成一片大氣磅礡的劍幕，而中間連環的絕妙三式，則如劍幕中的異軍突起，首尾相連，銳不可當。

眾人都是識貨的高手，見到這陣式，無不暗中驚呼：「達摩三式！」而其中最為激動的莫過於鄭芫。鄭芫不久前才在天慈禪師指點下修練達摩劍法，不少奧妙處本以為已能完全領悟，這時見到無憂禪師將這「達摩三式」的精微之處施展得淋漓盡致，招式上的威力已臻化境，不由看得心曠神怡，歡喜得幾乎要手舞足蹈，才知道這套劍法博大精深，自己雖領悟了內容，還沒領悟到精髓。

就在此刻，天尊忽然向地尊這邊猛跨一步，大喝一聲：「出招！」同時不顧完顏道長緊纏上來的一擊，鼓足十成內力，一指點向無憂大師。

完顏道長一招既出，已經感覺到這一擊並未能鎖住天尊運氣的「罩門」，無法逼使天尊撤招自救，於是大叫一聲：「大師快退！」

地尊和天尊兩人心意已通，天尊甫一出招，地尊已再次轉守為攻，凝聚全身內力，對無憂和尚發出「御氣神針」。果然經過一陣瑜伽調息後，他的內力再次凝聚成功，一股無堅不破的詭異內力直奔無憂而去。然而無憂和尚居然不閃不避，舉劍相迎，劍氣直透劍尖之上，竟然和地尊、天尊的合力硬碰硬幹上了。

只聽得無憂一聲狂吼，長劍脫手飛向地尊，身軀卻向後飛出丈外，落在地上不省人事，而地尊也已被達摩三式的第三式「飛天一練」的脫手長劍刺傷左肩，這乃是天竺地尊數十年來未曾遭遇過的經驗——被敵刺傷！

只見他恚怒欲狂，猛向藏經閣後塔最高一層躍上，第三、第四層塔上立時飛出兩名青年僧人，欲做阻擋，一個被地尊當胸一拳打得吐血落地，另一個才喝一聲：「下去……」接著便是一聲慘叫。

天尊見地尊直撲藏經閣後塔頂層，於是同時發難，再次擺脫完顏的牽制，和地尊雙雙飛起，對準來阻的少林和尚發出襲擊，一指點中了一名和尚的右胸，和尚飛撞在塔壁上，血濺石磚。這天尊、地尊兩人，在擺脫糾纏、以一擊一的情形下，確實無人可敵，少林高手已有六七人倒在血泊中。

就在兩人飛上第三層塔簷時，一聲「阿彌陀佛」如巨鐘發響般傳了下來，眾人心中都是一震，只見塔門裡走出身披黃色袈裟的少林方丈無為大師。一道灰影閃過，無為方丈身旁已多了一個又高又瘦的道人，正是全真教的完顏道長。

完顏一面飛身上塔，一面暗中咒罵：「這天尊的運氣行功真夠隱秘，我老道發三招，只有一招半式能正中要害。媽的，緊要關頭老是被他擺脫。」他惡狠狠地瞪著天尊，心中極是忿恨。

天尊和地尊在塔簷上，其他人都停止了打鬥，一齊圍到塔下，這一場天竺與中土武林的大戰，已到最後分勝負的時候。天尊用眼光詢問了一下地尊，地尊也用眼光回答，他的傷勢不礙行動，然後對著無為方丈，冷冷地道：「無為和尚，咱們四人一對一做個了斷吧。」無為方丈道：「咱們從頭到尾那一場不是一對一？」地尊想想也對，便為之語塞。

天尊知道這個師弟武功雖然極強，腦子卻不夠靈光，連忙接口道：「那方才寺前的羅漢陣，十八個打你老爺一個，又算啥一對一？」無為方丈哈哈大笑，道：「說你天竺化外之人實在不敬之至，但天下武林人人皆知，少林羅漢陣禦敵時，敵一人咱是十八人，敵五十人咱也是十八人。」

天尊怒道：「那你身旁的道士難道是少林寺的？」完顏道長搶著答道：「今日可不是天竺武林對少林之戰，乃是天竺武林對中土之戰！莫說俺全真教，眼下便有丐幫、明教的好漢在場。你再橫，山下還有各門各派都要和你等拚命，你就趕快夾著尾巴，逃回『身毒』去罷。」

傅翔知道完顏道長他老人家只要不是做決定的關頭，萬事皆看得明白透徹，口齒也極是流利無礙，他要天尊滾回去，不說回天竺，卻要人家回「身毒」，用心著實毒辣。

天尊果然勃然大怒，道：「好，就依你，咱們四人捉對兒拚殺，若是咱們敗了，立刻率眾返回天竺。若是咱們贏了呢？無為和尚，咱可要你一句話！」

四方靜了下來，無為方丈並未立即回答，他思考了片刻，然後一字一字地道：「若是咱們輸了，少林弟子再補上兩人，和汝等一對一地拚殺，直到全寺弟子死光為止！」

方丈這幾句斬釘截鐵的話語才了，塔內便響起一片佛號：「阿彌陀佛，壯哉此言！」不知塔裡還有多少沒有現身的少林高僧。而塔下也響起一片聲音：「保寺之戰，死光為止！」原來在前寺的羅漢堂僧人們，不知何時也聚集到了藏經閣塔下。

天尊不免有些心寒，他知道地尊所受劍傷雖無大礙，但內力的消耗卻是心腹大患，少林寺如持續以這種不惜生命的「一對一」打法，自己拚倒對方十個八個後，恐怕也撐不了多久。何況還有一個難纏的完顏道長，好像在拿自己試他的新功夫，委實可惡之極，卻又一時拿他沒輒，不禁有些猶豫起來。

就在此時，傅翔在塔下忽然瞥見藏經塔的第五層後方閃出一個僧人的身影，那和尚背上揹了一個黃布袋，十分小心地從塔角躍起，落在塔後的樹林中。傅翔忽然想起有一個埋伏在少林寺臥底的弟子，便對身邊的芫兒和朱泛低喝一聲：「臥底的要跑……」也來不及解釋，便飛身向那樹林追去。鄭芫和朱泛不明就裡，但也立即跟著傅翔追出。

樹林中忽然傳出一聲鶴唳般的哨音，一連響了三個轉折，十分特異，追在前面的傅翔和站在塔上的完顏道長都覺得耳熟。原來那晚在房縣關帝廟前，那武當坤玄子招呼天竺絕垢僧時所吹出的竹哨聲，就是這種「鶴唳」之聲。完顏道長猛然驚覺：「是臥底在少林的人所發的哨聲……」

只見天尊、地尊，乃至塔下的天竺弟子全都拔腿就跑，一齊向鄭芫和朱泛身後跟去。那地尊的腦子果然不夠使，居然自作聰明地用梵語大叫一聲：「得手了！」卻忘了少林高僧個個皆諳梵文，聽他這一叫，每個人都懂了。

剎時之間，那揹著黃布袋的和尚在前，傅翔在後，鄭芫、朱泛再後，天尊地尊及天竺弟子、完顏道長、方冀、丐幫諸俠、少林眾僧……大夥兒如一串流星追月般飛過天際，齊向寺後山區奔去。

這時夕陽已經隱沒，東方一輪明月升起，這一群頂尖高手身形之快，委實令人咋舌，從遠處看，襯著天邊的月色，直如一群巨鳥劃過長空，直奔山頂高處。儘管陡峻難攀，這群人卻飛馳如履平地，節節高升。

一轉過山頂，突然山路陡縮，左邊是陡壁，右邊已現深淵。這時一片霧氣從深谷升上來，片刻間就變得迷濛難辨東西，腳下一個踏空，就有墜下百丈深淵的危險。那跑在最前面的和尚顯然對地勢熟悉無比，在濃霧中並不減速，也不揀路，每一縱跳，正好落在懸崖邊的石筍尖上，分毫不差。

追蹤而來的傅翔便沒有那麼大膽，他一開始關注落腳之地，立刻便慢了下來。傅翔心中暗急，忖道：「這和尚盜了經書，揀這條上山路做為退路，乃是有備而來。」就在此時，一片烏雲遮住月亮，山巔上立時伸手不見五指，先前還可以從前面和尚的身影，估算落腳之地而跟進，此時更是一籌莫展。眼看那和尚繼續縱跳自如，愈奔愈遠，終於隱於濃霧之中。

忽然後面有兩人飛越過自己頭頂，居然不受濃霧和黑暗影響，快速地追蹤上前，慌忙中傅翔已看出這兩人似乎是無影千手范青及紅孩兒朱泛。大概這兩人經常夜偷十戶，黑暗中目力特佳，再加輕身功夫特別靈巧，居然也能不減速度，緊緊跟住最前面的和尚，剎時也消失在前面的濃霧之中。

傅翔索性停下身來，向後方叫道：「芫兒，儘量靠左！」鄭芫應了一聲，從來聲估計，大約在二十丈之後。傅翔知她無恙，正感放心，忽然又聽到鄭芫的尖叫聲：「傅翔，小心！」

說時遲那時快，又是兩條黑影越過鄭芫，飛快地落在自己背後。傅翔大吃一驚，黑暗的濃霧中什麼也看不清楚，他只能轉身凝神，提氣相待，卻不知如何應變。那兩條人影來得好快，端的是無聲無息，兩人先後對著傅翔發出一掌。傅翔一感到掌風，已知來的是天尊和地尊，因為一股無與倫比的巨大壓力，如排山倒海一般，使得自己匆匆推出的抵抗之力顯得有如螳臂擋車。他一個立足不穩，就被這巨大力道推離山崖，向懸崖下跌落。

只聽到傅翔在空中大叫一聲，胸口又受重擊，身形便如斷線風箏般直墜下去。

天尊、地尊二位天竺武林的領袖，在黑暗的大霧中找到絕佳機會，聯手偷襲傅翔而一擊成功，料想這少年絕無倖理，兩人竟是歡欣鼓舞，齊聲長笑，彷彿獲得至大無比的勝利。他們繼續向前追去，準備接應盜經得手的臥底弟子悟明和尚。

然而就在此時，前方卻傳來悟明的驚呼：「什麼人……你敢！」緊接著是無影千手范青的大叫聲：「紅孩兒，接住！」

天尊和地尊追得近了，依稀看見那悟明揹著的黃布包，不知為何突然到了神偷范青手中。范青一面迎接悟明的攻擊，一面將布包拋給身後的朱泛。天尊揮掌擊向朱泛，朱泛只好就地一個鐵板橋堪堪閃過，那布包便直向懸崖外飛去。地尊正好趕到，雙腳釘立懸崖邊緣，伸出長臂去抓那布包，但是他背上「命門穴」忽然感到一股致命的壓力，若不避開便有性命之虞。他狂吼一聲，硬生生地反身雙掌回擊，只見完顏老道右手雙指如戟，原本襲他命門穴，此時已轉而對準他掌心「勞宮穴」，地尊只好收掌。

那包著少林二十四種絕技秘笈的黃布包，終於落下了懸崖，瞬間消失在濃霧密布的黑暗中，山巔上傳來少林方丈無為大師的悲憤吼聲。

【第十回】蒙古大夫

傅翔悠悠醒來已是午後，那不知名的草藥竟讓他沉睡了三個時辰，自己躺在一個用乾草鋪成的矮床上，床墊卻是羊皮縫製的。

一個身著蒙古裝束的婦人，正在一個石缽中用杵子研磨藥粉，旁邊的阿茹娜不時加入些不同的粉末及乾葉。

晚風送涼，白晝的燠熱在午後烏雲密布卻仍無雨落而愈發悶人，直到申酉之交時，城裡才有一陣風起，吹散了一些暑氣。

這是前元朝的大都，大明洪武年間改稱北平府。經過十多年的鑿兵爭戰，大都雖被大火燒了幾次，不少房舍建築都已成了灰燼，但舊皇城卻奇蹟般未受重大破壞，堅實的帝都城牆依然屹立無恙。

這時城西南的順承門前，有三人三騎正要進城。守城門的軍士中，一個軍官笑容滿面地對一馬當先的清癯和尚招呼道：「道衍法師回來啦，這一趟恐怕去了兩個多月吧？」那和尚合十為禮道：「正巧哩，和尚出城那天，在這城門當值的也是你丘老總，可真有緣了。」那軍官又向後面跟著的一位虬髯和尚、一個青年書生打招呼道：「這位鏡明法師咱是識得的，還有一位……」

道衍指著身後的青年書生道：「這位胡相公，是貧僧在南方識得的才子，正要給王爺引見呢。」燕京城當差的，人人都知道這道衍乃是燕王朱棣的頭號心腹，平時不但諸般佛典法事悉由道衍以主錄僧的身分主持，燕王府各種重大事務的決策，也都少不了道衍的參與。那軍官聽道衍如此說，便二話不說放行入城。

三人進了順承門，第一條大街右轉後，便看到道衍所主持的「慶壽寺」。慶壽寺建於金代，到元代時寺內增建了雙塔，大都人都俗稱此寺為「雙塔寺」。寺院建築十分雄偉，古樸之色及飛簷之美在數百株古松間忽隱忽現，堪稱昔日京師寺廟之冠。

道衍轉首對身後的書生道：「今日已晚，便請胡相公在敝寺暫歇一宿，明日咱們去王府拜見燕王。」那書生拱手道：「胡濙承大師看重，邀來燕京一遊，除有榮幸一覽古都之規模、長城之雄偉，並得拜見燕王之威儀，如能有緣見識百年京師諸位名醫國手岐黃之術，則又幸矣。」道衍和尚道：「燕京乃故元帝都，不僅皇宮之中，便是幾個王府裡也都供奉不少名醫。元亡之後，名醫多留下懸壺於市，頗有幾位高手值得胡相公認識切磋呢。」

這時右方一間宅子裡忽然傳出嚎哭之聲，一輛騾車拉來一具棺木，宅門大開，將棺木迎入，院中擠了十幾個人，幾個婦人和後生在嚎啕大哭，三個和尚在堂門前唸經燒香。屋裡兩個婆子抬著一張床蓆出來，床上躺著一個年輕少婦的屍體，屍體腹部高高隆起，看來竟是一個孕婦，家人正要將遺體入殮。

胡濙騎在馬上，瞧見那少婦身下忽然流出鮮血，滴在地上，他定目仔細看了一下血滴的顏色，便從馬上跳下，快步走進宅院，向眾人道：「且慢入殮，且慢入殮！」一面問那抬屍婆子：「婦人因何而死？」那婆子道：「頭胎就難產，母子斃死了，一屍雙命，可憐啊！」胡濙早已蹲下細查蓆上的鮮血，他手指沾了一點，聞了一下後，大聲叫道：「快放下，說不定還有救呢！」

只見胡濙從袋中掏出一把銀針，飛快地在那婦人的兩邊耳根插入，又解開婦人衣領，在喉下正中插入長針。他感到婦人身軀已冷，氣息全無，但皮肉仍有彈性，三針插下後，婦人的腹部似乎略有動靜。胡濙又喜又急，不顧眾人驚呼，一把扯開婦人衣裳，在她上腹部插了三針，臍旁插了兩針，然後雙掌十指按住婦人腹部要穴，輪流點壓推拿。漸漸他手心感到婦人腹內有物游動，似乎正在轉移方向位置，他大叫一聲：「男客迴避，產婆準備接生。」

幾個婦人圍將上來，人人面帶驚駭之色，一個最有經驗的婆子蹲下，有人呼叫熱水、被毯，一陣混亂之下，胡濙又是大叫一聲：「來了！」那婦人腹下噴出大量血水，一聲哇啼，一個血淋淋的男嬰已被產婆活生生地拉了出來。

胡濙忙看那婦人，姣好的面容蒼白中透出青色，確實已經往生了。胡濙不禁心生敬意，望著那產婆手中的嬰兒，又望著已死去的母親，喟然嘆道：「嬰兒汝自強而出，婦人汝雖死猶生，天人之道不可知，可敬可畏啊！」

眾人擁著那產婆及嬰兒擠著進屋去了。胡濙把銀針一一拔下，擦淨收好，一個婆子將婦人屍身擦拭整裝，胡濙對那往生的母親拜了一拜，悄悄起身上馬。兩個和尚合十道：「阿彌陀佛，善哉，善哉。相公真神醫也。」

此刻胡濙心中卻充滿一股說不出的情緒，如波濤般洶湧，有些激動，又有些念天地悠悠的莫名悲懷，只是不想說話，就點了點頭，催馬前行。

行至慶壽寺外的廣場前，胡濙才從激動的思緒中平靜下來，他對道衍和尚拱手道：「在下雖好研究岐黃之道，卻並無處理生死重症的經驗。今日是第一次出手，僥倖救了那嬰兒，可惜那婦人是救不活了。」道衍和尚道：「然則相公從何得知，那一屍兩命竟還有救？」

胡濙道：「在下遍訪江南名醫，遍覽天下醫學書籍，曾在郴州購得一本《銀針奇錄》的孤本，其中詳記前朝三湘名醫莫端在蒸水畔滴血銀針救人的軼事。莫端從血滴尚泛養分之色而判斷『屍身』生氣尚未斷絕，立時停棺施救，不過不同的是，在莫端的銀針施為之下，母子俱得救命。前輩妙手，豈是吾人可及……」

那鏡明法師插口道：「胡相公博覽古今醫書，珍藏一定甚豐了？」胡濙微笑道：「不瞞二位法師，在下家境尚稱寬裕，自幼家父賜給在下的銀錢，十之八九都花在蒐購醫藥之書及各種單方，是以所藏可觀。」道衍法師道：「胡相公可有意將各種醫藥書籍及單方整理編輯，重新付梓，以利天下？」

胡濙道：「大師說得是。唯我華夏醫藥之道博大精深，其勝在於重經驗之累積，從炎帝神農嚐百草以下，無一不以實際經驗為本；其敗則敗在各種經驗的傳承支離破碎，而所流傳者常有缺失矛盾，甚或誤謬而不加修正，以致庸醫害命之事層出不窮。要將敝人所藏徹底瞭解，去蕪存菁，重新整理付梓，方能真正利醫利民，但以在下個人之力，談何容易？」

這時三人已走到寺門前，寺中兩個青年和尚出來迎接方丈。道衍道：「胡相公今夜就睡在方丈室隔壁的客房，你們先去準備熱水及晚齋吧。」鏡明告了罪也回入自己的禪房。道衍引導胡濙到了客房外，道：「胡相公梳洗完畢，便來方丈室共進晚膳。」胡濙謝過。

道衍的方丈室布置得與一般和尚的禪房頗不一樣，除了供佛桌上燒一炷檀香，另有一張長條木桌和十來個木凳，四壁則全是書冊，其中佛、道、儒、雜學之書籍間雜並列。長桌上放著的不是《金剛經》，而是一部《資治通鑑》，最奇特處，是長桌後方唯一的一塊白壁上掛著一幅地圖，繪了遼東、漠北、中原、江南、百越……

小沙彌奉上苦茶，道衍和尚與胡濙喝了一盅，只覺口舌之間一股暖氣直通脾胃，通體舒暢。道衍和尚道：「這茶是燕王府所賜，據說是元朝皇帝內宮中的珍品。」胡濙道：「此茶味先苦後甘，確有強胃健脾的功效。」他精研醫藥，自己也常親嚐，以身體會草本藥物對生理的影響，是以一杯苦茶下肚，便知此茶的功效。

道衍道：「明日貧僧要進王府去，向燕王報告南行所見，順便引胡相公晉見。燕王最是愛才，見著胡相公這等人才，怕要不放你走了。」胡濙謙道：「胡某一介書生，燕王如何看得上眼。」

他對這位行思奇特的和尚感到十分好奇，忍不住問道：「大師精研釋道儒各家學說，上通天文下知地理，對當今天下大勢有何看法？」

道衍和尚起身在案上香爐中添了一炷香，對佛像拜了三拜，然後回到凳上坐下，緩緩地道：「故元一代源自於漠北，當年蒙古帝國統一漠北後，滅金、滅西夏，三次西征佔地萬里，滅南宋而建元朝。蒙古帝國之強大史無前例，蒙古軍隊天下無敵，何以不滿百年即被我洪武皇帝推翻，趕出中土？此乃因為蒙古有武無文，其征服中土之初所仗者力之強也，及其入主中土數十年後，尚武之氣逐漸銷蝕，文功又不足，何能長期徒以暴力鎮壓而治天下？是以群雄並起，有如暴秦失鹿而天下英雄共逐之……」

說到這裡，他話鋒一轉道：「當年蒙古人由北而下建立元朝，我洪武皇帝則由南而上趕走蒙古人，南京遂成為大明治天下之核心，這原是地理形勢必然的結果。然而依貧僧看來，我大明必須以北平為治國之中心，方能國祚綿延，長保社稷。」

胡濙聽得一驚，心想：「這話若在南京公開講，足以致禍。」他一面望著長桌後面的大地圖，一面應道：「願聞其詳。」那幅大地圖上除山川地名外，尚有許多不明其意的符號，大多集中在遼東及中原地區。尤其是北平到南京之間的幅員，更是寫滿了密密麻麻的地名、人名及符號，顯然道衍和尚花了許多工夫研究南、北兩都之間的地理形勢及人事。

道衍和尚毫無顧忌地接著道：「這道理其實簡單。北元雖敗，蒙古殘部軍力尚存，北疆有韃靼、瓦剌虎視眈眈，東北有女真，西北有畏吾兒，此皆為突厥一脈，均曾與華夏為敵，我大明如不能將北疆之防做為首要大政，則江山難保長久；而以北防為首要之大政，莫過於定都於北，此其一。其次，綜觀我華夏千年歷史，建都於江南之朝代皆屬羸弱短命者，南京世稱有金陵王氣，然自三國東吳以下，六朝金粉皆消失在秦淮波光槳聲之中；而歷數漢唐開國盛世，則皆建都於北方，不僅力保北疆西域，且能以中原恢弘之氣揚我國威。我朝洪武帝雄才大略，雖因其建國過程由南伐北，故而建都於南京，然依貧道觀天地之象，察宇宙之奧所得，則大明必將重建北平為帝都，而留南京為副都，則天下南北共治，北主南輔，大明江山可保百世。」

這一番話聽得胡濙心驚膽戰，暗忖這和尚身在佛門，竟有天下志，說到「南北共治，北主南輔，大明江山可保百世」時，竟然透出一種睥睨天下、捨我其誰的氣勢，勃勃野心展現無遺。胡濙瞇起雙眼望那道衍和尚，只見一股煥發英氣出自一個戒疤點點、身披袈裟的僧人，不禁感到一陣莫名的寒意。

8

次晨卯時才正，慶壽寺前已聚集了一群民眾，開寺門的小沙彌揉著睡眼，請問鄉親聚此何為？群眾七嘴八舌地道：「咱們要見神醫。」「咱們要拜謝神醫。」小沙彌聽得一頭霧水，反問道：「什麼神醫？你們到寺廟來找什麼神醫？」民眾又是一陣七嘴八舌，說不清楚怎麼一回事。

只見一個衣冠整齊的中年人按住眾人的雜言雜語，發言道：「昨晚有一位神醫，以針灸之術救活了前面洪家一個原本難產而死的嬰兒，咱們是洪家的親友鄰居。有人看見那神醫隨道衍方丈住進了慶壽寺，大家要來瞻仰神醫風采，洪家的當家也要來拜謝神醫救子之恩。」此人口齒清晰，穿得也較體面，顯然是街坊鄰居中的領袖人物。眾人聽他幾句話便把大夥兒心中的話說得清楚，人人心悅誠服，笑咪咪地看著小沙彌，一齊點頭稱是。

其中一個小沙彌看到一群人對著他笑，還沒有完全醒過來的心裡竟然有些發毛，另一個比較機伶的已聽懂了個大概，便對眾人合十道：「昨晚住持方丈確是留宿了一位相公，待小和尚進寺去，瞧瞧客人是否已經起床，再請他出來與各位相見。各位且在那邊松林的大石上坐坐。」

道衍方丈及胡濙長途跋涉勞累，一覺睡過辰時，起床洗漱完畢，小沙彌已等不及前來報告，寺外聚了一群人要見神醫，向神醫道謝。道衍方丈哈哈笑道：「胡相公，你到北平才一夜，已經名震燕京了。」胡濙是個隨和之人，雖不愛出風頭，卻也不排斥別人對他感激示好，便整裝出寺與眾人見面。

道衍陪著他步出寺門，那個衣冠整齊的鄉親陪著洪家主人，立刻從石座起身迎上來。那洪家主人年約三十五、六，是個做小生意的商人，見了胡濙，當場就跪了下去。那衣冠整齊的鄉親拱手道：「這位是洪家當家的洪三昭，也就是死而重生的嬰兒生父，要來拜謝神醫救命之恩。敝人是洪家親友羅章，見過神醫及方丈，敢問神醫貴姓大名？」

胡濙忙上前將洪三昭扶起，謙道：「敝人姓胡名濙，江南人氏，跟隨道衍大師北來燕京增廣見聞。敝人略知醫藥，卻無懸壺濟世的經驗，昨日見到貴府母子因難產而罹難，似乎還有一線生機，斗膽一試，僥倖救活嬰兒，可惜術藝不精，母親卻救不活了，還請包涵則個。」

那洪三昭聽了又要下跪，胡濙攔住了。那羅章道：「胡神醫忒謙，閣下針灸之術有起死回生之妙，實在聞所未聞，見所未見。敝鄉親備有白銀三百兩酬謝，盼神醫笑納。」胡濙道：「萍水相逢，路見有難，僥倖能助一臂之力，固所願耳，也是和這個嬰兒有緣吧。

洪君快請收回銀子。」他見這洪三昭老實木訥，像是個做小買賣的生意人，三百兩白銀對他一家來說可謂非同小可，便堅辭不受。

眾鄉親鄰居聽他倆一來一往說得文謅謅，雖不全懂，但也瞭解胡神醫救人不居功，不願收洪三昭的三百兩謝銀，不禁人人生敬，有的伸出大拇指誇讚，有的向胡濙下拜，如敬菩薩活佛。

道衍方丈合掌道：「阿彌陀佛，洪施主的令兒一出生便得此稀世奇緣蔭庇，想來必是前世的福報。胡相公施恩不望報，正是仁人君子之風，老衲欽佩之至。至於這三百兩謝銀麼，就算是胡相公轉送給新生嬰兒的賀禮吧。」和尚處理得面面俱到，各方面無一不妥貼。

那洪三昭更是喜上眉梢，壯著膽子道：「不知……小人不知是否有福氣，能請神醫為小犬賜一名字？」胡濙略一思索，正色道：「母命換兒命，兒之生日即是母之忌日，唉，此子就叫『念慈』吧。」

8

燕王府就設在故元朝的內宮，其規格就是九五帝王之尊，有些地方比南京的皇宮還要講究，但燕王朱棣本就是個有氣魄、有野心的人，自洪武十三年就藩以來，從來也沒改變過元帝的規格，也不怕有人說他僭越。自從朱元璋立皇太孫朱允炆為皇位繼承人之後，燕王不僅沒有保持低調行事，反而聽從道衍和尚的建議，暗中加強直屬部隊的戰力。

在全國各藩王之中，擁有最大兵力的便是燕王朱棣和封在大寧的寧王朱權，因為有出擊北元殘軍及鎮守北疆的重大任務，是以此兩藩所屬軍隊不受人數限制；但與中央所掌握的大軍相比，仍屬少數。

朱棣在北平城內外的秘密基地練兵及整備武器，此傳聞早已到了南京，朱元璋卻對這個會打仗的兒子信任有加，只當作是燕王整軍經武為鎮北疆，完全不以為意。但朱元璋死後，繼位的朱允炆及他身邊的謀臣，卻對這位雄才大略的四叔不能放心。先是傳來北平政務首長布政使將由南京直派的消息，接著又傳出朱允炆幕僚建議，負責北平防務的都指揮使也由南京直接派人擔任，如果這些傳聞屬實，則與封地軍政一把抓的燕王府，將形成微妙的緊張關係。

道衍奉命南遊，適值洪武帝駕崩，建文帝嚴令禁止諸藩進京奔喪，因此他從南京帶回親眼目睹、親身感受的消息，燕王亟待聽取報告。巳時才到，王府侍衛已帶引著道衍和胡濙走到正廳前。那侍衛指著左邊一間雅靜的書房，對胡濙道：「燕王吩咐，請胡相公在書房稍坐。」他一面招呼一個侍役奉茶，一面帶著道衍進入正廳，然後畢恭畢敬地退出。

胡濙坐在一張繡椅上，啜口熱茶，打量燕王的書房。案桌上放著一排四個盆景，一棵龍形古柏，一棵黃山奇松，一棵合抱雙樟，還有一棵不知名的碧青奇樹，華蓋般的翠葉綠得像要滴出汁來，枝幹蟠結黑實，有如古楠老梅的蒼勁，卻又洋溢另一種飛揚挺拔的朝氣，委實是一盆珍品。

胡濙正自讚賞不已，忽然看到書几上擺著一方硯台，那硯石略成橢圓形，色呈寒玉般的墨綠，石質卻潤如羊脂。胡濙於文房四寶是個行家，立刻起身趨近觀賞，只見那硯台經多年墨磨，已然出現一片變化多端的紋路，有如水之波紋，紋理暗藏赤色，夾在墨綠的底色中顯得高雅而神秘。胡濙識得這是洮河硯的極品，忍不住捧在手中把玩一番，觸手處，感覺竟似溫玉。

胡濙不禁暗暗稱奇，忖道：「久聞燕王朱棣行伍出身，自幼隨洪武帝戎馬倥傯，不多讀書，充其量不過是略通文墨而已，怎會有如此高雅的書房？如此珍奇的文房之寶？」

胡濙自然不知，這燕王府從元朝皇宮中接收了大批珍寶，書房中的盆景、寶硯……都是前朝皇宮之物，而燕王朱棣雖然沒有讀過多少書，他的王妃是徐達長女，卻是個知書達禮又有品味的夫人，這間書房的布置全都出自徐王妃之手。

胡濙看到四壁書架上的藏書，有許多頗為珍貴的孤本及繕本，暗忖元朝皇室雖從世祖忽必烈開始才接受相當程度的漢化，然而皇宮中的藏書竟然如此豐富，倒是有些出乎意料。

左邊的一排書中，有三本貼了紅色紙籤的厚冊，胡濙免不了走近瞧瞧，只見三厚冊的書脊上都寫著「南京」兩個大字，其下有一本寫著「山川」兩個小字，一本寫著「街市水道」四個小字，還有一本寫著「人物」兩個小字。胡濙十分好奇，但不敢拿出翻閱，只暗忖道：「燕王爺對南京的人地還真下了不少工夫哩。」便又踱回原地，坐在繡椅上等候。

書架後的板壁外，那個引他進來的侍衛正透過壁上一個小孔，窺視著書房內的動靜，見胡濙走回座位，那侍衛點了點頭，暗道：「嗯，這姓胡的倒不是南方派來的細作。」

王府正廳中，燕王朱棣聽完了道衍南行的報告，臉色十分凝重，他一手梳攏著頷下鬍鬚，一面深深地沉思。道衍報告完畢後也不多話，靜靜凝視著朱棣。一時之間，廳中靜了下來，連窗外高樹上的鳥叫聲都聽得一清二楚。

燕王終於開了口，他簡潔地問一句話：「大師你說，沒法回頭了？」

道衍和尚正色道：「沒法回頭了。」

燕王道：「怎麼講？」

道衍和尚道：「朱允炆人雖聰明，卻容易見異思遷，遇事不能堅持，所以他身邊的謀士就有決定性的影響。如今黃子澄、齊泰當政，全是主張削藩的短視之徒，再加一個方孝孺，學問雖好卻有些食古不化，一旦自以為正義衛道，堅持起來，比那蠢驢還要憋拗。朱允炆自恃武力強，發動削藩只在旦夕之間。王爺，你要拿定個主意了！」

燕王道：「怎麼講？」

道衍道：「拿定主意，先發制人！」

燕王雙目暴睜，精光四射，厲聲再問：「怎麼講？」

道衍毫不迴避，一雙三角眼回瞪著朱棣，一字一字地低聲道：「起兵！」

燕王道：「造反？」道衍道：「不錯，造反。不造反，王爺你就等著被殺吧，死了還是背個罪名：謀反！」

燕王朱棣站起身來，踱了三圈，然後停在大廳中央，忽然指著道衍和尚道：「和尚，你先設法讓高煦回燕京來，咱們就開始布置。」

道衍知道燕王諸世子中，最勇猛善戰的就是這個次子朱高煦，燕王若要動武，必定希望高煦在身邊。朱高煦於洪武二十八年被封為高陽郡王，受召到京師學習國政，經常留在南京。在燕王朱棣的想法中，朱高煦大可在京多與高層政要交往，俟機打探朝廷機密，但朱允炆繼位後，留在南京就會變成人質了。

道衍和尚微微笑道：「王爺休要著急，貧僧包管數日之內，二公子便如蛟龍脫困，從南京返回燕京。」燕王雖然將信將疑，但他素服道衍之能，便沒有再質問。

這時道衍起立道：「此次貧僧藉南遊之便，頗結交了幾位奇能異士。有一位精通醫藥、學富五車的才子胡濙，貧僧結識他後，知他與少林寺高僧相約談論醫道，便邀他隨俺來到燕王府。王爺見他一下，此人將來必有大用。」

朱棣搖了一下案上的小銀鈴，先前那名侍衛快步進廳，朱棣尚未開口，那侍衛已先報告道：「稟王爺，那胡相公踱到三冊書之前，似乎頗感興趣，但並未動手翻閱。」朱棣微笑道：「去請胡相公來見過。」

原來燕王府的書房是個測試南京來客的場所，書架上故意放些會引起南京來客興趣的書籍，其內容其實平常一般，但書名及標籤卻故作神秘。來者先在書房中等待召見，有時一等大半個時辰，若是忍不住翻閱甚或偷錄，便被認為可能是南來的細作，燕王便會暗加提防。

這時胡濙通過「測試」，燕王笑容可掬地迎他入廳。朱棣一把拉住胡濙阻他拜見，哈哈笑道：「歡迎，歡迎，燕京城來了胡神醫，聽下面報告，一大早在慶壽寺外很轟動呢。」

胡濙一見那燕王，便感到此人有一種大氣魄，而清早發生鄉親拜謝「神醫」的事他居然已經掌握，聽他特別說「聽下面報告」，表示消息不是來自道衍和尚，很巧妙地表露出大氣度中的精細面。再看那燕王的長相，長臉長鼻，氣宇雍容有度，雙眼雖然不大，但目中精光四射，極是銳利。胡濙暗道：「這燕王生得好相貌。」

燕王雖然相攔，胡濙還是一揖到地，正色道：「晚生武進胡濙，承道衍方丈之邀到燕京一遊，更蒙引見，得瞻燕王威儀，不虛此行矣。」

朱棣笑道：「俺是個粗人，胡相公莫要文謅謅的。道衍和尚說你醫藥之道精通，又有一肚子學問，俺素來相信和尚的眼光，胡相公年紀輕輕，前途不可限量啊。」

胡濙謙道：「胡濙一介書生，一個落第舉子，豈敢擔得王爺過獎？只是自幼酷愛醫藥之道，遍求天下名醫學習切磋，遍讀天下醫藥書籍，蒐集天下奇門偏方，頗有心為醫藥之術理出一條新道。如不是家嚴逼著考功名，真希望能雲遊四海，一面增進醫學，一面活人性命。」

燕王爽朗地道：「功名算什麼，肚子裡裝滿經書，腦子不好使的人俺見多了。胡相公，你能學以致用，才令人佩服呢。」說完話鋒一轉，問道：「胡相公從江南來，自南京到江北河南，所見必多，有些啥可以教我的？」

胡濙忙拱手道：「王爺忒謙。晚生見識有限，唯見到天下百姓在歷經戰亂後，這幾年休養生息，總算鬆了一口氣，所以洪武帝雖然治國嚴苛，天下士農工商仍然感戴其德。因而想到昔年孔子經過泰山之側，有婦人哭墓，其舅其夫其子先後都死於虎口，然而婦人仍不肯遷離，夫子問為何，婦人答：『此處沒有苛政。』孔子而有『苛政猛於虎』之嘆。晚生於今，確有『兵禍猛於苛政』之嘆！」

道衍和尚插口道：「胡相公所見不錯，但須知洪武帝之嚴苛乃是針對官吏、富商及刁民，對善良而窮苦的百姓卻是寬厚以待，是以天下庶民咸感念洪武之治啊。」

胡濙未經細思，應聲脫口道：「洪武帝出身窮困，深知庶民疾苦，諸多惠民濟民的施政必將書入青史；然其事成之後誅殺功臣的酷烈，恐怕也將記入斑斑史籍……」講到這裡悚然而驚，想到自己竟在帝室王爺面前道大行皇帝之短，此乃犯了大忌，連忙住口。

豈料燕王朱棣並無慍色，哈哈大笑道：「胡相公快人快語，大合俺的性子。那些遭誅殺的開國大將們，有的曾經帶著俺教俺打仗，有的是和俺並肩作戰殺韃子的交情，在戰場上比兄弟還親。洪武帝雖是俺的老子，俺想起這些鳥事來，也覺得一肚子的窩囊氣。」胡濙捏著一把冷汗聽完朱棣這番話，方才鬆了一口氣。

接著朱棣又問起洪武三十年的南北榜江南士子的反應。由於這場春闈正是胡濙落第的一榜，後來更演變成腥風血雨的科舉奇案，又和「藍玉案」的餘波攪和到一起，再加上其中夾雜著嚴重的南北地域歧視，胡濙就答得很小心了，只含混地說：「近年來南北考生之風差異漸大，分成南北榜取士，固然可以平衡一下地域，但若正式發展成北弱南強的局面，也非國家取才用才之福。」

燕王道：「胡相公考慮得遠。依俺來看，北方多年來重武輕文，民間文風不及南方也是事實，一榜競爭就算一時不如南方，只要努力，將來自有扯平的一天。倘若不思努力而靠南北分榜來博取功名，將來天下學界如認為，凡是北榜出身的進士學問文章必然不及南榜，那豈不是一籠饅頭壞了坯子？」

其實胡濙思慮得不夠遠，這分榜取士與地域意識結合，百年之後出現的朋黨之爭危害國家之深遠，又豈是那一榜出身、學力強弱的單純問題？

道衍和尚見談得差不多了，氣氛也甚融洽，便提醒道：「胡相公此來燕京，想要與燕京的幾位名醫討教切磋。如今才一進城便有『神醫』之名，想來諸位名醫等不及要跟你論醫道、較高下呢。」胡濙連道不敢。

燕王一搖銀鈴，那名侍衛捧著一盤黃金元寶進來侍候。燕王道：「胡相公遠道來到燕京，展神醫之技惠我城民，俺沒啥文雅玩意兒送你，就送你黃金百兩。一則壯你行色，再則燕京城裡多有名貴藥材，老弟可以多買些好藥材帶在身邊，救治更多病人，豈不是好？」

胡濙聽燕王如此說，不敢謙辭，只得長揖拜謝：「王爺仁心慷慨，晚生拜領之後定當用於救病濟人，為王爺廣積功德。晚生告退，盼異日有緣，能為王爺效勞。」燕王大喜，便命侍衛帶領胡濙與燕王府內專職的名醫相談。

胡濙辭出燕王府正廳，隨著侍衛穿過長廊，長廊兩面掛滿各種兵器，在天光明暗之中顯得森然。走出長廊，迎面是一座極華麗的大廳，裡面各種樂器按演奏班子的規矩陳放，正前方一座雕工精美的楠木戲台，台前擺滿了盆花，雖在室內，竟有一番萬紫千紅的錦簇氣象。

那侍衛見胡濙面露驚色，便笑道：「燕王府原是前朝皇宮，這些排場也由老管事的內宮保留了下來。」胡濙道：「看來蒙古皇帝在中原待久了，生活習慣漢化得厲害呢。」那侍衛笑道：「享樂這回事，當然還是漢人的玩意兒有趣得多。」

走過大廳，便到了左右兩排精美的廂房，包圍著一個天井式的小花園，前後左右種了四棵姿態極美的老樹，分別是桃、石榴、桂及梅。樹雖老而蒼勁，石榴花卻開得火紅，這布置恰是春夏秋冬每一季都有一棵樹花兒盛開。

這時左前方迎面走來兩名侍女，侍候著一位中年婦人往內廳走去，婦人身邊一個身著官服的年輕人正一面走，一面向婦人稟報事情。帶引胡濙的侍衛立刻停下身來，胡濙也跟著停身，依稀聽得那年輕官員道：「……南京那邊舅爺請夫人放心，二公子一切無恙……」胡濙聽到南京兩字便留上了神，但那年輕人看到自己這個陌生人，話便戛然而止。

帶引胡濙的侍衛向那婦人躬身道：「王妃萬福。王爺要小人帶這位南京來的胡相公，去和王府中的曾御醫一談。胡相公，見過王妃。」那婦人對侍衛微笑答禮。侍衛又指著那個年輕官員道：「這位馬總管……」那年輕人已滿面笑容，拱手自我介紹道：「敝人姓馬名和，胡相公便是一針讓洪家嬰兒起死回生的神醫?幸會，幸會。」

胡濙見這馬和身材頎長，面貌英俊，氣宇軒昂而態度十分誠懇，不禁大生好感，連忙回禮道：「見過馬總管。敝人昨日僥倖救了一個嬰兒，卻沒有鄉親們傳說的那麼神奇，這『神醫』兩字萬萬不敢當的。」

那王妃微笑道：「胡相公忒謙，聽他們說那洪家母子難產而亡，都要入殮了，虧得胡相公施出針灸神技，救活了小娃一命，真是勝造七級浮屠呢。」

這王妃生得美而不豔，更兼和藹可親，另有一種高貴的儀態令人不敢直視。胡濙低首道：「王妃過獎，萬不敢當。」王妃微笑點首，一行便向內宮而去。侍衛目送一行離去，便道：「燕王妃乃是開國第一功臣、中山王徐達的長女，燕京城人人對她敬愛無比，以俺看，只怕更勝燕王爺呢。胡相公，曾御醫便在右手邊第一間房內。」

胡濙對這侍衛的談吐極感驚訝，看他與王妃及馬總管的互動，也不像是個低階的侍衛，胡濙一面道勞道謝，一面請教姓名。那侍衛道：「小人姓張名景一，隨伯父在燕王麾下當差。」胡濙再問：「敢問尊伯……」侍衛張景一答道：「家伯張武，乃燕山右護衛。」胡濙暗暗吃驚，燕王麾下大將的子侄進府來當差，其做法宛如宮廷，也難怪一個侍衛的談吐舉止皆有相當程度了。

胡浚又想：「此來燕京，見了燕王，又得豐富賞賜，可以多留些時日，好好買幾味珍貴藥材。只是不能耽擱過久，我與少林寺高僧之約，日子就快到了。」

∞

傅翔躺在一片被他壓壞的灌木枝葉上，他知道背上有很嚴重的皮肉之傷，但他不覺疼痛，因為全身一時之間都麻痺了。他腦中一片混沌，不知自己是生是死，更不知身體或靈魂現在何處。也不知過了多久，他開始感到全身劇痛，背上的傷口、胸腹的內傷一齊發作，他拚命咬緊牙關亦難熬住，終於大叫一聲，聲震山谷，驚得四周林鳥一陣亂鳴亂飛，傅翔也終於確認自己仍然活著。

背上是皮肉傷，胸口是內傷，全身感到發燙，而最令他驚駭的是，體內經絡似乎全部走位，一口真氣無法完全凝聚，更談不上運行周天來療傷了。

他的腦筋逐漸恢復活力，猶記得在少室高峰絕崖上，自己被天尊、地尊聯手攻擊，除了被打下懸崖，胸口也中了重重一掌。那天竺詭異的氣功直穿透自己布於胸前的真氣，還好自己藉飛出山崖之勢，翻騰得宜而卸去部分勁力，沒有當場被擊斃，但他身在空中，仍然噴出一大口鮮血。

而後他從寒冷的山崖口墜下，這不到十秒的時間，實乃傅翔有生以來最不可思議的經歷：他落下來才一瞬間，濃霧中忽見一包物體也從崖上跌落，就在自己的斜上方，這時他忽然撞到一塊山石，劇痛中下落速度稍緩，那包事物便從自己眼前掉落。傅翔忍著痛，清楚地知道背後有一片山石，於是猛然一掌向後拍出，身體飛向前方，便一把抓住了那包事物，大霧中依稀看出，似乎就是那臥底和尚所盜走的經書。那藏在少林藏經閣後塔第五層的諸多上乘秘笈，現正隨著傅翔一起向下墜落。

傅翔在空中抓住了那包袱，身形卻仍向前飛落，雲霧中陡然出現另一片山石，他立刻警覺將再次撞落到石林之上，便揮掌擊向石壁，身形再次飛向前方。但只一瞬間便又背對石壁，他這次奮力一蹬，身體又向前落去。忽然察覺到雲霧漸淡，一股暖風由下方升上來，抬眼一看，只見一隻巨大的老鷹從眼前飛過，雙翅全張，完全不做任何動作，十分優雅地迎風而上，轉瞬間就飛入茫茫雲霧中，瀟灑之極。

傅翔心中大震，彷彿在黑暗中看見一線光明，他腦中尚未想清楚是怎麼回事，身軀已自然而然地順著上升的氣流，勉強調整自己乘風、順氣及翻動的姿勢，下墜的速度居然減慢了一些。這便是傅翔的一種天賦，他的身體與周遭的互動敏銳而精準，些許變化便能掌握，並做最有利的應變。

從空中極目下望，低空的雲霧為上升的暖氣吹散，只見低谷中似有幾點燈火，顯然有人居住。將到地面時，腳下有一片矮林迎目撲來，自己已無高度再做任何騰挪，只能提一口真氣護住心脈，便一跤重重摔在那片灌木叢上，壓塌了一片矮木，剎時就失去知覺。

此時谷中漸漸一片漆黑，傅翔躺在地上逐漸清醒過來，他極力忍痛，從懷裡掏出五粒「三霜九珍丸」服下，卻無法運氣催那藥力，如此珍貴的療傷藥丸，只能稍減疼痛而已。然而傅翔是個能堅忍並堅持的人，他知道即使附近有人居住，不到天亮是不會有人發現自己了。他現在能做的事只有忍，忍那椎心刺骨之痛，忍那漫長的黑夜。

「三霜九珍丸」止痛的功效發作後，傅翔全身的痛苦稍減，他的頭腦開始運作，思緒也漸漸清晰起來。他想到自離開神農架以後所發生的一連串事件，每一樁都關係著武林大勢，到了南京後，更發現這些武林大事似乎也牽涉到國家社稷的大勢，自己的血海深仇又跟明教的深仇大恨連結一起，直分不清如何抽絲剝繭。

他又想到師父和芫兒這兩個當世和自己最親的人，他們看到自己被天尊、地尊聯手打下絕崖，不知會有多擔心焦急。想到這裡，他腦海中忽然閃過一個問題：「天尊和地尊已經是世上頂尖的武學高手，為何會聯手偷襲自己一個名不見經傳的小子？難道他們不怕天下武林恥笑嗎？」

傅翔那裡會相信，在天尊和地尊心目中，日後對天竺武林最大的威脅竟然就是傅翔，而他們曾私下約定，一有機會就要不擇手段幹掉他。

傅翔當然不知道這些，此刻他只知道，自己暫時還活著，十分疼痛地活著。

他又想到了芫兒，這個共度患難的幼時玩伴，心中浮出一幕幕溫馨的景象，但也有一些說不出的憂愁。他不願去想，但此刻一個人躺在黑夜裡強忍疼痛的時候，他無法制止自己想到芫兒和朱泛。

他很喜歡朱泛，看朱泛和芫兒在一起逗芫兒開心，他也覺得很開心，但內心深處，在這寂寞、疼痛的夜裡，隱隱感受到一絲刺痛。於是，傅翔此刻的痛又多了一種。就這樣反反覆覆地想著，極端的疲累，終於使傅翔昏睡過去，一動也不動，好像昏死了一般。

天漸亮，長夜終於熬過去了，傅翔試著提口真氣，只覺全身經絡被震得完全離位，換了三種方式努力聚氣，也是徒勞無功。傅翔身上負有十種凝氣導氣的方法，那是十位明教高手傳下來的高明訣要，傅翔想強忍著疼痛，一種一種努力嘗試，希望總有一種能成功啟動他體內的真氣。

忽然他聽到一陣咻、咻的聲音，勉力轉頭四顧，只見左邊灌木中一條黑黃相間的異蛇慢慢朝自己遊近。那蛇長約三尺，蛇頭及頸環處有近半尺的暗紅色，舌信烏青而特長，一伸一縮幾乎可達一尺，雖然體軀不大，看上去十分詭異可怕。

傅翔其實從小便不是個怕蛇的孩子，在盧村時也常捉蛇玩耍，但從未見過這等怪異的長蟲，他身體不能動彈，只好伸手摸到一截被自己壓斷的樹枝，緊盯著那條蛇，大氣也不敢喘一口。

那條怪蛇遊到傅翔身邊，卻未發動攻擊，反而繞著傅翔從左到右遊了大半圈，然後停下來捲成一盤，抬頭左右擺動，長信不斷伸吐，似乎在嗅辨什麼氣味。傅翔順著蛇頭望過去，這才看清楚怪蛇原來盤在一個黃布包前，正是隨他一起跌落谷底、包著少林神功秘笈的那布包。

那蛇一面嗅聞，一面搖頭擺尾，看上去很是溫和的樣子。傅翔暗暗吃驚，忖道：「這怪蛇倒底在聞什麼氣味？好像挺歡喜的樣子呢……呵，莫非是那個布包的氣味？」

這時他腦中靈光一閃，忽然想到：「是了，這蛇喜愛檀香味。這黃布包上的檀香味兒極濃，而且極是好聞，定是被少林寺藏經塔中的上好檀香熏了幾百年，才有這麼濃郁的味兒……」

傅翔這一猜還真不離譜，包裡的武功秘笈固然在藏經塔第五層安放了幾百年，就連那塊黃布，也是悟明和尚匆忙之間抓起鋪在香案上的桌布，更是朝夕為塔內所燃的檀香所熏。

傅翔見那蛇並無意攻擊，略感放心，想到那天尊、地尊處心積慮在少林寺中埋伏臥底，在緊要關頭盜走了少林絕學的秘笈，又聯手偷襲把自己打下絕崖，卻料不到這包秘笈最後全部到了自己手中，真是人算不如天算呵！

略一轉頭，看到不遠處一片瀰漫的蒸氣冒向天空，形成龐大的氣柱，蔚為奇觀。這時前方傳來一陣咩咩之聲，傅翔精神一振，暗道：「有牧羊人經過？」

過了片刻，羊咩之聲更近，他努力抬頭，看到有十幾隻羊朝著自己這邊走來。羊群後面有一個童子，一手拿著一根剝光了皮的樹枝枒，一手抱著一隻小羊，他一面學著羊叫聲，一面驅趕羊，很快便走到傅翔身前。

那群羊停在灌木叢外尋嫩草吃，童子卻看見了傅翔，他緩步走近，傅翔正想開口，那童子已一步跨前，就在傅翔身邊坐了下來。他一面抱著那隻小羊，一面對那條怪蛇道：「小花，你怎麼不在守廟？到這裡來幹麼？」

傅翔見這小牧童生得一雙黑白分明的大眼睛，一頭黑髮如鳥巢般雜亂，臉上有幾條汙黑的手指印，鼻上掛著兩條濃鼻涕。兩人對望了一會兒，那牧童問道：「你怎麼睡這裡？」傅翔道：「我從山上跌落下來，便躺在這裡過了一夜。」那童子道：「你受傷了？」傅翔道：「傷得很重。」童子道：「我帶你去看阿茹娜姐姐。你痛不痛？」傅翔道：「快痛死了，眼下動不得，如何去看……去看阿茹娜姐姐……她是醫生嗎？」

那童子將小羊放在地上，那羊也不跑開。童子用手中樹枝一指前方，對那條怪蛇叫道：「小花，快回廟裡去。」一面用樹枝輕撥蛇頭，一面又指指前方。傅翔抬頭朝他指的方向看去，這才發現數十步之外，真有一座小土地廟，自己昨晚跌落，黑暗中並未發現，難道那怪蛇竟是土地廟的守護？那蛇被童子的樹枝撥弄了幾下，咻咻吐了一陣長舌，倖倖然朝那土地廟遊去。傅翔看得嘖嘖稱奇。

那牧童見小花蛇聽他指揮回土地廟去了，便笑嘻嘻地道：「小花最愛聞燒香的味兒，住在廟裡若是有人來燒香，牠就高興了。」傅翔暗忖自己猜得沒錯，那怪蛇定是貪聞這包袱上濃郁的檀香味，才遊來此處。他見小童沒有回答問題，便再問道：「阿茹娜姐姐是醫生嗎？」

那牧童睜大了雙眼，好像聽到什麼稀奇古怪的話，又像是奇怪傅翔怎麼如此孤陋寡聞，便搖搖頭道：「阿茹娜姐姐的媽是個醫生，阿茹娜是仙女。」

傅翔道：「仙女？可我現在完全動不得，如何是好？」牧童道：「阿茹娜等會兒就會來採草藥。」他把地上的小羊抱起，一手撫摩小羊的頭、臉、身子，百般愛憐。傅翔強忍著身上的疼痛，搭訕道：「你這隻小羊長得好。」牧童喜道：「你也說牠好？要不要抱抱？」傅翔想說不要，已經來不及了。

那牧童將手中的小羊塞在傅翔懷中，那羊咩咩叫了兩聲，傅翔只好胡亂問道：「你這羊有名沒有？」童子道：「牠的名兒叫做香。」傅翔只覺懷中的小羊其實很臭，不禁好奇地問：「香？為啥叫香？」童子道：「我覺得牠挺香。」

傅翔把「香」還給那童子，又問道：「那你叫啥名兒？」那孩子道：「俺叫巴根。」一面把那根剝光皮的樹棍遞給傅翔看，一面重複道：「巴根，巴根。」傅翔不解，問道：「什麼是巴根？是樹棍兒嗎？」那童子搖頭道：「巴根就是柱子，蒙古名字。」傅翔恍然大悟道：「啊，是蒙古人名。阿茹娜是你姐姐？這名字是啥意思？」小牧童道：「阿茹娜不是俺姐，是仙女。阿茹娜是……是乾淨的意思。」

傅翔正要再問，那羊群外傳來一串清脆如銀鈴的笑聲，一個白衣少女笑著說：「巴根又在亂講，你的羊少了兩隻都不知道，還當什麼牧羊人？」

傅翔朝那發話的聲音看去，只見那少女頂著剛升起的朝陽走來，身後跟著兩隻黑羊，想是走遠了的兩隻羊被她趕回來，她揹著一隻布袋，手中挽著一個竹籃，籃子裡放了一把一把採來的植物。

傅翔看那少女的臉和露在袖外的手，在陽光下像是白玉雕成的一般。少女頭髮烏黑，眉彎而秀氣，一雙大眼睛似乎會笑，鼻挺而嘴俏，雖然半背著陽光，傅翔可以清楚地看到她粉裡透紅的面頰及向上彎翹的睫毛。傅翔從來沒見過如此美麗的女子，不禁看得呆住，連身上的疼痛也不覺得了，心想：「巴根沒有亂講，阿茹娜姐姐是仙女。」

那少女走到傅翔躺身的灌木叢前，微笑道：「我就是阿茹娜，兄弟你貴姓大名，為何躺在野外？」傅翔連忙收起心猿意馬，回答道：「我……我姓傅名翔，飛翔的翔。昨晚被……被惡人從山頂打落下來，背上受了很重的外傷，胸前中了一掌，有很重的內傷，全身經絡走了位，一動也不能動，是以躺在這裡挨了一夜。」

那少女面上露出極為驚詫之色，有些不相信地問道：「你是說……你從山頂上跌落下來？從這山崖之頂落到咱們這深谷，怕不有一兩百仞之高？你怎麼沒有……沒有……」傅翔接口道：「沒有死？不瞞姑娘，我略有一些功夫在身。功夫，妳知道嗎？便如少林寺和尚的那種功夫。」他心想這裡離少林寺近，提起少林功夫，大家定是一聽便懂。

儘管如此，那少女似乎仍難相信，她仔細瞧了傅翔一眼，喃喃道：「從百仞山巔落下居然活著，除非你會飛……」她忽然面含笑意，俏麗的臉上有如芙蓉乍放，美豔不可方物，原來她忽然想到傅翔方才說他「姓傅名翔，飛翔的翔」，便忍不住笑了。

傅翔立刻明白她笑什麼，便道：「昨夜我跌落下來時，確實飛了一會兒……有隻大鷹從我面前飛過，翅膀張著不動，迎著氣流直翔而上，我便想學著牠的方法飛起來……」那阿茹娜睜大雙眼，問道：「你就飛起來了？」傅翔道：「沒有飛起來，可是下落之勢的確緩慢了些。」阿茹娜點頭道：「難怪。」那小童巴根問：「難怪啥？」阿茹娜拍了拍巴根的頭，低聲對他道：「難怪他沒摔死。」

傅翔全身的劇痛忽然「回」到身上，臉上的表情痛苦至極。阿茹娜走到他面前，蹲下身來，摸了摸他的前額，試著要把傅翔翻動，檢查背上的傷勢。傅翔強忍疼痛努力配合，只能略為翻動一下身軀。

阿茹娜只瞧了一眼，便驚叫道：「傅兄弟，你背上傷得極厲害，要趕快治療。」說著從背上的布袋裡揀了兩種樹根，用一把小刀各切下一小段，又從竹籃中揀出一束綠中帶紅紋路的葉子，摘了兩片，一併塞向傅翔的嘴邊，道：「傅兄弟，你先把這三樣藥嚼爛了，把汁吞下，渣吐了，好好睡一會，我再設法把你弄回家，找我媽給你治治。」

傅翔聞到她身上的氣息，是一種極為純淨、微帶乳香的好聞味兒，盯著她粉中透紅的臉上一雙清澈烏黑的眼睛，似乎從那眸子中都能看到自己臉孔的反射，不禁又是一陣迷糊，竟然忘了反應。

阿茹娜這時才仔細看清楚傅翔的面孔，倒是沒有想到這來歷古怪的少年，竟然有一張俊秀的臉，頭髮散開，有幾縷為汗濕了黏在臉上，雖然有一些狼狽，但掩不住一股充滿智慧的氣質。阿茹娜柔聲道：「你張嘴啊，我給你吃藥草……」忽然她好像聽到自己說話的聲音，一陣莫名心慌讓她紅了臉，再也說不下去。

傅翔真聽話，張嘴把那兩小段樹根及兩片葉子全都噙在口裡咀嚼起來。阿茹娜看了他一眼，正與傅翔的目光相遇，她臉頰又是一熱，忙站起身來對那童子道：「巴根，你好生看著這傅……傅兄弟，待會讓他把藥渣吐了就睡下，我去找人來幫忙。」巴根對她敬如仙女，連忙應道：「阿茹娜姐姐快去啊，巴根曉得。」

傅翔嚼著的那些草藥，全是他不認識的植物，他竟然不假思索便照著這頭一回見面的女子的吩咐，把嚼出的藥汁和著口水吞嚥了。他自己對醫藥也頗有造詣，竟對阿茹娜的話言聽計從，只覺她的一舉一動、一言一笑，對自己都產生了無從抗拒的力量。他一面嚼藥，一面暗忖：「傅翔啊，定是你傷得奄奄一息，便是毒藥也得張口試試了。」他一面這樣想，一面清楚地知道，這話其實不對，原因不是那草藥，而是那女子。

傅翔吐出了藥渣，只過了片刻，發覺身上的疼痛減輕了不少，胸背都不再感到原先那種刺骨銘心的劇痛，正覺得高興，暗道：「這是什麼草藥？蒙古的醫藥麼……」腦中一陣迷糊，竟然漸漸昏睡了過去。

∞

傅翔悠悠醒來已是午後，那不知名的草藥竟然讓他沉睡了三個時辰，他睜開眼睛，發現自己已在屋內，一間十分簡陋的屋子，卻打掃得極為清潔。自己躺在一個用乾草鋪成的矮床上，床墊卻是羊皮縫製的。一個身著蒙古裝束的婦人，一身天藍色窄袖長袍，繫著一條紅色腰帶，正在一個石缽中用杵子研磨藥粉，旁邊的阿茹娜不時加入些不同的粉末及乾葉。

傅翔從迷糊中漸漸清醒，第一件事是感到背上疼痛大減，胸口的壓力卻更嚴重，第二件事是全身真氣仍然無法提聚，至於第三件事，他急於知道那一包少林神功秘笈是否也帶來了此地？他焦急地環目四顧，並未看到那個黃布包袱。就在此時，阿茹娜已發現他醒過來，便走到床前，望了傅翔一眼，從床後方取出那個黃布包袱，盈盈笑道：「你找這個？」傅翔用力點頭，心中十分感激這少女如此善解人意，更加同意巴根說的「阿茹娜姐姐是仙女」。

正在磨藥的婦人回過頭來道：「這位小哥不要多動，你背上的傷我們已上了藥，還好沒有傷到筋骨，用我烏日娜的靈藥，包你半個月就能復原……」傅翔掙扎著想要坐起來，但仍然無法動彈，只好躺著拱手道：「傅翔感謝烏日娜媽媽和阿茹娜姐姐救命之恩。」

烏日娜道：「小哥兒，你胸口的內傷很是奇怪，我看了幾十年各種傷病，就沒見過你這種傷，是怎麼弄的？」這母女兩人雖是蒙古人，但漢語都說得極為流利，便與漢人沒有兩樣。

傅翔覺得這兩人對自己都十分親切，便也不隱瞞道：「在下胸口乃是被惡人以極強的內力所擊傷，加上從高處摔下，落地時身上經絡被震得全部離位，體內真氣極為散亂，完全無法凝聚起來，也就無法自行運氣療傷。雖服下治療內傷的藥，藥力卻沒辦法催到全身經絡中的要處，所以現在不能動彈。」

那烏日娜雖不懂武功，卻懂得醫理，傅翔本人對醫理造詣亦深，是以這番淺易說明，烏日娜一聽就懂。她點頭道：「難怪我試切小哥你胸口傷勢，發現胸口幾個穴道都沒有任何反應，好像整條任脈完全被打碎了呢。」傅翔嘆道：「何止是任脈，全身八脈可以說脈脈走位，無一倖免。烏日娜媽媽，您精通漢醫啊？」

烏日娜道：「略懂一點點。」阿茹娜接口道：「咱們蒙古人，對草藥的瞭解不輸給漢人哩。蒙古又多礦石，自古以來用石、土入藥，也是蒙古醫藥的長處。尤其蒙古人經常打獵打仗，容易受傷，所以治傷之藥及醫術也有特別的一套，有異於中土。過去百年來，蒙古大軍征服各地，於是不少漢醫、藏醫、波斯西域醫術，甚至天竺的醫藥皆納入一體，媽媽行醫幾十年，懂得的何止漢醫？」

傅翔聽得肅然起敬，他心想既然懂得中土醫藥，便索性說個清楚，興許被她想出一個治療的法子也說不定，於是拱手道：「烏媽媽見多識廣，傅翔這傷乃是被兩個天竺高手用一種極為詭異的內力所傷。這種內力能夠穿透對手所發出的任何真氣，擊中時雖是無形之物，其效力卻如有形的尖銳利器，無堅不破，一刺而入，世上似乎沒有其他武功能和它正面相抗，遇上就只有躲避其鋒。我這樣說，兩位懂嗎？」

烏日娜點點頭，阿茹娜卻問道：「你就是被這天竺的內力擊落懸崖？胸口的傷即是被這種內力穿透而造成？方才你說，全身的經絡是因摔落百仞觸地時遭巨震而走位，這兩者又有什麼關連？」

傅翔暗讚阿茹娜的仔細和慧心，這問題卻是連他自己也沒有肯定的答案，便回答道：「姑娘問得好。那胸口一擊雖強，卻不致能碎我八脈，落地之震雖巨，卻也未必能令八脈齊散，這兩次重創之間可能有某種關連。」

烏日娜十分認真地聽著，然後陷入沉思，過了一會又搖了搖頭，沒有說話。傅翔暗中再試了一次提氣凝氣，依然沒有絲毫效果。

這時阿茹娜將石缽中的藥粉舀出，用一種墨綠色的濃汁調和成漿狀，盛了一小碗遞給傅翔，道：「這綠色濃汁是蒙古醫藥中的『色必素』，取自羊子的芻胃，其用效千變萬化，取決於先餵羊子吃什麼藥料。眼下這劑是我媽秘製的內傷靈藥，傅兄弟你且試試，就是味兒有些古怪，你莫要噁心。」

蒙古人自來豪爽好客，遇到外人來家作客，無不熱情招待，客人若是年輕小伙子，便稱兄弟。阿茹娜雖是一個美豔少女，卻有一番豪氣，傅翔心想連死都不怕，還怕什麼噁心味道，便哈哈笑道：「且來試試，羊胃裡的東西倒沒吃過。」便把那一小碗藥一口喝了下去。

那味道確實「古怪」，腥臭之外還有一種可怕的餿味，傅翔雖然喝得豪氣，但喝下去後臉上的表情也立刻變得「古怪」。阿茹娜強忍住笑，立刻遞來一碗早就準備好的奶茶，傅翔如得及時雨，一飲而盡，沖淡了口中「古怪」的味兒，壓住了翻騰中的胃液，那胃液裡還含有羊子的胃液。

阿茹娜對傅翔深深看了一眼，那眼中全是笑意，然後道：「媽媽，我再出去採些傷藥，天黑前回來。」

傅翔本就有些奇怪，這深谷究竟是在何處，谷中竟似有採不完的藥草，正想開口詢問，阿茹娜已經笑著說：「咱們這個山谷比平地還要低，同一座山，在外面量是一百仞高，在咱們谷裡就是一百一十仞。谷中央有個天然暖井，一年到頭冒出熱氣，所以谷裡最適合藥草生長。咱們有幾十戶人家，除了採藥，也種植名貴藥材，便是山外藥商及山上和尚都常來這裡辦藥材，出門採藥很是方便，就看你識不識得好藥草。」

傅翔恍然大悟，難怪阿茹娜好像隨時都可以採草藥，便笑道：「我傅翔誤打誤撞跌落這個草藥之谷，真到了傷者的福地洞天了。」阿茹娜見傅翔傷得九死一生，全身疼痛難熬，仍然能夠談笑風生，對這個從天而降的少年更多了幾分刮目相看。

她媽媽烏日娜在傅翔昏睡時曾仔細切探過傷勢，對他胸口的傷其實是束手無策，她望了望傅翔蒼白的臉色，心中暗憂。

匆匆過了數天，傅翔背上的外傷好得很快，蒙古傷藥與中土不同，藥效絲毫不遜色，但是對他胸口所受的內傷卻是不生效力。傅翔疼痛大減，但面色白中泛青，人也愈來愈覺疲憊，每日睡著的時間也愈來愈長。烏日娜和阿茹娜母女二人暗自心急，但施展各種醫術，試過各種藥方，卻完全不見起色。

趁著傅翔熟睡時，阿茹娜暗地裡問媽媽：「難道眼睜睜看著這少年生命枯竭，而完全無法可施？」

烏日娜嘆了一口氣，道：「這傅小哥年紀輕輕，於醫藥之道懂得可深呢，對這種內力所傷的治療之道，他懂得比咱們多。昨天和他商量時，他說定要先把他全身八脈調理到位，讓他以本身的真氣來催送藥力，所下之藥才能發揮全部效力。但如何調理經脈，武學上只有兩條路，一是憑自己的功力打通阻塞，這要傷者功力沒有全廢才能為之，像傅小哥兒目前的情形，完全沒有辦法……」

阿茹娜愈聽愈是憂心，問道：「那第二個法子呢？」烏日娜搖頭又嘆了一口氣，道：「第二個辦法，是要有一個功力深厚的人助他調理脈絡，以其強大的內力幫助傅翔一脈一脈地通淤順穴，讓傷者被震散的八脈一一歸位復原。但咱們到那裡去找這樣一個功力深厚之人？更何況……」烏日娜說到這裡，停口不再說下去。

阿茹娜急問道：「媽，更何況什麼？」烏日娜道：「依媽的經驗來看，傅翔胸口的傷極是怪異，就算他八脈通順到位，咱們的傷藥未必能有效。」

阿茹娜道：「先不管這個，好歹總要先設法恢復他的脈絡，再談其他。他摔下來時帶著一個黃布包，不知包了些啥，能不能對療傷有幫助？待他醒時我來問他。」烏媽深深地看了這個女兒一眼，心中隱約閃過另一層做媽媽的憂慮。

傅翔一聲長吁，緩緩睜開眼來，映入雙眼的第一個景象，竟是一張充滿憂慮的美麗臉龐。他對著她眨眨眼，那張美麗的臉上綻開一絲笑容，純淨中帶有幾分靦腆，輕聲問傅翔：「傅兄弟，你那個黃布包裡是些什麼寶貝？」傅翔沒有料到是這個問題，想了一想道：「我也不知道，猜想應該是一些武學秘笈。」那張美麗的臉上笑意更多了一分，聲音也提高了一些：「那些秘笈中有沒有可以助你重整脈絡的辦法？」

傅翔如受當頭棒喝，他想了一想，然後道：「不錯，也許應該看看包袱中是些什麼秘笈。」阿茹娜巴不得有他這一句話，立刻到矮床後把那個帶著濃郁檀香味道的黃布包拿到床邊，當著傅翔的面道：「我打開了？」傅翔忍不住笑道：「妳莫問我，這包袱就當是撿到的。」

阿茹娜把綁得極緊的布包慢慢拆開，只見其中橫豎疊著二十幾本冊子，顯然打包時極為匆忙慌亂，沒有時間擺放整齊。

阿茹娜雖知她面前這一堆被包得亂七八糟的舊冊子是武學秘笈，但她卻無從想像，這二十幾本不起眼的冊子中所載的，乃是自菩提達摩面壁九年以來，少林寺歷代累積心法所得的精華，是武林中傳頌近千年的武學瑰寶。她一一拿給傅翔過目，傅翔見到「金剛拳」、「擒龍手」、「達摩劍」、「捻花指」……一冊冊名震江湖的少林絕學，從阿茹娜手上傳到自己手中，雖然沒有翻看內容，他卻感受到無形的重量隨著濃郁的上好檀香味傳了過來。薄薄的冊子，竟似有難以承接之重，心中不禁一陣陣激動。

終於最後兩本傳到手中，一本上印著「易筋經」，另一本上印著「洗髓經」，都是魏碑體的拓印。翻開兩冊一看，全是拓印下來的碑文，那半寸大小的魏隸寫得飄逸，刻得凝重，兩者合一則另有筆墨書法難以表達之美。傅翔仔細看了《洗髓經》頭一頁，合上冊子對阿茹娜道：「這兩冊秘笈可能有些意思。」

阿茹娜喜道：「你快好好讀一讀，練一練，說不定真能讓你筋髓都洗洗乾淨呢。」傅翔微笑道：「妳莫望文生義，我瞧這《洗髓經》起手處不需要氣走全身，便從《洗髓經》練起吧。這些秘笈全是少林寺的鎮寺之寶，天竺惡人費盡心機得到手又落到我這裡，我隨緣練它，算不得竊取寶物吧？」

阿茹娜拍手道：「好個『隨緣練它一練』，少林禪法最講一個緣字，和尚們定然全體沒有異議。」傅翔聽她說得有趣，便湊趣道：「和尚們若追究起來，我就說這冊子從天上掉落下來，正好落在我面前，而且已經翻到第一頁，我想不看都不行。」

烏嬀對傅翔的傷勢其實相當不看好，但見到女兒和這少年說得開心，也發了幾許希望之願。

原來當年達摩祖師在天竺得到佛法真諦後，曾問師尊該去何方傳播佛法，他的師尊冥思三炷香的時間，才睜目道：「爾當去世上最繁華之地，亦是罪孽最深之地，又是眾生最多之地。但爾此去，須從北向南弘揚佛法，漸進有成；若從南邊開始，必遭南方君王抵制，徒勞而無功也。」

達摩乘船到了中國南越地方，時值南北朝時代，南方佛教在梁武帝的支持下發展得相當興旺，但與達摩的佛法理念不合。達摩在江南各地待了相當長一段時間，精通了漢字漢語，但於弘揚他的佛法卻終無進展，這時他便想起天竺師尊告誡他的話，於是在金陵江面施展「一葦渡江」的絕技飄然北上，在少室山五乳峰一個山洞中面壁苦修九年，完成了禪宗佛法的基本宏義，創出了幾十種武功絕技。其中有兩篇基本內功最能闡釋達摩的心法和精神，他便以古梵文刻在洞壁之上，其他的佛教心法和武學絕技則存之於胸，功德圓滿地離開了面壁之洞，到了少林寺才書寫成冊，是為禪宗的初祖。那洞壁裡的兩篇心法，便是《易筋經》和《洗髓經》。

傅翔把那《洗髓經》從頭到尾讀了一遍，那經文似在闡述佛法，又似在論武學。其具體步驟之第一步要訣，在於訓練人要在心與髓之間建立連結管道，成為一種人為的新脈絡，可以從心志去驅動，然後再修練發展此一脈絡，去與身體內原有的八脈產生互動，重新整理後，使之脫胎換骨，產生新的動力。經書上說，此法如能得其精髓，修練持之以恆，頗有重獲新血、再生活氣的功效。

但篇中談到人身八脈，皆是在正常情形下得到新生之動力，而傅翔現在八脈皆處於離散狀態，修練此經是否有效，實是未知之數。但此經是唯一不需先以周身真氣為基就可修練的心法，傅翔別無選擇，便照著《洗髓經》練習起來。

傅翔之於武學實乃百年罕見的奇才，他一開始練功便如進入另一世界，周遭任何動靜都不再打擾他。阿茹娜知道，此乃傅翔生死存亡的關鍵，便對烏媽說：「傅兄弟練這功夫，如能順利驅動他身上脈絡，藥療就有希望。但他以目前狀態來修練，萬一出了差錯，恐怕會立即死亡……」

烏媽點頭道：「媽這邊準備好利刃及針刺工具，一有異狀，就用我們蒙古放血正腦之術急救。你去找巴根那娃兒，向他討一點小花的蛇毒，咱們配置一點救腦的大涼之劑，以防小哥兒練得走火入魔。」

阿茹娜知道媽媽見多識廣，雖對傅翔練的《洗髓經》並不懂得，但知傅翔嘗試要以己力強行整治離位的脈絡，如果不成，第一危險之處便在腦部。巴根那條「小花」，原是漠北產的一種稀世毒蛇，蒙古人卻發現此蛇的蛇毒是去熱保腦的聖品。

當年有蒙古人帶了四條這種「大漠石花」蛇來到此地，後來或許因為氣候及水土不適，陸續死了兩條，另兩條卻逃出蛇籠成了野蛇。前年巴根抓住一條幼小的，便當作寵物一般呵護餵食，竟然就把小花養馴了。巴根這孩子孤苦伶仃，全賴阿茹娜保護照顧才得活命，由於阿茹娜不許小花進屋，巴根便將小花養在一個無人的小土地廟裡，這條花蛇居然養成嗜愛燃香的氣味，性子也變得溫馴，完全不像牠凶惡的外貌。烏日娜卻知道，這種稀奇毒蛇的毒液是入藥的珍品。

傅翔廢寢忘食地苦練《洗髓經》，每天都看不出有什麼進展。當他歇息進食時，阿茹娜與他說話他也不回答，便跟傻了似的，只有巴根替他接屎接尿時，他會說聲謝謝。烏媽看這情形不妙，每日利刃銀針準備好了，巴根的蛇毒也取來了小半杯。

到第四天黃昏，阿茹娜走到矮床旁，拿條溫布巾準備替傅翔擦把臉，傅翔忽然轉過頭來對著她道：「阿茹娜姐姐是仙女，謝謝仙女。」說著便自己爬著坐了起來。阿茹娜尖叫一聲，大聲喊道：「傅翔，你好了！」她一把將傅翔抱在懷裡，兩行眼淚已經奪眶而出。

傅翔輕拍阿茹娜的背，柔聲道：「阿茹娜，謝謝妳們！我沒有好，只是能動了。」

∞

阿茹娜自己也不知道，傅翔這一個從天上摔下來的陌生人，自己從一見面便感到一種無比的吸引力，要想知道這個人的一切，要想跟他親近。這種感覺是她十多年的生命中從未有過的新奇體驗，可惜這個人從見到的第一眼便被傷得九死一生，幾日以來自己心中只有一件事，便是要救活此人。在繃緊的心情下，傅翔的每一個動靜都牽動她的情緒和思慮，這更是畢生未曾有過的經歷；待到傅翔毫無預警地突然坐了起來，她也突然有如情緒崩潰般，一把抱住了這個「陌生人」。

傅翔不知所措，那股乾淨好聞的氣味充滿懷間，便不由自主地緊緊反抱阿茹娜，直到烏日娜快步過來探看傅翔的情形，兩人才分開來。阿茹娜面上略現嬌羞之色，但仍落落大方地道：「媽，傅兄弟突然能動了。」烏日娜問道：「小哥雙腳能動嗎？」傅翔道：「全身都能動了，可是真氣仍然一寸寸地斷斷續續，無法凝聚，胸口的傷疼痛也沒稍減。」

烏日娜皺眉沉思，仔細考量下一步該怎麼做。傅翔卻試著從矮床下地站起，但他方一站直，身子便向前傾倒，阿茹娜一把扶住，他才漸漸站穩。傅翔顯得十分開心，從絕崖被打落直到此刻，他才能站在地上，手腳也才可以活動，雖然內傷仍然嚴重，但也有一種兩世為人的感覺。他望著床前這對好心的母女，拱手作揖道：「要不是怕跪下去又爬不起來，傅翔是要拜謝兩位大恩的。」

這時巴根抱著那隻小羊「香」，從屋外跑進來，一面跑一面叫：「傅哥哥傷好啦！」

傅翔將巴根連人帶小羊一把抱住，引得胸口一陣劇痛，但他強忍住沒有出聲，只是對巴根道：「巴根呀，這幾天委屈你幫我清理髒東西，實在過意不去啊。」巴根道：「巴根不怕髒的，阿茹娜姐姐喜歡你，巴根就喜歡你……巴根不怕髒的，阿茹娜姐姐……」

他還要重三複四地叫下去，阿茹娜十分尷尬，連忙打斷他道：「巴根最能幹，小花只聽巴根一個人的命令，叫牠吐毒液牠就吐毒液。」巴根卻不賣帳，正色道：「叫小花吐毒液牠是不肯的，你要按住牠的頭，掐住牠嘴，把毒牙卡在杯子邊上擠，牠才肯吐的。」阿茹娜趕緊誇道：「是，是，就是要這般做才行的，巴根真能幹，擠了半杯呢。」巴根道：「小花失了半杯毒液，在土地廟裡一覺睡到現在還未醒呢。」

傅翔聽得出這三人為助自己療傷，幾日來用盡了各種方法和力氣，自己真不知要如何報答。他撫了一下巴根亂草般的頭髮，問道：「巴根，你取那小花的毒液幹啥啊？」巴根道：

「烏日娜媽媽說，這蛇毒專治頭腦壞掉的人，你若是練功練壞了腦子，有俺這蛇毒就能讓你不會變傻。」傅翔一聽，便知烏日娜的用意，對這「蒙古大夫」的醫藥判斷又多了幾分敬意。

這時黃昏的日光照進屋來，烏日娜去把窗戶打開，讓空氣流通。傅翔忽然想要出去走走，便把少林秘笈收妥，扶著牆壁緩步走到房外。阿茹娜連忙跟出道：「小心啊，你走得穩嗎？」自然地伸手扶著傅翔的胳膊。傅翔走了幾步，腳步漸漸穩住，他輕嘆一口氣，自言自語道：「傅翔啊，你這傷勢何時轉好？還有好多大事等著你去幹呢。」

身邊的阿茹娜柔聲道：「你莫焦急，便住在這裡好好養傷吧，媽說住多久都沒關係，我媽……我媽很喜歡你。」說到這裡，面上飛過一絲紅暈，還好沒有人瞧見。

傅翔道：「多謝你們。但我身上這傷，如果短期內不能想個法子控制住，還是會愈形惡化，終於還是活不了的。待我再來苦練這少林《洗髓經》，若能重整八脈，我就能運氣自療，催動藥力。我瞧妳媽雖然不懂武功，於醫藥之理是很在行的，所配的藥與中土大大不同，說不定有奇效也未可知。」

兩人緩步走向前方一片草坡，這時夕陽西落，草坡染上一層金黃色，有如在青草地上鋪了一床金紗帳，遠方的山影林影都成了紫色，深淺不同的、忽紅忽藍的紫光把深谷妝點得炫麗而神秘。傅翔和阿茹娜兩人站在草坡上，頭頂著金色光環，身披著紫色衣袍，緩緩地移動。遠處有些羊群的咩聲，林子裡偶而幾聲鴉鳴。兩人攜手走到坡頂，四面不見人蹤，羊咩及鴉鳴從遠距離外送過來，聽在耳裡比寂靜無聲更寂靜。

傅翔握住阿茹娜的手，原是有個支撐，漸漸他愈走愈穩，但他捨不得放手，阿茹娜也沒有抽手，他們就手牽手走上坡頂。傅翔看到前方有一處天然大井，井口正冒著蒸氣，在夕陽映照下染成一片粉紅色的煙霧，極是美麗。阿茹娜道：「就是這座井終年冒出暖氣，是以谷裡氣溫四季如春，植物特別茂盛。」

傅翔終於明白了，他指著身後遠方的山巔道：「我就是從那邊的絕崖落下，那中間有一段四面皆是石壁，便如一個大煙囪，谷中熱氣上升，老鷹只要尋到這股氣流，不用振翅也能飛翔。我也是靠著模仿老鷹，才沒有當場摔死。」

阿茹娜道：「這深谷中住了數十戶人家，大都是從各地躲避戰亂逃來的蒙古人，多年來在這裡放羊種藥草，過著與世無爭、世外桃源般的生活。」傅翔道：「你們家從何處搬來？」

阿茹娜沉默了一會，淡淡地道：「咱們家是蒙古塔塔兒氏族人，原來住在大都。大都戰敗後，沒有逃到漠北的蒙古人，尤其是一些漢化較深的家庭便向南逃離。此地雖在少室峰下，由於是個深谷，平時軍隊不會來這裡，反而是塊清淨土，也就住定下來了。傅翔，你從那裡來？」

傅翔每次想要敘述自己的來歷，便感到一陣刺骨銘心之痛，家庭的慘局，逃亡的艱苦，加上一連串錯綜複雜的遭遇，當真是欲說還休。但此時身旁這位美麗大方的蒙古女子相詢，他卻是極願意好好對她傾訴，只是太多的細節說來話長，他只能簡單地把自己的經歷說了，只把祖父和師父的姓名隱去，然後就談到如何捲入天竺武林計畫奪取中土武林秘笈的種種，一直說到如何被天尊、地尊聯手打落山巔的經過。

阿茹娜靜靜聆聽傅翔講身世，心情跟著情節起起伏伏，一直到傅翔跌落深谷，她的手緊握著傅翔，臉孔因緊張而漲得通紅。傅翔輕拍她的手背道：「幸虧遇上你們一家，也是奇遇中的奇緣了。」

阿茹娜道：「我爹爹原是元朝的將軍，負責遼東一帶的防務，媽和我住在大都，一年也見不到爹爹幾次，後來他在一場戰役中殉國了，媽媽險些要自盡隨他而去，那時我還只有八歲。為了撫養我長大，媽終於還是活下來，帶著我在大都行醫為生。我外公是蒙古有名的大夫，可惜在我出生前就早逝了。後來媽帶著我逃到這裡，才遇上巴根這孩子，咱們原不是一家的。」

傅翔好奇地問道：「妳們怎麼遇上巴根的呢？」

阿茹娜道：「巴根隨著他母親從大都逃來，他的父親是個皮貨商人，頗有一些家私，帶著錢財逃難卻成為禍根。聽說一個同行的夥計在路上謀害了巴根的爸，搶走了他隨身的金銀，巴根的媽只好帶著他一路行乞。就在這深谷外，遇著了明朝北伐部隊裡的散兵游勇，三個軍人把巴根的媽強姦了，事後巴根的媽把孩子托給一同逃難的鄰家，她便割喉自盡了……」

聽到這裡，傅翔怒氣填膺，阿茹娜雖不是第一次講這故事，仍然淚流滿面。傅翔道：「後來呢？」阿茹娜道：「經此一事，巴根就變得有些傻了。他隨鄰家逃到谷中，那鄰家的大娘嫌他傻，便不要巴根了，巴根就變成了孤兒。」

傅翔道：「是妳母女倆收留了他？」阿茹娜搖頭道：「這孩子不知是個性倔強還是腦子傻了，他不肯跟咱們住，寧願在你養傷的那間茅草房後面，一間堆雜物的破房中過夜，你不看他弄得自己像個小叫花子。」

提到小叫花子，傅翔忽然想到丐幫的紅孩兒朱泛，便微笑道：「他日若是有緣，我可以替巴根找個好師父，教他上乘武功。」阿茹娜喜道：「那敢情好，巴根學了武功就不怕有人欺侮他了。那你要快些好起來。」

傅翔道：「有人欺侮巴根？」阿茹娜道：「巴根當初離開了帶他逃難的鄰家，有一餐沒一餐的在谷中流浪，谷中其他各家雖也都是逃避戰亂到此，卻沒有人願意照顧又髒又臭的巴根，一些較大的孩子更是三五成群地欺侮，甚至毆打巴根。我找到巴根時，他被打得頭破血流，左手脫臼，左眼腫得看不見。」

傅翔怒道：「什麼人如此惡毒，聽起來不像是孩子所為……」阿茹娜搖頭道：「谷東住了一家大都來的有錢人家，主人原在大都開鋪，有個兄弟在元朝皇宮裡當侍衛隊長，這次逃難，便把他兄弟的兒子一道帶來此地。那孩子叫做白音，大約十五、六歲……喂，傅翔，你今年幾歲啦？」

她講到一半，突然問起傅翔年齡。傅翔脫口答道：「十六歲了，妳幾歲？」阿茹娜笑靨如花，伸出一根手指道：「哈，我也十六，我是姐姐。」傅翔奇道：「何以見得？」阿茹娜道：「我的生日是元月一日，怎樣？」傅翔是五月生的，聽了只好點頭道：「不錯，妳是姐姐。妳說到那皇宮侍衛長的兒子白音，白音又怎的？」

阿茹娜道：「白音自幼習武，身手了得，幾個大人都打他不過，就變成了這谷裡的小霸王，十來個小孩都服他，每日遊蕩嬉戲，不務正事。巴根也沒惹他，只是嫌巴根髒，碰上便毒打一頓。那日巴根設個圈套抓到一隻野山羊，正在開心打算好好牧養之際，白音帶了幾個孩子出現，硬說那山羊是他家的，便要強行牽走。巴根知道他牽走後，便會私宰了這隻山羊和眾家孩子烤食，便死也不肯放手，結果山羊還是被搶走，人卻被打得不成人形。」

傅翔聽得火冒三丈，喝道：「如此惡少，待我……」忽然意識到自己身受重傷，生死未定，還談什麼「待我……」，便嘆了一口長氣。

阿茹娜同情地捏了捏他的手，繼續道：「是我將巴根抱回家，請媽施出治傷的手段，將巴根治得復原。巴根說，山谷中有一大一小兩條黑黃斑斕的花蛇十分厲害，他曾親眼看到一條土狼被那大蛇咬了一口，不出半個時辰便全身抽搐而死，巴根說他定要去捕一條來馴養，然後放出去咬死那白音。媽聽他描述那蛇的模樣，知是蒙古大漠裡的異蛇『大漠石花』，此蛇奇毒無比，便叮囑巴根萬萬不可冒險，碰上這種毒蛇，最好的辦法就是遠離不去惹牠。」

阿茹娜愈說愈奇，傅翔聽她說得又快又清晰，「大都」的京腔清脆中帶著一絲俏皮的味兒，傅翔聽得享受，忍不住插嘴道：「可巴根還是捕到那條小蛇，還養在土地廟裡……他有沒有弄蛇去咬白音？」

阿茹娜笑道：「巴根雖有點犯傻，心地卻十分善良，他傷好就忘了記仇，見著白音他們轉身就跑，再也沒有想到報復的事。媽看他可憐，便向牧羊的依仁台買了三隻羊羔，送給巴根讓他養。巴根照顧羊子比任何人都仔細，一年後他就有了六隻羊，又過大半年就有了十三隻羊，每天和溫和善良的羊做朋友，過得很是快活。後來巴根又養了十二條土蛇，便在這附近遊走活動。起初我不准養，但後來發現有了蛇，那些惡少再也不來咱們這邊騷擾，倒也耳根清淨，但白音那批人仍不放過他。」

傅翔道：「可惡，白音怎地不放過他？」

阿茹娜道：「這回換成白音的妹子其其格。其其格有兩隻羊，便趕羊到草坡這邊來，和巴根玩在一起，說養羊的蒙古牧人要結盟，巴根很是高興，很快便和其其格成了好朋友。過年的時候，其其格辦了一些酒食，請了白音和他那一批黨羽來吃年飯，總有十來個，巴根也被請去作客。大夥兒圍著野火吃了飯，其其格就宣布從今而後蒙古孩子要遵古制，大夥兒的財產是屬於全族所共有，應該平分給大家。眾人鼓掌叫好，巴根糊裡糊塗也跟著叫好。其其格就說：『當年祖先最主要的財產便是羊，所以大家應該把羊拿出來平分，我先拿出我的兩頭羊。』眾人又是一陣鼓掌。

「巴根接著說：『我也有十三頭羊。』眾人也鼓掌叫好。其其格再問其他孩子，都沒有羊也沒有馬，便宣布道：『咱們共有十五頭羊，沒有馬匹，咱們十三個人就一人分一隻羊，還剩兩隻，一隻給巴根，一隻給其其格，獎勵我們養羊的辛苦，大家說好不好？』眾孩子齊聲叫好。白音就站起來道：『其其格分得公平極了，又完全符合咱蒙古祖先的規矩，咱們敬她一杯馬奶酒。』眾孩子又轟然叫好。巴根十三隻羊分完了，只剩下兩隻屬於自己，覺得十分地不對，但又想不出不對在那裡，急得面紅耳赤，卻不知說什麼。」

傅翔聽得十分氣惱，正要開口，阿茹娜已經繼續說下去，當時的情景彷彿歷歷在目：

就在這時，野火圈外忽然傳來一個清脆的聲音：「其其格，妳分得不公平呀。」大家朝發聲處望去，只見一個白衣少女手提著一隻裝滿草藥的竹籃，正從野火圈外走過。巴根見了大叫：「阿茹娜快來，阿茹娜快來！」阿茹娜走到其其格身邊，白音卻喝道：「咱們好漢在這吃肉喝酒，妳這娘兒來囉唆作啥？」阿茹娜對著他說：「你這個漢子腦子不好使，你妹妹其其格就不是娘兒？你方才有沒有說她分得公平，大夥兒有沒有鼓掌叫好？」

那白音啞口無言。其其格指著阿茹娜道：「阿茹娜，我那裡不公平了？」

阿茹娜道：「妳說蒙古人的財產屬於族人全體，我先問妳是那一族的？在座各位，你們又是那一族的？巴根是塔塔兒族的，誰跟巴根是同族的，請站起來說話，不同族的就別說話。」蒙古人同族共產的習俗乃是當年在草原上游牧時代的事了，元朝入主中原後，早就沒有了這些習俗。這幾個少年的祖先來自各族，他們對自己的祖族及歷史也是一知半解，被阿茹娜這麼一問，盡皆答不出話來。

還是那其其格機伶，應聲道：「阿茹娜，妳講的是百年前的事，咱們今天一齊到了這谷裡，自然就是同族了。」阿茹娜便要等她這番強詞奪理，拍手問道：「好啊，你們說咱們谷裡的蒙古人是不是同一族？」大夥兒齊聲答道：「其其格說得不錯，咱們是同族的。」

阿茹娜道：「好啊。」指著其其格道：「其其格，妳忘了嗎？妳家裡有一百零五隻山羊，九十一隻綿羊，一共是一百九十六隻羊子。方才我採藥回來時，遇上妳家的牧工頭，他說今天妳家母羊又生了兩隻羊羔，就是一百九十八隻了。你們十三人，加我一個是十四人，正好每人分十四隻羊，多出來的兩隻羊羔就送給巴根，命他好生餵養，長大了咱們再分，大家說好不好？」

傅翔笑得胸口劇痛，臉色發青，喘著問：「妳真的這麼說？他們……他們……」阿茹娜一面拍拍傅翔的背，一面道：「怎麼不是？他們一陣鼓譟，扳著手指在計算。我對巴根道：『巴根，你的小花帶來了嗎？拿出來給大家瞧瞧。』巴根便從懷裡掏出那條黑黃相間的毒蛇，墨綠色的長信伸吐，還發出咻咻之聲。我對大家道：『巴根除了這條小花之外，還養有十二條蛇，也拿出來大家分，我就不必要了，你們正好一人分一條，帶回家去撫養長大。』巴根大叫：『小花不給他們，小花不給他們……』那群蒙古惡少嚇得一陣亂竄，跑得乾乾淨淨。」

傅翔望著阿茹娜，對這個蒙古少女感到無比驚奇，她聰明而大方，豪氣而細膩，更加上美豔如花；她對弱勢的同情和俠義之心，最是令傅翔由衷感動。傅翔忍不住緊握她的手，道：「阿茹娜，妳雖不會武功，卻是個了不起的俠女呵。」

阿茹娜有些不好意思，悄悄地把手抽回，道：「天色暗了，咱們該回去了。」

∞

傅翔練那《洗髓經》後，已能行動自如，但對脈絡受創的修復卻進展甚慢，一方面是他此次遭天尊、地尊聯手襲擊，受傷特別嚴重，一方面也是因為《洗髓經》對那天竺詭異的內力之傷並不是對症的療法，只能一點一滴地慢慢運作改善，急亦無用。然而傅翔卻察覺到自己的傷勢正快速地惡化，惡化的速度遠超過透過《洗髓經》的改進速度，照此情況持續下去，頂多數日，自己可能就會傷發而亡。

烏日娜見多識廣，她看到傅翔的行動雖然恢復，但他蒼白的臉色中所帶著的青色卻愈來愈明顯，雙頰也愈來愈瘦削，即使在劇痛煎熬時仍然奕奕的眼神，現在也漸漸地消失。她知道如果找不到迅速有效的對症療法，這個來歷神秘的少年命不會長了，她的擔心不只是傅翔終將不治，更為女兒悄悄耽憂。女兒對這個從天而降的漢人少年的關愛已經很深，超過阿茹娜自己的瞭解。

第五天的早晨，傅翔覺得已到最後一拚的階段，他跳越過《洗髓經》第二層，直接進入第三層。半個時辰後，他感到全身八脈的寒顫，自己心、髓之間的一條虛脈似乎確能引動八脈。他心中狂喜，正要設法引導督脈歸位，忽然一股火炙之氣從頭頂一路燒下來，直逼丹田，然後開始亂竄，自己苦練出來的那條虛脈再也無法控制。

他低呼一聲：「走火入魔……」耳中忽然響起完顏道長在漢水畔作別時的告誡：「你武功進展太快太順，似乎從未遇到任何困境，日後修行若遇到困難，千萬記得不可強求。」傅翔暗叫：「來不及了！」體內的烈火反衝，直上頭頸及後腦……

就在此時，他聽到烏日娜一聲尖叫：「阿茹娜，上蛇藥！」說時遲那時快，自己的身子被翻轉成俯臥，頸上忽地一陣劇痛，緊接著頸上劇痛之處一陣冰涼，只聽得阿茹娜的哭喊聲：「媽，血流太多，藥敷不上去！」烏日娜的呼叱聲：「按住，再上藥！」然後一個陌生的聲音喝道：「退開，待我來施針！」

傅翔依稀感覺到頸上和頭頂都有針刺入，周遭眾人的聲音卻愈來愈遠，終於聽不見了，他的意識已失。

也不知過了多久，傅翔居然醒了過來。他閉目感受了一下身體的情況，發覺自己仍是俯臥的姿勢，睜目看得臉邊的床上全是血跡，想要翻臉睡另一邊，頸上一陣劇痛。耳邊忽然聽到烏日娜的聲音：「忍著點，現在不要動，你頸子上給割了好大的口子。」傅翔才有點明白，方才自己強練第三層《洗髓經》而走火入魔，竟然讓烏日娜母女用蒙古醫術救了下來，當下便俯在床上，左臉貼著自己噴出的鮮血，問道：「放血？」

烏日娜道：「不錯，幸好放得快。我早知小哥兒的問題必在頭頸和腦上，是以你一叫『走火入魔』，我就在你頸上割了一刀。單單放血還是不成，若不是胡相公及時趕到，施了止血的針灸，阿茹娜的蛇藥也敷不上去。放血、止血、蛇藥三者缺一不可，傅翔小哥，你可都趕上了，命真大喲。」

傅翔下巴頂在床上，驚問道：「胡相公？待我拜謝……」依稀記得昏厥過去之前曾聽到一句「退開，待我來施針」的聲音，應該便是那胡相公了。

那胡相公道：「敝人姓胡名潑，從燕京來少林寺，巧遇上小兄弟血流如注，便施針止住了血，好讓姑娘上藥，舉手之勞何足掛齒。」

阿茹娜道：「媽日前便要我準備蛇藥，便是巴根那小半杯『大漠石花』的毒液和三種草藥，調成媽秘傳的無毒保腦良藥。這回可用上了。」

傅翔聽得十分感動，自己這條小命是暫時救下來了，但他本身也頗通醫藥，忍不住再問道：「敢問胡相公，在下身受重傷，身上八脈走位，胡相公如何能施針止血？」胡潑回答道：「人身止血止痛的穴道有全身及局部之別，屬全身者固與脈絡有關連，但屬局部的則無所不在。只須識得局部的次要穴道所在，照樣能施針止血、止痛，一般醫者是不懂的。」

傅翔嘆道：「晚輩也是不懂的，聞先生此言如茅塞頓開，就算我傷重不治，能懂了這番道理也值得了。」

傅翔垂死之間，說出此言實在是有感而發，阿茹娜輕聲道：「傅翔，別胡說。」

胡濙卻對阿茹娜母女拱手道：「蛇毒入藥最是困難，一般而言，口服則被消化而無效，進入傷口則等同被蛇咬傷，蛇毒入血就中毒。若先去毒，經常是去其毒性便失了藥效。蒙古醫術竟能調製出無毒卻有藥效的方劑，佩服啊佩服，未知能否得聞其詳？」

阿茹娜聽不懂，便問道：「什麼是方劑？」那「方劑學」是漢醫的用語，是指漢醫辨症、決療、擇藥、組方的原則，胡濙一時難以用簡明的話向這蒙古女孩說清楚，便沉吟了一會。傅翔替他解釋道：「簡單說，方劑便是將各種藥材配成有效治療的方子。」

阿茹娜啊了一聲，對她媽媽道：「媽，妳這蛇毒的方子能不能告訴胡相公呀？胡相公是個好人，定能用此方劑濟世救人。」烏日娜暗罵女生外向，只要救了傅翔的人就都是好人，恨不得百般示好。蒙古人一般而言比漢人豪爽大方，烏日娜便笑道：「胡相公想要知道這方子有何不可，但方子中的蛇毒是『大漠石花』之毒，中土是沒有這種蛇的，知道了配方也沒用，倒是這製藥的原理可以和胡相公說說的。」

胡濙大喜，連聲稱謝道：「敝人也有不少珍貴漢方，大娘若有興趣，敝人絕不敢藏私。」

傅翔道：「胡相公來得巧啊，也是我傅翔命不該絕。」

胡濙道：「胡某本是江南人士，此次北上到燕京遊學，會見了北平府好幾位醫學高手，得益匪淺。離開燕京後，有意到少林寺向幾位高僧請教。我騎驢走到這谷外的小鎮，替一對老夫婦治了風濕之病，用藥頗為見效，聽老夫婦說起，十里之外有個深谷，谷中盛產各種藥材，我一聽便心動，尋路來此。那曉得入了谷口，小路橫斜雜亂，轉了半天，好不容易碰到一個牧羊小童，便問他要尋好藥材怎麼走。他問要藥材做甚，我見這小童傻呼呼地蠻可愛，就告訴他胡某是個大夫，專醫疑難雜症，藥到病除。原是糊弄他好玩的，那知他一把抓住我的衣袖，大聲喊道：『快去救人，他等著要死了。』不由分說拉著我的毛驢就跑。一路跑到此處，一進門正好看到『放血』、『敷蛇藥』一幕，真是驚心動魄，血光之中想不到又是我那點針灸之術建了功。」

眾人不懂他為何說「又是針灸建功」，但也沒有細問。傅翔聽出這胡濙於醫藥之道腹笥甚廣，自己的怪傷向他請教，說不定有些助益。阿茹娜關心就特別敏銳，便搶先把傅翔的傷情說了一遍。

胡濙聽得大感驚訝，自己對巴根吹牛專治疑難雜症，聽了傅翔的傷勢，暗忖：「這下真的疑難雜症來了。」他斜眼看了巴根一眼，巴根正睜著一雙黑白分明的眼睛盯著自己，好像在說：「看你怎麼治？」

胡濙皺眉沉思了一會，又仔細察看了傅翔頸上的傷，那傷是烏日娜用極鋒利的薄刃所割，傷口極為整齊細密，止血後這一會已經凝結。胡濙便輕輕將傅翔翻過身來仰臥，拉開他的衣襟，想要檢視一下他的胸口。那知一拉開衣襟，便看到傅翔腰間綁了一個鹿皮袋，胡濙覺得皮袋繫在腰間會令傷者不舒服，便將那隻皮袋解下，問傅翔道：「皮袋裡什麼寶貝啊，綁得那麼緊，豈不難受？」傅翔道：「兩冊武功的書，一冊醫藥的書，是我師父的寶貝，我是貼身不離的。」

胡湲是個醫書狂，一聽到有一冊醫藥的書，立刻眼睛一亮，問道：「那本醫書在下能否瞧瞧？」傅翔一向認為武功秘笈不能隨便示人，醫藥典籍則不應藏私，此乃濟世救人之術，傳播得愈廣愈好，便點頭道：「胡相公只管看，是我師父一生研習醫道的經驗所錄成的書，極為實用。」胡湲從袋中掏出一看，冊子封面上寫著「方冀藥典」四個字。

他才翻開第一頁，冊子中就落下幾頁夾在書頁間的散頁，上面蠅頭小楷寫得密密麻麻。胡湲先看那散頁，第一頁首行寫著「三疊白除療傷導氣化血之效外，尚有麻醉之長效，此前所未聞之醫藥大發現也。」胡湲匆匆看了三頁，心中又驚又佩，文中所載一種木槿花的變種喚著「三疊白」的，能將人畜長期麻醉而不省人事，如施用得當，藥性過後人畜就能無恙醒來，也有根據藥理及經驗模擬配製的方劑。

胡湲繼續翻到第四頁，第一行赫然寫著「天竺詭毒內力傷之療法」十個字，不禁大聲叫道：「傅兄弟，你這傷你師父有療法哩！」他把那十個字唸了一遍，又道：「療傷之道就在你懷中，你怎麼不知？」

傅翔回憶，這鹿皮袋從神農架帶出來，在南京見到師父時交還給他，但後來在襄陽分頭上少林寺之前，方冀又匆匆將這皮袋交給傅翔。還記得師父當時說，明教武功秘笈及藥典他都嫻熟於胸，所以還是交給傅翔保管，其中他又加了幾頁新的資料，可供傅翔研讀。只是從上少林寺到被打落此谷，也沒有時間去察看師父究竟加寫了些什麼。

胡湲很快地把方冀所記下的治療之法讀完，臉色漸漸凝重，烏日娜及阿茹娜一齊問道：

「怎麼說？」胡潑有些失望地道：「方師父記載的是他的親身經驗，他竟然用兩副藥性相沖的藥方一起服用，實在是大膽而有創意，但重點還是得用上乘內力自行催動藥力，以真氣運行來調理。傅兄弟卻是內力全失，真氣無法凝聚。這法子雖好，終是難以救治傅兄弟的傷。」

烏日娜母女聽了大感失望，傅翔卻道：「胡相公，待小弟看看。」他接過那幾頁，仔細地讀了一遍，然後陷入沉思，足足有一炷香的時間，對周遭諸人的談話完全聽不見，終於他十分鄭重地道：「胡相公，我想到了一個法子，您是醫藥大家，請幫忙指教一二。」

胡潑在傅翔沉思的這段時間，很快地翻閱了《方冀藥典》，發覺其中不少方劑都是他聞所未聞的珍奇方子，許多地方用藥的創意及大膽，也遠遠超出古人醫書，不禁對方師父敬佩萬分，因而對他徒兒傅翔也刮目相看，心想：「這少年的醫藥之道必然不同凡響，且聽他長考後有什麼妙方？」便答道：「傅兄弟不要客氣，你先說出來大家琢磨琢磨。」

傅翔道：「也不是什麼妙方，不過是根據我切身的感覺設想一個法子。我因心急而跳躍順序，強練這《洗髓經》以致走火，但仔細回思，如果按部就班照著經上所定的步驟勤練，對我八脈離位的傷勢確有助益，只是太過緩慢。如今有了師父以自身經驗開出的治療方子，咱們不妨一面練《洗髓經》，一面佐以小量的藥方，我以為二者可能相輔相成，相互加速療效，或許更能將八脈離位和胸前內傷一併治了。我早覺得這兩者之間有些關連。」

陋室裡站了四個人，除了巴根外，胡潑、烏日娜及阿茹娜互望一眼，都點頭稱善。胡瀅又想了一會，道：「傅兄弟這療法大有道理，我也愈想愈覺得你身上所受兩種奇傷，不能等一端復原了才去治另一端。咱們就趕緊著手試試吧！」

阿茹娜精神大振，一手輕按在傅翔額頭上，俯身對傅翔道：「你這治法好，一定能打敗傷勢，阿茹娜陪著你。」蒙古少女落落大方，勇於表達情感，傅翔抬眼望著這張美豔的笑臉，聞她吹氣如蘭，不禁恍神了一會，然後才回到現實道：「可是……可是師父的方子裡好幾味藥材都十分昂貴，在這山谷中，一時那裡可得？」不禁為之苦笑。

胡瀅卻哈哈笑道：「莫說是這方子裡的老蔘、麝香，就是更貴重的藥材我這裡都有。我這趟燕京之行，怕不進了上百兩黃金的好藥材，傅兄弟，你用不完的。」一面拍拍身上揹著的厚布袋，一面就將方冀寫的單方接過手，對阿茹娜道：「咱們現在就配方吧，這位姑娘來幫我備藥材。方師父的方子陰陽相沖，是一副險劑，咱們用劑要小心，藥量先輕後重，劑次先密後疏。為求保險，先配置一年所需的藥分吧。」

胡瀅主動提供藥材又配製藥劑，大夥兒心中都燃起了希望。傅翔把秘笈藏好後，緊繃的心情略一放鬆，又昏睡了過去。

烏日娜忽然提出一個建議，對胡瀅道：「胡相公，你對漢醫的瞭解勝我十倍，但我們蒙古醫術中甚重炙熱療法，尤其是體內寒熱、陰陽失調之疾，用炙熱相逼，常有奇效。我瞧傅小哥的傷勢奇特，方師父的藥方既要用相沖的藥物入劑相逼，如果加上炙熱療法相佐，恐怕藥效能倍增呢。」

胡潑停下手上的工作，道：「說得有理，但怎麼用熱？」烏日娜聽胡潑贊同她的想法，不禁大喜道：「咱們這谷中有一個天然的熱井，井中石壁上有一個秘洞，只有我們母女知道。那洞裡的蒸氣含有多種礦石，熱度恰到好處，阿茹娜受了風寒，只要在洞裡坐一夜，立即痊癒，百試不爽。我看傅兄弟先服三日胡先生的藥，如果有些效果，咱們便把傅兄弟放在洞中，服藥的同時施以五日炙熱之療，想來定然大有幫助。」

胡潑仔細思量了一番，點頭道：「這法子可行。咱們一面用陰陽相沖的藥物相逼，一面用炙熱之氣相逼，加上傅翔自身練功，多半能把這詭奇的傷給治好了。」

阿茹娜拍手道：「那個熱洞我去過，蒸氣湧出來像波浪一樣沖壓全身，熱力從外漸漸向體內逼入，挺舒服的。」

胡潑道：「我便再待三日。這藥確有危險性，三日後確定傅兄弟情形良好，我再離開吧。」

∞

少室山的崖頂上此刻霧氣全散，若從絕崖往下看，但見一層接一層堅石如麻，不斷向前方延伸，直入雲霧之中而不知處。如果有人從此處跌落，躲過上層也躲不過下一層的堅石，定將摔死在某一層的尖銳石林上。

這時崖頂上空無一人，山風正疾，吹得嗚嗚作響。遠方兩隻老鷹正在盤旋嬉戲，牠們似在尋找崖下上湧的氣流，一遇到氣流向上，便立刻停止拍動翅膀，只伸展雙翅迎風上揚，似乎極感快活。待上揚氣流已盡，鷹兒又恢復振翅，盤旋再尋氣流。

一片巨大山岩後面，方冀緩緩走出來，他滿面愁苦，抬頭凝望那兩隻老鷹，若有所思。慢慢他走到崖邊，這幾日幾乎每天都會來到這裡，每天都望著崖下千丈嶙峋的怪石，以及白茫茫霧氣下不知終結於何處的懸崖絕壁，總希望能發現一些什麼，每天都喟然長嘆而歸。

他站在懸崖邊，默默想著那一夜，傅翔就是在這裡被天尊和地尊聯手偷襲打落下去，少林寺的那包神功秘笈也是在這裡飛落下去。也就是此地，一身是計的明教軍師抓住機會，對地尊發動了一次致命的偷襲……

他還記得，當悟明盜走的那包少林秘笈掉落懸崖的一剎那，天尊、地尊皆是又驚又怒，眾人也都停手不知所措，便在此時，方冀的直覺告訴他，千載難逢的時刻出現了，他手中紅旗一揮，口中大喝：「目標地尊！」

由於是事先已經商訂的計畫，隨著他的揮旗喝令，地尊身邊的幾人不假思索地同時發動偷襲，方冀的獅吼神拳，伍護法的魔劍，姚護法的醉裡乾坤手，同時攻向地尊。地尊的內力在硬碰硬連傷數位少林高僧後已有相當折損，天尊在此狹窄地形上又施援不及，只聽得地尊大喝一聲：「不要臉！」已被方冀一拳擊中小腹。方冀悲憤填膺，一言不發，只狠狠地會同丐幫兩護法再下殺手。

這時天尊回過神來，出掌攻向方冀，絕垢僧等天竺高手也同時發掌攻來，朱泛、鄭芫、范青、少林群僧亦加入混戰。天尊一把拉住挨了一記重拳的地尊，飛躍而起，退出戰場，兩人如飛般向山巔奔去。天竺諸弟子見勢不妙，也都拔身退走。

方冀記得黑夜中大夥兒呼喊搜尋傅翔直到天亮的情形，鄭芫和朱泛還攀下懸崖，但只能到達第一層突出的尖岩，便再也無法下去，眾人只好作罷……

鄭芫想要留下來繼續找尋傅翔，天慈卻嚴命她隨自己回南京，否則無以對鄭大娘交代。丐幫諸俠則須趕回武昌赴丐幫的水陸大會，方冀和完顏老道則暫住在少林寺，繼續搜尋傅翔的下落。但第二天一大早，完顏老道突然不告而別，不知去向。方冀連續好幾天在滿山可尋之處都尋遍了，那有傅翔的蹤跡？

此時，方冀盯著那兩隻老鷹，心中漸漸有了一些想法，便匆匆回到少林寺。

他花了一天時間設計，一天時間製作，縫製了一張極大的布幔，兩端剪裁收束成兩尺寬，固定在兩根三尺長的木棍上，中間寬六尺，長九尺，用極細密的棉布縫製而成。布幔兩邊緣各有兩處縫上了細麻繩，繩的另端拉到兩頭木棍上，牢牢固定。

羅漢堂無嗔大師對他的製作饒感興趣，他知明教軍師足智多謀，縫製此物必有大用，見布幔縫製已成，忍不住問道：「方施主要用這布幔下懸崖？」

方冀道：「正是。老朽見那崖口常有老鷹出沒，不動雙翼就能迎風而上，想那懸崖下方必有一股向上冒起的氣流，便想出用這個『手帆』來試試，希望能利用向上的風力助我下降。」無嗔大師道：「手帆？」方冀道：「不錯，船在水中借橫向之風力行駛，我若能在空中張開這『手帆』，借用向上之風力減緩我下降之勢，有何不可？」

無嗔道：「你那幾根麻繩有何用處？呵，是了，麻繩用於固定布幔方向。你真要用這『手帆』跳下懸崖？」方冀微笑道：「不然老夫花費許多工夫縫製這事物為何？」

無嗔大師道：「依貧僧的想法，您最好在跳崖之前先找個地方試驗一下。」方冀道：「不錯，本想借貴寺藏經塔一試，一則高度不夠，二則怕擾了寺中眾僧清修……」無嗔大師身後一個小沙彌忽然插口道：「咱們寺後三里處有個小斷崖，少說也有二、三十丈高，方施主試跳一下正好。」方冀喜道：「咱們現在就去。」

方冀將那塊「手帆」按照他仔細設計的順序折成一長條，綁在胸腹之上，兩根木棍交叉插在胸前，布幔捲在背後有如一床被子。方冀施展輕功從崖口一躍而起，接著飛快地把兩支木棍拔出，雙手用力一振一抖，布幔便自展開，下墜之勢造成風往上湧，立刻便將布幔撐起。那布幔吃足了風力，宛如一張向下蓋的風帆，方冀的下墜之勢果真慢了下來，落地時憑著他的輕身功夫穩穩站定，絲毫沒有摔傷。

崖上無嗔大師和那小沙彌見到這「手帆」果真管用，都是滿心歡喜。無嗔呵呵笑道：「方軍師真乃今之魯班也。」方冀收好「手帆」，從崖邊慢慢攀上，花了半盞茶時間才重回崖頂。

無嗔法師道：「傅小施主為我少林之事遭難，敝寺方丈已派出弟子多人從山下一層一層往上搜尋，定要找個水落石出。方施主，你這從上躍下的做法，固然可以直接追蹤傅小哥兒摔落的過程，但那山崖下滿是嶙峋尖石削壁，向外伸出數層後便是茫茫雲霧，崖底情形杳不可知，軍師有必要冒此險麼？」

方冀道：「老朽這個徒兒的生死關係著未來武林大局，天尊地尊想必已經看到這一層，才會不顧身分聯手向一名少年偷襲。傅翔是生是死，我是必須弄個清楚的。這一躍下去，盼天佑我能夠救他性命，則是大幸；若是順便尋得少林秘笈，定當再上少林，完璧歸還。」

無嗔法師道：「敝寺弟子若是有了傅翔的消息，而軍師已經離去，咱們如何告訴軍師？」方冀道：「便請告知南京靈谷寺的天慈大師，老朽定會與另一學生鄭姑娘聯絡。」說到這裡，他忽然想到一事，此事在他心中醞釀已有一段時間，其實關係到少林、武當等名門子弟與明教、丐幫等江湖好漢的思考及行事差異：當天尊地尊率眾攻打少林時，明教和丐幫皆捨命相助，反過來若是明教、丐幫遭遇危難，少林眾僧會下山相助麼？

方冀想了很多，想要說什麼卻又欲說還休，只淡淡地對無嗔法師道：「少林寺為天下佛門聖地，少林武功乃是我中土武林的龍頭，那些秘笈倘若不能找回，終究也沒有落在天竺野心人士之手。異日若是有緣之人得之，便當作是少林神功的向外流傳，絕學的澤被四方罷，也未必是壞事呵。方冀告辭了。」

無嗔法師咀嚼這幾句話，豪邁中暗合禪意，心中也有一番感想：「當那天尊地尊打進少林寺時，在敵強我弱的形勢之下，明教和丐幫採取的策略是偷襲求勝，少林寺則是堅持一對一硬拚，不惜犧牲多名師兄弟，硬把地尊拖垮。咱們覺得這才是名門正派的作風，甚至自覺拚得悲壯。但那天晚上在崖頂，要不是明教和丐幫突施偷襲傷了地尊，那場混戰又不知多少人要死要傷？正義的價值究竟何在？在手段還是在結果？」

無嗔從沉思中豁然驚起，合十道：「方施主有大恩於我少林寺，敝寺慚愧無以為報……」方冀已經走得遠了。

這時，三里之外少林無為方丈正在方冀所住的客房外敲門，朗聲叫道：「方施主真乃神醫也，所賜方子治療幾位為天尊、地尊所傷的師兄弟，今日已有三位見效，貧僧特來拜謝！」

但是方冀已經走得遠了。

∞

方冀重新回到傅翔被擊落的崖頂，他背上揹著悉心包紮妥當的「手帆」，帆端的兩根木棍交叉插在束腹裡。他將仔細計畫好的每一步驟在腦海中重想了一遍，便踴身躍下懸崖。

他雙目緊盯著腳下飛撲而來的一片嶙峋岩石，就在即將接觸的一剎那，方冀提氣前撲，雙腳在一塊突出的岩尖上極其精準地一點，整個身軀立即化為一道弧線向前撲落，方向轉變了，速度也略微減緩。但是不過瞬眼之間，他又將跌撞在第二層石林之上，方冀依樣畫葫蘆，再藉雙腳輕點石壁，向前飛去，用橫向翻滾減緩落速。

連續飛躍了四次後，這時一股似嵐似霧的氣流迎面而來，方冀突然陷入四方不見景物的茫茫暖氣之中。他暗叫一聲：「上天保佑！」飛快地抽出兩棍，提氣力貫雙臂，一拉一振，緊接著一抖，他感到一股力道向上一震，雙手差點握不住雙棍，下落的速度果然大減。他設計的「手帆」已經張開，布篷吃足了上揚的熱氣流，下墜之勢緩了下來。

他俯首下望，地面已在眼前，落速雖減卻仍十分快速。他再次提氣，將輕身功夫施展到十成，一觸地面即斜竄出三丈有餘，將衝力儘量化解，然後穩穩地站在一片草地上。

方冀雖經再三仔細設想，但這一次冒險躍下，仍讓他冷汗直冒，濕透衣衫。他不及將「手帆」收起就盤膝坐下，提足了真氣在全身運行三周天，方才長噓了一口氣，暗道：「我這一躍，至少證明從崖上落下仍有可能倖免於死。但傅翔並無『手帆』之助，更兼黑夜中要認準那四層石林落足借力之點，比我這一次困難得多，不知他是否能有一線機會？」

他緩緩站起身來，四周望去不見人影，忽然望見遠處似有屋舍，便連忙朝那茅屋走去。到了屋前，只見門口地上躺著一個身著蒙古服裝的婦人，他走近察看，婦人倒在大量血泊之中，已經死去。走進茅屋一看，空無一人，桌案上放著藥缽藥杵，還有許多不同種類的草藥和礦石，顯示這茅屋主人是個醫者或藥師，難道就是倒在門口的那個蒙古婦人？

他重回門口，俯身抓起那婦人的手聞了一下，血腥味中夾著極濃的藥草味。方冀點了點頭，抬眼看去，前方有一巨大的氣柱從地上冒出，他恍然而悟，暗忖：「原來那股熱氣流源自於此，也難怪這谷中感覺溫暖而潮濕，皆因有這股蒸氣從地中湧出，終日不斷。」

遠方隱隱傳來幾聲間歇的羊咩聲，方冀想要探個究竟，於是施展輕功飛快地奔向那股蒸氣。但是當他一奔上草坡，一幅恐怖的景象讓歷盡滄桑的方冀目瞪口呆，全身發冷，簡直不敢相信眼中所見。

只見青草坡下，有數百隻的黑白羊群正在草地上吃草，地上卻散躺著幾十具屍體，有的身首異處，有的四肢殘缺，鮮血一灘灘流在草地上，已經乾涸成黑紫色。由於風是向前吹，屍味從草坡這邊聞不到，這時走得近了，屍臭漸濃，已經引來一群烏鴉，圍在屍體旁擇腐而食。

方冀饒是見過各種戰爭大場面，但在這個遺世山谷中出現這等屠殺的慘象，卻是無法想像。瞧那屍體的情形，似乎已經死了兩日，也不知傅翔生死究竟如何？他撕下一幅袍襬蒙在口鼻上，飛快地奔入屍群，一具一具詳為檢查，發現死者有的身著蒙古服裝，有的雖著漢服，但髮型多剃「婆焦」，看來全部都是蒙古人。

方冀看了一圈並未發現傅翔，於是躍上一棵高樹遠眺，前方零落散置一片房舍，似是一個小村落。為探究竟，他毫無猶豫飛身前往察看。那村落基本上是個蒙古人的聚集地，卻空蕩蕩地沒有一個活人，每家屋前屋後都發現被殺戮的屍首，血流遍地，慘不忍睹。方冀從村人使用的器具上判斷，這裡的蒙古人均已相當程度漢化，有一些家庭堂屋中還掛了些字畫。他忽然想到一事：「通常這種屠村暴行做完之後，施暴者一定放一把火把人屍、房屋燒個精光，屠殺這些蒙古人的兇手何以沒有放火滅跡？」

他沿著一條土路向前探索，走出幾里路外，穿過兩邊山壁，似乎已到了此谷的出入口。便在那出口邊的林子裡，方冀發現了一片打鬥的痕跡，從現場遺留下的跡象判斷，似乎有不少武林人士在此群鬥。他仔細察看，果然在一片槐樹林中，發現了兩個身著錦袍的武士屍體，再往前走十幾步，一棵老樹根上倒了一名僧人，手中猶執長劍。

方冀仔細看了一會，沉思了片刻，暗忖道：「難道是錦衣衛的高手到了這裡，少林寺的僧人也到了這裡，為尋傅翔，尋秘笈？在此惡鬥了一場？如是這樣，則這些蒙古人全是錦衣衛所殺的了。不錯，傅翔和章逸都曾說，天竺人和錦衣衛暗中勾結，無嗔大師也告訴我，少林寺已派出弟子全面搜救傅翔，於是錦衣衛與少林僧一場拚殺，各有死傷，雙方追鬥匆匆而去，難怪留下滿村屍首無暇處理。只可嘆這群躲在深谷中避大軍戰禍的蒙古人，還是躲不過錦衣衛的毒手。」

錦衣衛為何要屠殺蒙古人？方冀搖頭嘆息，心中暗忖道：「錦衣衛殺人不需要理由的，這些人既是逃避官兵的蒙古人，該殺的理由已經足夠了。」

但是傅翔仍然不見蹤跡，也不見他的屍首。方冀不甘心，便施展輕功回到谷中，全面又搜尋了一遍，依然找不到傅翔。終於，黑夜將臨，方冀懷著幾分寒意，心中充滿了沮喪與疑問，默默離開了這死亡之谷。他沉重地反覆自問：

傅翔還活著嗎？

傅翔你在那裡？

8

只有蜷藏在那熱井壁上一塊巨石底下的巴根知道，傅翔還活著，他和阿茹娜正在井中一個秘洞裡療傷，已經是第四天了。

他親眼看到谷裡開始大屠殺，從那時起，他便連翻帶滾地爬到這塊巨石下躲藏起來。他身子蜷成一團，雙手摀著耳朵，眼睛閉得鐵緊，但是方才在井外看到的刀光血影，仍然不斷地出現在腦海，漸漸，這些景象引帶出一串早已深藏心底的舊畫面，那些在巴根意識中永遠不願再看到的畫面……他看到媽媽慘遭凌辱，媽媽親手用利刃割斷了自己的咽喉……巴根像一隻受傷的小狗，蜷曲著嗚咽嘶吼，漸漸，神智又糊塗了。

【第十一回】
洞裡神仙

天尊抬頭看那巨大的石門，忽然發現上端刻畫了一個大大的太極陰陽圖，以凸凹代表黑白，居然工整無缺，太極之旁還有兩行大字：
「太極門中窺太極，神仙洞裡隱神仙。」字跡天真爛漫，頗有童趣，但筆筆入石三分，每個人心中都在暗暗呼喊三個字：「張三丰！」

南京金川門東邊有一片茂林，林子裡有兩個身著皂衣的漢子立在樹下，默默地像是在等什麼人。一個頭戴笠帽的大漢手上牽了一匹栗子色的駿馬，另一個瘦子脫下了笠帽不住搧風，似乎燥熱不堪。

那匹駿馬鞍轡齊全，轡頭箍著一道大拇指粗的黃金環，環的中央突起，頂著一朵又長又大的白色纓子，那栗子色的馬頭及馬身均不見一根雜毛，只有靠近四蹄處才有尺把的脛腿呈白色，襯得那馬高貴神駿，極是威武。

那瘦子耐不住性子，不時伸頭探看林外，那大漢低聲道：「看你這般沉不住氣，真虧你還是個盜馬賊中的高手呢。」那瘦子見林外小路上沒有任何動靜，輕聲回道：「你懂得個屁，平時爺們盜了馬早就拍馬開溜了。那像這回，好不容易盜成功了，還要在這裡苦等人來接貨，真他媽急死我了。」那大漢笑道：「小賊畢竟就是小賊。」那瘦子道：「盜馬的若是到了手還不快走，便是壞了行規，下回多半失手了。這回要不是馬大人於咱帶頭大哥有恩，你便出再多銀子俺也不幹。」

那大漢道：「不過便是去魏國公府上牽一匹馬，咱們出一百兩白花花的銀子，有的是人屁滾尿流搶著幹，賞給了你幹，還說什麼壞你媽的規矩，真笑死人了。」

那瘦子一面跪在地上，將耳貼地傾聽，一面低聲回嘴：「俺老廖從十歲起每天與馬為伍，小校場、大校場的活都幹過，宮裡御馬也侍候過，就沒搞過像這麼神駿的戰馬，也只有魏國公這等英雄才配駕馭牠，卻不知你們要偷牠出來給誰騎。沒有威望和福分的人騎這馬，小心會有不利……噓，有人來了。」

他爬起來對那大漢道：「來了兩人兩騎，外加一個跑步的倒霉跟班。」那大漢道：「老廖，你這麼有把握麼？」老廖冷笑一聲道：「俺這耳朵能聽錯麼？聽不準怎麼盜馬？」

這時大漢已隱隱聽到得得蹄聲，又過了一會兒，林外黃土小路果然來了兩人兩騎，後面一個隨從小跑步跟著，到了林子前。那牽馬的大漢將馬韁交給瘦子老廖，輕聲對著林外低喊：「公子爺，在這裡。」

那兩匹馬都是慢步小跑，馬上人一提韁便停下步來，只見當先一人穿了一身華麗的勁裝，頭上戴了頂織錦便帽，帽上一塊紅寶石極是耀眼。老廖打量這公子爺，看上去年紀頂多二十左右，生得濃眉長眼，面色白淨斯文，身材卻甚是魁梧。他見老廖牽著那匹駿馬走出林子，忍不住讚歎道：「魏國公好一匹寶馬。」

那大漢道：「此馬名為『絳風』，黃金轡頭、白纓盈尺，南京守城軍士無一不識這匹魏國公的寶馬，公子爺騎牠出城通行無阻。出城後放馬而行，日行少說有六百里，夜裡好料好歇養足了精神，保您一路順行到家。」

另一個騎馬的身著軟甲，顯是這公子爺的侍衛。公子爺接過「絳風」寶馬的轡繩，對那步行的隨從道：「阿柱，你把俺這匹馬騎回寓所裡的馬廄去，莫讓人瞧見了。」他蹬上了「絳風」，向那大漢拱手道：「請回報貴上，相助之情俺絕不敢忘，父王處也極是承情。俺在寓所留有一封信致魏國公，這就不久留了，後會有期。」

他略一夾腿，便策馬領著另外一騎的侍衛快步向金川門馳去。那隨從行了禮，騎著公子原騎來的馬朝反方向回去了。那盜馬賊對大漢道：「好一個公子爺，敢情是那個王府的？」那大漢瞪了他一眼，老廖連忙改口道：「不敢問，不敢問。好啦，事辦成了，還有五十兩餘款呢？」

那大漢方才還和這老廖胡說八道，這時卻變得極為嚴肅，瞪著老廖道：「咱們說好的，你只管盜馬，其他的一律不准多問，也不准多說，拿錢走路，就當沒發生過這回事，是不？」說著從懷中拿出五十兩白銀。老廖為他目光所懾，囁嚅道：「是，是，官爺。」大漢將銀子交給老廖，再加上一句：「你若不遵守規矩，當心有殺身之禍！」他聲色俱厲地交代完畢，轉身走進樹林，身形有如一陣風，剎時便消失在林子裡。

盜馬賊把白花花的銀子收好，吐了一把口水，喃喃道：「這大廝屌好快的身手，若是來幹咱們這一行，倒是一等一的材料。只可惜腦子不好使，只靠手腳賊滑，在咱們幫裡還是很難混成一流的好漢。」

∞

南京紫禁城各門已經關閉，午門內奉天殿後側的議政廳是皇帝和近身大臣商議大事的所在。朱允炆已經登基就位，只是年號須待過完洪武三十一年，明年才能改為建文元年。

自從登基以來，朱允炆正史料、修法典，已經開始了他的改革。

翰林院學士黃子澄、兵部侍郎齊泰、翰林侍講方孝孺，這三位都是朱元璋替他的皇太孫朱允炆親選的輔佐大臣，全都是學問極佳的文學之士。齊泰雖是兵部侍郎，卻是洪武十八年以鄉試第一名考取的進士；方孝孺雖非科舉出身，卻是大儒宋濂等人推薦的國士；黃子澄更是以貢士魁元再登探花的才子。以文學論，這三人實是國中最菁英的人才，但是並無多少實際處理政務的經驗。朱元璋選擇最優秀的文人輔佐朱允炆治國，乃是出於一番自以為看得深遠的美意；行武出身的他在戰場上征戰了大半生才打下天下，他以為自己雖有武功卻欠文才，馬上可得天下，卻不能再以馬上來治天下，所以他特別留意有才華的文人，挑選其中的翹楚做為皇太孫的心腹大臣，可謂用心良苦。

至於國防軍事怎麼辦？朱元璋極以他幾個封王的兒子為傲，在殺光了開國有功的大將之後，心中的算盤是軍國之事自有我戍邊的諸王壓陣，北夷不敢越雷池半步。如是外有諸王鎮疆，內有能臣治國，大明的江山可垂百世。

但是朱元璋的計算中有個要命的盲點，那盲點就是他自己。他死後，誰能鎮得住那幾位強悍的藩王？寧王、燕王諸強藩在太祖健在時無不唯中央皇命是聽，但那時的皇命也是父命，這些藩王從小跟著父親東征西討，他們對朱元璋的本事無不心服口服，一聲令下，絕無二話。但朱元璋不在世了，情況立即變調，何況新登基的小皇帝還是叔叔們從小看著長大的侄兒？

於是朱元璋一世精明，卻因這個盲點，致使身後不到一年，一種禍將起於蕭牆、山雨欲來風滿樓的氣氛已經籠罩著南京城。

此時，皇宮裡的議政廳中，朱允炆坐在長廳首位，兩邊各放了幾張椅子，黃子澄、齊泰、方孝孺坐在左邊，徐輝祖和梅殷坐在右邊。徐輝祖手中持著一封信，正十分惶恐地上奏：「臣適才接報，燕王二公子朱高煦盜了臣的坐騎，出了金川門往北而去。臣派人追趕到江邊，得知二公子已經渡江北上，判斷他定是直奔燕京，臣已命驛道上各軍防要塞嚴加注意。高煦公子留有一封信，說燕王妃病危，他心急母病，只好借臣的快馬趕回燕京，日後再來請罪云云。」說著便將那封信呈給朱允炆過目。

朱允炆皺了皺眉頭，瞄了那封信一眼，對徐輝祖道：「朱高煦留京習政，並非人質，徐都督也沒有看管他的責任，此事不必自責。」徐輝祖跪下叩首，道：「防衛京師乃臣之職責，發生此事，臣難逃責任。倒是臣那匹坐騎堪稱神駿，一般生人近不得身，竟然神不知鬼不覺地遭人盜走，此事大不尋常，怕是極熟之人幹的。」

那黃子澄插口道：「徐都督之意，謂朱高煦公子買通了徐都督極熟悉之人下手盜馬？公子要離南京，為何定要用徐都督的坐騎？難道他不能騎自己的坐騎離城？」

徐輝祖倒抽一口涼氣，暗忖黃子澄熟悉京城各項防務，怎會問此問題？自是要問給皇上聽的，當下據實回道：「一則臣的坐騎人稱『絳風』，是匹日行千里的好馬，也許高煦公子心急，亟需快馬早日返家。再則，臣的馬出城通行，不需向守備參將報備。」

兵部的齊泰開口了：「如此說來，徐都督的坐騎竟比兵部的令牌還要方便啊。」

朱允炆聽到這裡哼了一聲，徐輝祖已經出了一身冷汗。這時太祖的二駙馬梅殷向朱允炆行了禮，開口道：「皇上，容臣告稟……」朱允炆抬手道：「姑爺不必多禮，有話請講。」梅殷道：「據臣所知，那匹『絳風』寶馬隨徐都督征戰多年，軍中官士無人不識得，見了公子騎此馬出城，很自然便會放行。便是齊兄自己的馬出城，我就不信守城的軍士會問齊兄要令牌呢。」

朱允炆揮了揮手，要大家不再談論出城的細節，他問眾人道：「朕這個堂兄弟盜馬不辭而別，諸卿看這裡面有何蹊蹺？」

一直沒有開口的方孝孺這時起身道：「燕王的二公子既非人質，亦不受拘束，原本就可來去自如，只是盜馬不告而別做得魯莽無禮。吾皇以仁義治天下，依臣愚見，不妨暫且接受他急奔母疾的理由。明年皇上改建新元時，可命諸王遣公子入朝拜賀，那時再加訓飭，或者再加……再加其他處置。」

方孝孺的言下之意是：人都已經跑了，不如先示大度，明年再作處理。到時如有必要，便把諸王之子留在南京做人質，也就是皇帝一句話而已。朱允炆聽了覺得合意，便道：「孝孺所言甚是，便是這般處理吧。」

二駙馬梅殷奏道：「啟稟皇上，上次議政時齊泰提到良將難求一事，臣思考良久，覺得培養新將固然極為重要，但一則需長期為之，再則軍中亟需有實戰經驗的老將帶領年輕軍官，方能逐漸養成皇上的親信將領及精銳親兵。」

朱允炆對這問題極為重視，主要也是因為有經驗的開國大將被太祖殺戮殆盡，擁兵親王又不能推心置腹，朝中確實缺乏優秀將帥，聽二駙馬談到這事，便問道：「姑爺計將安出？」

梅殷是朱元璋生前召到病榻前親口交代的「顧命大臣」，也覺此事極為重要，再三思考後有了一些想法，便奏道：「臣見老將中長興侯耿炳文尚在，幾個開國元勛的後人中也有可用之人，彼等借乃父威名，在軍中受到多數軍官敬重。皇上或可從中擇優者拔擢，委以重任。」朱允炆點頭道：「卿可舉例否？」梅殷道：「曹國公李景隆襲父之爵，熟讀兵書，又多次在北方練兵，頗有乃父之風，是臣心目中的將才。」

李景隆承襲父親李文忠的曹國公爵位，李文忠是朱元璋的外甥，開國諸戰役中戰功彪炳，又用功讀書，作戰中命軍士收養道上孤兒，功德無量。他是少數敢直言勸諫太祖少殺戮的忠臣，可惜洪武十八年即病死南京。

朱允炆又點了點頭，便交代齊泰道：「傳令曹國公及長興侯進宮，朕要親自聽聽這兩位將才的韜略。記著，一次一個，不要一齊來。」齊泰應諾了。魏國公徐輝祖似乎想說什麼，但終究沒有開口。

朱允炆又道：「千軍易得，一將難求，各位如知有良將，也要儘快奏來。」

黃子澄道：「除了慎擇良將，皇上前次提到錦衣衛的事，臣倒是有個想法……」

朱允炆道：「錦衣衛在先帝創建之初，乃為探聽敵方軍情，訪官民陰私，或有其必要。其後權力愈來愈大，漸為朝野詬病，緹騎遍布天下，衙裡私設刑廷，但無人膽敢攖其鋒燄，到藍玉案時更悍然介入，誅殺無辜，先帝才有警惕之意，遂廢其首領而遇缺不補。這幾年雖然不敢私設刑堂，行事也稍收斂，但聽說又介入江湖恩怨，要整頓可得有萬全之計。子澄，你有何策，快快奏來。」

黃子澄奏道：「皇上登基之初，穩固政局應為首要之務。錦衣衛衙門偵騎四布，對此要務有利有弊。利者在於朝廷可蒐得各方消息，各種情勢無論遠在邊疆或近在宮城，皆能操之在握，對朝廷決策大有助益。其弊者則在於濫權，歷來該衙門除有偵蒐之權外，逐漸擴大至擅自逮捕，自設監獄、刑堂審案，甚至決刑，置朝廷刑部於虛位。長此以往，不只民怨，便朝廷命官也人人自危，恐怕成為苛政之源……」

方孝孺坐在一旁暗忖：「子澄說了這一大篇等於沒說，全是皇上早知之事，這算是個什麼『想法』？」

朱允炆自幼便隨黃子澄讀書，十分熟習這個東宮老師的個性，說話如做文章，講究起承轉合，缺一不可，便耐性聽下去。卻聽黃子澄接著道：「皇上以仁義治天下，即位才數旬，已經減刑輕罰，國內獄中受刑之人大為減少，民間多有稱頌。若能於此時一舉削了錦衣衛的濫權，將拘捕、審查、決刑之事回歸三司，錦衣衛衙門專責偵蒐情報，則天下百姓必定額手稱慶。」

朱允炆點首道：「子澄師傅言之有理。然則要削權，必將引起錦衣衛中那些武功高手的反對，須得有一套穩當的做法，誰人能當此責？」

方孝孺奏道：「啟稟皇上，臣以為削權之事當緩圖之，以免激起錦衣衛中一些來自武林的豪客反對皇上；在此同時，必當設法組訓一批新手，不僅身手高強，且能服膺皇上治國大義，心悅誠服效忠皇上，有如一批死士。然後再行削權，方可保順利完成錦衣衛改造之功。」

朱允炆點首，望了望眾臣，緩緩道：「孝孺之言甚善，然而此事仍須有一能人著手計畫、執行，眾卿有何建議？」

梅殷啟奏道：「翰林院鄭洽年輕有為，勇於任事，臣看他雖是江南文人，處事卻有豪邁之氣，又與先太子主錄僧潔庵禪師熟悉，聽說南京城的幫派首領亦與之善，由他來組訓一批忠於皇上的新武功高手，似乎頗為適當。」

朱允炆聽了並不感到意外，點頭道：「朕早知道鄭洽和潔庵禪師熟識，此事甚好，可與潔庵商量，必要時請他回南京來協助。如此安排，朕較放心，明日便著鄭洽來見。」

∞

鄭洽站在翰林院側門外一排柳樹下，觀賞南京皇城護城河的風景。皇城的護城河比起京城牆外的護城河來窄得多了，但是水中荷花盛開，蜻蜓點點，偶有一對鴛鴦游過，也有幾分精緻的情趣。

昨日皇上召見他時，交派了召募新人、逐步改造錦衣衛的任務，他立即知道這是個極其艱鉅且危險的任務，皇上說得很客氣：「幾位大臣一致薦卿兼辦此事，實因卿才足堪任。朕視此事為即位以來第一等要務，鄭卿必能善體朕意，辦好此事，立此大功。」但他還是馬上感受到壓力，辭出奉天殿時已汗濕衣衫，於是他想到了一個人，只有這個人肯跳下來襄助，自己這項任務才有辦法推展。此事極為機密，便約了那人在衙門外相見，可以邊走邊談，確保無人竊聽。

這時他的沉思被一聲招呼打斷，身後一人輕呼：「鄭學士，您找章逸？」鄭洽回過頭來，只見章逸面帶微笑，極其瀟灑地立在大樹下向他抱拳為禮。鄭洽忙回禮道：「我因不想在衙裡談事受人打擾，便約章指揮到院外走走，咱們邊走邊聊，還望章指揮見諒。」章逸忙道：「鄭學士莫要客氣，章逸這就陪您散步。」

兩人緩緩走到城牆邊的松樹林中，這林子在太醫院外，平時極是僻靜。鄭洽把皇上的命令簡單對章逸說了，然後道：「這事極不好辦，須得有人能直通皇上，隨時進宮報告進度及所遭遇的困難；也須有人能知人善用，招募訓練武功高強之士，組成新衛隊，效忠皇上；還要有人能穩住現況，最好與現在的錦衣衛首領講得上話。頭一個條件我可以自己來，這後面兩個條件缺一不可，因此……」他頓了一下，轉身向章逸道：「因此我便想到你，章指揮，你定要助我一臂之力。」

章逸是個腦子動得飛快的人，他一面聽一面盤算。第一，此為皇命，只要自己做一天錦衣衛，是不可能拒絕的。第二，從襄陽回來後，已知天尊、地尊他們是利用自己來「欺敵」，掩護他們真正的行動──佯攻武當，暗襲少林。由此觀之，自己在錦衣衛中已為金寄容、魯烈等人不信任，只是他們一時還抓不著破綻而已。如果能得此機會，抓住鄭洽這條線，攀上新皇帝，不但可以確保安全，還可以發展出新的權力關係，好處多多。第三，鄭洽希望這個人選能和金寄容等講得上話，不要一上來就水火不容拚死活。關於這一點，儘管對方已對自己起了很重的疑心，但只要不扯破臉，鄭洽這邊有實力，憑自己的機智口才，相信能夠勝任。

想到這裡，他其實心意已決，但口頭上仍然謙虛地回道：「承蒙鄭學士看中，章某能力有限，實不知能否承擔此一重大任務。懇請學士寬限一日，待章逸好好思考，以免匆匆承諾卻又做不成功，反倒害了皇上對學士您的信任。」

鄭洽對章逸這樣回答很是滿意，只因這一任務實在太過困難，章逸若是輕易便答允了，鄭洽反而要擔心如此輕諾，將來是否真能做成此事。

章逸又問了幾個問題，主要是推敲皇帝對此事的支持力道，是否確能貫徹始終。這種陰著挖錦衣衛牆角的「陽謀」瞞不了多久，等到錦衣衛反擊時，皇帝如果改變態度，幹這事的兩面不是人，就要倒大霉了。而且章逸見得多，在南京城裡倒大霉時，伸援手的從末見過，經過身旁就踩一腳的卻少不了。

章逸問完了問題，便抱拳為禮告辭了。鄭洽望著他的背影，午後的陽光正灑在他的肩頭，背上的錦衣袍看上去有些紫中透金，身影帥氣而瀟灑。鄭洽暗忖自己與這個英俊的浪子指揮其實並無深交，還是在「鄭家好酒」結識的，這會兒卻感覺自己的命運竟和這浪子緊緊地連結在一起了。

8

其實章逸回到南京已經兩天了。這兩天他苦忍著沒有去「鄭家好酒」看鄭娘子，原因是他心中忐忑不安，不知金寄容、魯烈他們會不會對自己發難。同時他也要等到方冀、鄭芫、朱泛等人的消息，在這些複雜的情況弄清楚之前，他最好低調地窩在衙門和寓所裡。結果兩天來啥事也沒發生，接著就收到翰林院小廝送來鄭洽的約會小箋。

他慢步從常府街走到通濟門大街口，沿著河邊一面向南走，一面仔細思考。他隱約感覺到一種莫名的危機正一步一步包圍自己，但究竟會發生什麼事卻又抓不準。自己出身明教，在南京錦衣衛中埋伏這麼多年，雖然心中牢記明教賦予的任務，但這些年來做的工作是京師的錦衣衛，他已經完全習慣，甚至融入了京師的官場生活。在與軍師方冀重逢後，他猛然發覺比起方冀為明教視死如歸的情懷，自己對明教的感覺是淡遠了。

雖然他悉心盡力安排了刺殺朱元璋的最佳計畫，但在方冀乾坤一擲刺殺失敗後，他的心中忽然感到一種解放，不論明教和朱元璋之間的恩怨多深多大，對於明教的血仇，自己已經做了該做的。尤其是朱元璋一死，他很驚訝地發現，自己不自覺地想把發生在神農架頂上的慘事封存在腦底。他不想再恨朱元璋的孫子，也不會再為報明教之仇而犧牲生命，眼前他最關心的是如何擺脫危機活下去，而且要活得稱心快活。

河邊一棵大樹下，有個老漢擺張桌子在變戲法，兩個後生閒漢在跟他賭銅板。這種戲法很常見，用三個碗倒蓋在桌上，銅板在碗底換來換去，猜對銅板在那個碗底就贏些獎品，猜錯了就輸掉銅板。其實沒有多少趣味，但那兩個閒漢已猜了十幾次還沒贏過一次，明知戲法是假的，卻看不出破綻，不禁有些冒火了。

章逸走到樹下，心不在焉地看了一會兒，老漢弄玄虛的手法已經一目瞭然，他也不說破，只淡淡地道：「戲法就是真的，連贏十幾把便是假了。」

那老漢看了章逸一眼，兩手一交換，碗蓋定了，那猜枚的閒漢指著中間的碗喝道：「這裡，跑不了。」老漢揭碗一看，果然一枚銅板在碗底，笑道：「客官猜贏了，看獎。」便從桌下拿出一包獎品交給那後生。

章逸見這老漢既機靈又上道，手腳也麻利，對他眨眨眼便轉身走了。就在此時，一個抱著腿坐在河邊打瞌睡的叫花子忽地站起身來，衝著章逸低聲道：「官爺，借一步說話。」章逸隨他走到一個小坡後，那叫花子道：「紅孩兒要我帶話給官爺，要是有人找官爺麻煩，官爺就跟上頭舉發有個姓魯的大官，南京的正事不做，卻擅離職守，跑到河南登封縣指揮官兵幫天竺人打少林和尚，該當何罪？」

章逸聽了此言，宛如腦中開了一扇新窗，笑問道：「如果對方抵賴，俺豈不成了誣告？」那叫花子道：「紅孩兒說他有人證，官爺只管去舉發，告死那幫王八蛋。」章逸和這些丐幫的花子們打交道久了，熟悉這些人說話的習慣；這傳話的小叫花未必知道所傳訊息的真正意義，也未必知道姓魯的大官就是錦衣衛的副都使魯烈，但他們習慣上只要不是自己這一邊的，就都是王八蛋。章逸莞然笑道：「好兄弟，謝謝你啦。」

那花子扮個鬼臉，低聲道：「紅孩兒還託你帶句話給『鍾靈女俠』……」章逸一怔，隨即會意道：「鍾靈女俠？啊，是了！帶什麼話給她？」那花子道：「要是鍾靈女俠回來了，就告訴她紅孩兒近日也要來南京。」章逸道：「就這？」那花子道：「就這。」章逸急問道：「紅孩兒有沒有說少林寺那邊的情形如何？」那花子雙眼一翻，道：「你以為一隻鴿子能帶一冊書麼？巴掌大一張布卷能寫多少字？鴿子從武昌飛來的，就表示紅孩兒已到武昌，其他的再等下一封傳書吧。」

章逸被他搶白也不生氣，心想：「至少知道紅孩兒和鄭芫無恙，他倆一回武昌，一回南京。至於其他人如何，只要見著芫兒就知曉了。」他本來十分猶豫是否要在此時去鄭家好酒，現在知道鄭芫安全回來，便可以去見鄭娘子了，於是點頭道：「那好，改天請好兄弟吃酒。」

他熟知丐幫叫花子的規矩，平常碰上了，賞他些銀錢買酒食，他會謝你全家、謝你祖宗；但他幫你忙時，千萬不能給謝錢小費之類，會被視為侮辱。前者是乞丐本分，後者是朋友義氣，千萬不可弄混。

那花子點頭道：「官爺要賞酒喝，沿著這水邊找，便找到我黑皮。」說完又坐在水邊，繼續打瞌睡去了。

章逸忖道：「鄭芫可能已經回來了，此刻或許就在她娘店裡，我這就去傳話。」他想到這次接獲長官命令，急如烽火地白跑一趟武昌襄陽，連鄭娘子都來不及道別，如今馬上可以見到她，不禁大感振奮。

章逸沿著小水道走過大中橋，再沿秦淮河畔走到青溪的交會口，從桃葉渡往上走沒多遠，鄭家好酒的旗兒便已在目。章逸老遠看到店前石榴樹上的花兒尚未全謝，火紅的石榴花襯著繫在樹幹上那匹烏亮亮的黑毛驢，那畫面十分搶眼，看在章逸眼中更是一陣歡喜：「芫兒回來了。」

他走進酒店時，店裡坐了三個人，鄭芫正在跟她娘述說別情，講得又快又脆，老遠也能聽見，桌子另一端坐著天慈禪師。鄭芫的娘雙手握住女兒的手，彷彿害怕她又跑掉。除了三人，店裡倒是沒有其他客人。

鄭芫忽然見到章逸，講了一半的話戛然而止。鄭娘子見到章逸，心中一陣狂跳，一時說不出話來。倒是天慈禪師合十道：「施主必是章指揮了。」章逸連忙回禮道：「見過天慈禪師。」

鄭芫朝著章逸叫了一聲：「章叔叔，你來得好，娘方才還擔心你的安危哩。」章逸聽鄭芫對自己已改了稱呼，又提到鄭娘子的關懷，不禁大為感動，一時之間能言善道的他竟也說不出話來。還是鄭芫打破一時的沉靜：「我正在跟娘說我在少林寺的經歷，娘聽得又驚又怕。」

章逸深深看了鄭娘子一眼，對芫兒道：「芫兒，繼續說，不必從頭開始。」鄭芫道：「我正說到方師父要咱們一上去就發動偷襲，有一個天竺弟子被咱們幾個人突襲受傷，我連環三劍本該宰了那廝，豈料一劍刺中他後，竟有那麼多鮮血噴出，我嚇傻了，完全不知所措，反被另一個天竺高手偷襲。要不是朱泛以身相護，芫兒非死必傷……」

章逸問道：「那朱泛呢？他受傷了？」鄭芫道：「朱泛這人還真機伶，輕功又快又滑，竟然沒有受到重傷。」章逸聽了鄭芫所述，可以想見朱泛當時處境之險及反應之快，不禁暗自讚歎。

章逸知道這一場少林寺大戰千頭萬緒，一時也說不完，但他最急於知道的是方冀和傅翔的下落，於是緊接著道：「我方才接獲丐幫消息，朱泛安抵武昌，近日就要到南京來。芫兒，妳先說一下方軍師及傅翔的事。」

鄭芫聽說朱泛無恙，又要到南京來，先是一喜，接著臉色漸漸黯然，還沒開口，兩行眼淚已經奪眶而出。章逸和鄭家娘子都是一驚，忙問道：「他們怎麼了？」

天慈禪師長嘆一聲，替鄭芫答道：「在少室山上一處絕崖邊，咱們追上臥底少林、動手盜經的天竺內賊，正要奪回秘笈，不料天尊和地尊竟不顧天竺武林領袖之尊，聯手偷襲傅翔，將傅翔打落百丈深淵。事後咱們遍尋不見他的蹤跡，也不見……不見屍體。方軍師要貧僧及芫兒先回南京，朱泛及丐幫諸英雄回武昌，他自己和全真教完顏道長留在少林寺，繼續搜尋傅翔的下落……」

天慈說到這裡，鄭芫已經泣不成聲，鄭娘子也流下眼淚。章逸仔細想了想，向天慈問道：「大師，你是說天尊與地尊聯手偷襲傅翔？」天慈和尚道：「一點不錯，老衲親眼看見，直覺不可思議……」鄭芫漲紅了臉，罵道：「不要臉，連招呼都沒打一聲便聯手下毒手。」

章逸卻道：「此事極不尋常，試想天尊、地尊乃天竺武林領袖，其武功之怪異、功力之深厚，放諸中土武林似乎也無敵手，何以竟不顧天下人恥笑，聯手對傅翔一個十六、七歲的少年施以偷襲？我以為必是這兩人已發覺傅翔雖然年少，其資質稟異、根柢深厚，假以時日必成天竺武林最可怕的敵人，這才不擇手段要除去傅翔。」

天慈覺得他分析得有道理，便道：「有理，但畢竟讓他們得逞了。」章逸搖頭道：「未必。」鄭家母女一聞此言都停止哭泣，鄭芫搶著問道：「章叔叔，怎麼說？」

章逸道：「我對傅翔知之不深，但方軍師不止一次對我說，傅翔無論是練武的資質、心智的聰慧敏銳、心胸的寬厚大器，皆是他平生所僅見，他視這個徒兒為十年後天下武林第一人。我素服方軍師的獨到眼光。簡言之，我堅信如此資質的少年，自有不同於常人絕處逢生的智慧及能力，只要沒有找到傅翔的屍體，我便相信他必定仍舊活著，且能化險為夷！」

鄭芫點點頭，恢復了平靜，便繼續將少林之戰的細節重頭說起。章逸愈聽愈覺芫兒這孩子經過這一番歷練，整個人的心智成熟了許多，暗想：「她不但真刀真槍地跟一流高手動過手，她的劍上也沾過敵人的鮮血，這個鍾靈女俠愈來愈有點樣子了。」想到這裡，忽然一個瘋狂的想法進入他的腦中。他隔桌凝視芫兒，只見她神采飛揚，姣好的面容上，一雙大眼睛毫不掩飾地閃射出潤柔之光，顯出超過她年齡應有的功力。章逸暗暗忖道：「怎生想法子，讓這鍾靈女俠加入俺的新錦衣衛。」

∞

離「鄭家好酒」不遠處的夫子廟，是秦淮這一帶最熱鬧的地區，然而就在夫子廟一街之隔有座大花園宅第，一道高牆似乎隔開了所有的喧譁熱鬧。那宅子便是有名的「中山王府」，也就是魏國公徐達的舊宅。

這時魏國公府中的客廳側室裡，徐達的兩個兒子隔著一張舊書桌面對面，一邊品茶，一邊低聲密談。主人是南京中軍府都督徐輝祖，客人是南京左都督徐增壽，是徐輝祖的四弟。

兩兄弟同為京師都督，南京城的兵馬全在二人手中，兩督府的衙門相毗鄰，中軍府的南門便對著左軍府的北門，何事要跑到魏國公的密室來商量？

徐輝祖剛過不惑之齡，一身青袍軟甲，顯得風姿英爽，望之可感到他威武中有瀟灑的氣質。他啜一口熱茶，對幼弟道：「這茶是福建武夷山的茗茶，確是香沁心肺，你倒試試看。」徐增壽一聞便知是御賜的大紅袍烏龍茶，啜了一口，一面讚好，一面心中不樂，暗忖：「這個新皇帝朱允炆是個小氣鬼，幹麼貢品珍茶只賞給中軍都督一人？若是實在進貢的量太少，便都不要賞賜也罷，何必落個厚此薄彼？」

這徐增壽是徐達第四個兒子，長得眉目甚美，唇紅齒白，雖然看上去略顯柔弱，其實也是個文武雙全的美男子。據說他馬上弓箭的功夫猶在徐輝祖之上，年紀未滿三十卻已官拜左都督，說話行事有時顯出稚氣。

徐輝祖低嘆了一聲，道：「皇上重用的黃子澄及齊泰都主張要削藩，這事非同小可。四弟，你怎麼想？」徐增壽哼了一聲，道：「皇上才登上寶位，屁股都還沒有坐熱，這幾個蠢才便慫恿皇帝做這等傻事。我只有四個字：『自壞長城』，愚不可及啊！」徐輝祖道：「你看是長城，朝廷看那幾位王爺擁兵自重，可是威脅啊。」徐增壽道：「可太祖先帝的眼中，諸王之軍也是他倚為長城的鎮北之師，何以到了當今聖上眼中就必去之而後快？」

徐輝祖搖了搖頭道：「四弟，你不明白，這不是去之而後快，乃是去之而後安心啊。這事我看難以轉圜……」徐增壽打斷道：「大哥，你參贊中樞，難道就不能進言，阻止這胡鬧的削藩？」徐輝祖又嘆了一口氣道：「皇上雖看重我兄弟，不過視為武將耳。大策略，文的聽黃子澄，武的聽齊泰呀。」

徐增壽一掌拍在桌上，罵道：「他媽的齊泰懂什麼？他也不過是個兵部侍郎，幹麼要聽他的？咱們去找茹瑺。」徐輝祖見這老弟的毛躁脾氣不改，便正色道：「齊泰是太祖為當今皇上欽點的重臣，明年改新元後，茹瑺就要下台，齊泰就要晉升兵部尚書了。」

徐增壽氣道：「咱們兄弟倆聯名上書，請求皇上不要削藩，以免動搖國本。」徐輝祖不答，只是盯著手中的一杯茶，沉思不語。

徐增壽等了片刻便不耐煩了，催促道：「大哥，你說我這計較可好？」徐輝祖望了望徐增壽一眼，忽然問道：「四弟，諸位封藩王爺中，你猜皇上最顧忌的是誰？」徐增壽心中一震，囁嚅地答道：「你是說燕王朱棣？」

徐輝祖重重地點了點頭，道：「這裡面的難處，你還沒看出來？」徐增壽並不愚蠢，自然一點即透，喃喃道：「大哥怕咱們聯名出面，乃是因為燕王妃是咱們的姐妹。」徐輝祖道：「燕王如因削藩與朝廷作對，在廟堂而言，他是叛臣；在咱家而言，他是咱的妹夫、你的姐夫，這便是難處。」徐增壽叫道：「對皇上而言，還是他四叔哩！他能不顧麼？」徐輝祖道：「玄武門兵變時，李世民殺死的是叛臣還是兄弟？皇室相殘又不是自明朝起？自古以來，為了大位，什麼親情皆可置之不顧。可咱們姓徐的不是王室，卻也要捲入這場冷血風暴，這便是難處。」

徐增壽呆了半晌，想不出有什麼好計策，只喃喃地道：「大哥，你定要想辦法阻止削藩，否則……否則我拚著辭掉這都督，也要保得大姐的安全。」

徐輝祖素知這幼弟從小便十分依賴大姐，兩人年齡差了一大截，大姐待他如母，照顧保護這個幼弟無微不至。他見徐增壽氣苦，便以略帶安慰的口吻道：「朝廷就算決定要削藩，準備工作裡外加在一起也是明年的事了，看看這不到一年的時間裡，能有什麼辦法改變皇上的心意。燕王……諸王那邊的動作也要配合才行，最好雙方能各退一步，緩和形勢及氣氛。咱們再多找幾位老臣出來說話，或許還有可為也不一定。」

徐增壽道：「不錯，長興侯耿炳文待我如父兄，我明日就去請他出來講幾句話……」他見徐輝祖苦笑搖頭，便停下問道：「不成麼？」徐輝祖道：「昨日還有人向皇上推薦耿炳文出來整軍經武，做好準備工作，以為削藩的武力後盾哩。」徐增壽為之結舌，過了半晌才問道：「耿帥已六十五歲，他們必然還推薦了其他將領？」徐輝祖點頭道：「不錯，他們還推薦了李景隆。」

聽到此，徐增壽沉默下來，他也開始覺得朝廷削藩的計畫恐怕已難回頭，而削藩一啟動，首當其衝的燕王必不甘束手就範，徐家兄妹姐弟三人注定將捲入選邊站的生死難題。

8

鍾山南麓的靈谷寺總是隱在長青的樹海中，那些姿態優美的松樹林很神奇地把紅牆黃瓦的俗豔轉化為典雅，斜陽下的樹影綽約多姿，與耀眼的飛簷雕柱交駁呈現光影與色彩之美。一個老僧和一個少女立在草坪上欣賞夕照，那老和尚喟然嘆道：「不可一日無此松也。」

那少女把手中長劍插入劍鞘，方才她練完了達摩劍法中最精深的三式。自從少林寺與天竺高手一戰之後，她不但得到了寶貴的實戰經驗，更親身經歷及目睹了各家絕學，從中獲益良多。那長鬚花白的天慈和尚道：「芫兒，妳的達摩三式大有進步，最難領悟之處已經體會到，剩下來的就是淬鍊精髓，融入妳自己的意念，漸漸做到心劍合一的境界。」

鄭芫道：「那日在少林寺中，無憂大師施出達摩三式，全場為之震驚。師父，您覺得如何？」天慈禪師道：「無憂大師的達摩三式已臻爐火純青之境，那是他累積數十年少林神功凝聚於劍尖的三式。妳所看到的已不只是達摩劍法中的三招，不然僅僅三招劍式，就算再厲害，怎可能表現出無憂大師博大精深的恢弘氣勢？」

鄭芫道：「這麼說，芫兒就算練成了心劍合一，仍然不可能達到無憂大師那種博大精深的境界……」天慈點首道：「不錯，便以我本人為例，雖然有緣修得少林神功，但畢竟不是畢生浸淫於少林的佛學武學，我的心劍合一所表現的境界，便與無憂大師的氣勢不同了。這就是少林武學的神秘之處，其真正精髓是『劍者，心也』。」

他見鄭芫低頭深思，便微微笑道：「芫兒假以時日練到心劍合一，自然便有芫兒的博大精深呢。」芫兒道：「師父的話，芫兒還要再想想。」她對天慈施了一禮，便走回寺內自己的房間。

鄭芫回到房內，默然在床邊坐下，心情十分紊亂，一會兒想到娘與章逸的事，暗忖：「看起來章逸對娘是真心的，娘也像是愈來愈喜歡這浪子，若是……若是章逸真的娶了娘，我可不叫他爹。」

她又想到章逸的瘋狂主意：「要我去當錦衣衛？笑死人了。錦衣衛裡壞人多，殺傅翔爹娘的就是這些傢伙，我怎能去做錦衣衛？但章逸說就因為這樣，他才要重組一隊好的錦衣衛，以後專門做好事。我要好好弄清楚做什麼好事？怎麼做？這事雖然瘋狂，也說不定很好玩。」

她終於還是想到了傅翔。她最想傅翔，但也最怕想傅翔，這才是心情紊亂的主要原因。傅翔被偷襲打落絕崖的情景又浮上眼前，雖然章逸說以傅翔的本事，只要沒找到屍首，就表示他一定死裡逃生，但這畢竟是推測的，誰也不敢說個準。方師父那裡不知是否有消息？便算有，要等他回到南京來，還有得等呢，要是有丐幫的飛鴿傳書就好了。

就在這時，似乎聽到窗外有人輕敲窗格，鄭芫心中一陣猛跳，忖道：「難道是他？」她輕聲道：「什麼人？」窗外果然有人，那人又在窗格上敲了幾下，答道：「紅孩兒有緊急軍情稟告鍾靈女俠，請開窗。」鄭芫一聽這聲音，心中一喜，一面推開窗子，一面笑道：「正在想……」朱泛打斷道：「正在想我？」鄭芫道：「笑話，我正在想丐幫的飛鴿傳書。」

只見窗外朱泛正笑嘻嘻地雙手捧著一隻動物，他敲完窗就退開，站在一棵松樹下，得意地道：「芫兒呀，咱們兩人可真是心有靈犀一點通，妳正在想丐幫的飛鴿傳書，俺正好送飛鴿傳書的消息來，妳說怪不怪？」

鄭芫靠在窗前，惱道：「誰跟你心有靈犀！你有消息快告訴我。」朱泛道：「妳那方師父是小諸葛，名不虛傳呵。」鄭芫道：「你快說，不准賣關子。」朱泛道：「方師父製了一張『手帆』，從那處懸崖跳下去，居然一路安全落在谷底，厲不厲害？」鄭芫聽傻了，大聲問道：「手帆？手帆是啥東西？他有沒有找到傅翔？」

朱泛道：「我也不知『手帆』是啥，想來是一種可以助他安全降落的東西。他一路經過了傅翔摔落的途徑，可是找遍谷中卻找不到傅翔，人也不見屍也不見，想來傅翔一定還活著，只是躲了起來，也許是在療傷。」鄭芫吁了一口氣道：「章逸也這麼猜。」

朱泛分析道：「方師父既然能安然降落，傅翔雖然沒有什麼『手帆』，也未必就會摔死，谷中又找不到屍首，要是我，也猜傅翔沒死。」

鄭芫聽了心情轉好，忽然問道：「朱泛，你怎麼知道這些消息？」朱泛得意洋洋地道：「我不是誇方師父是小諸葛嗎？他找到咱們河南的何分舵主，何舵主就用飛鴿傳書把消息傳到武昌，我朱泛便是妳鄭女俠的專用信差。」

鄭芫心中對他感激不已，一雙大眼睛盯著朱泛。自從被天慈師父帶離少林寺趕回南京，固然讓母親放下了心，自己一肚子的心事和焦慮也沒個人傾訴。這時見著了在少林寺共患難的戰友朱泛，便有一種見著親人的感覺，更兼他千里迢迢送來有關方師父和傅翔的消息，更是感動，眼眶就濕了。

朱泛叫道：「芫兒莫哭，妳瞧我帶了什麼東西給妳？」說著舉起手上的「東西」，鄭芫見是一隻毛茸茸的小貓。那貓全身披著綢緞般柔軟發亮的長毛，小臉十分秀氣，一雙眼睛又大又圓，灰藍色中泛出晶瑩的綠光。鄭芫從來沒見過長成這種模樣的貓兒，不禁十分驚喜，便從窗內一躍而出，叫道：「朱泛，你從那裡找到這麼漂亮的貓兒？」

朱泛道：「教妳一個乖，這貓兒不是中土所產，是來自萬里之外的波斯國，聰明敏捷，又長得可愛，是天下第一好貓。」鄭芫不知他說的是真是假，伸手把貓兒接過，那貓兒慢慢地眨了眨大眼睛，喵的叫了一聲。鄭芫緊抱著牠，愛不釋手，斜著頭問朱泛：「你方才說，這貓是給我的？」朱泛道：「不錯，不送妳我帶來幹麼？」鄭芫道：「你從那裡得來的？」朱泛道：「到一個朋友家順便贏來的。」

鄭芫嘆了一口氣道：「原來還是順手牽羊得來的。朱泛，我可不敢收贓物。」朱泛正色道：「不對，不對，俺確是憑真本事才贏來這彩頭，可不是贓物。妳跟我到林子裡說話，讓俺仔細說與妳聽聽。」

兩人走進茂密的松林，這時晚霞已褪，山林裡只要陽光一沒便是一片漆黑，靈谷寺中的燈火亮了起來。鄭芫隨朱泛走到林中一塊空地，那裡有一方天然的石桌，配上兩條巨大枯木便是天然的木椅，鄭芫也常在這裡打坐歇息。

朱泛拉著鄭芫坐下，鄭芫就近才發現朱泛穿著一身乾淨的白衣褲，臉上也不見泥垢，便奇道：「咦，紅孩兒，今日怎麼變成白孩兒了？」不料朱泛聽了這話，竟然有些不好意思，囁嚅著答不出話來。鄭芫又咦了一聲，道：「奇了，朱泛今天像是換成一個新人，我都要不認得了。」朱泛道：「跟妳說實話吧，紅孩兒雖然每天穿件破紅衣，蓬頭垢面到處廝混，其實自幼便很愛乾淨的，但既是丐幫的紅孩兒，那能整天打扮得一塵不染？俺知妳……知妳嫌俺骯髒，今日便不故意把自己弄髒來瞧妳，所以倒不是『換成一個新人』，而是換回原來的真面目。」

鄭芫想笑，卻又被一種感動哽得笑不出來，她深深望了朱泛一眼，低頭把懷中的長毛貓梳理了一下，道：「你方才說這貓是你贏來的彩頭，又是怎麼一回事？」

朱泛露出得意的神色，他臉上皮膚白中透紅，洗得乾淨了更是神采奪目，笑嘻嘻地道：「南京城裡有一個富商，專門做西域及波斯商貨的生意，他在泉州有兩間商行，透過海運買賣西方與中土的精品貨物，不但富可敵國，而且家裡的擺設全是中外珍物，皇宮裡也不見得比他家更豪華……」鄭芫道：「你是說『胡萬財』？」朱泛拍手道：「原來妳也聽說過他的大名？他真正的名字是胡曼才。他雖有錢，可是最近出事了……」

鄭芫奇道：「胡曼才又出什麼事？」朱泛道：「有個湖北幫的綠林頭兒，受了胡曼才生意上的仇人所雇，把胡家五歲的幼子給綁走了，遠走武昌。胡曼才急了，就找到咱們在南京的分舵，說若能救回他幼子，要什麼報酬只管開出來。咱們的分舵主說：『胡大爺既然肯出任何代價，何不乾脆出錢把肉票贖回來？』妳猜那胡曼才怎麼講？」鄭芫道：「他定是不肯。」朱泛道：「妳怎猜到？」鄭芫道：「第一，同行仇人作惡，低頭認輸，這口氣吞不下；第二，既是生意上的仇人，對方開出的價碼恐怕不只是銀錢，還有生意上不能接受的條件。」

朱泛瞪大了眼睛，一面搖頭，一面嘆道：「正是如此！芫兒啊，妳這腦子可真厲害，其實妳該去當京師的第一捕頭，天下還有破不了的案子嗎？」

朱泛原是拍鄭芫的馬屁，可謂言者無心，鄭芫聽了卻是心中一震，暗道：「可不是啊，章逸正要我去當錦衣衛呢！」口頭卻問道：「你們怎麼講呢？」

朱泛道：「分舵主便傳書拜託我，在武昌就近把那胡小弟救出來，他向胡萬財開價三年內每年冬天要捐十萬斤白米賑濟窮人。俺瞧這價好，便軟硬兼施出手救了胡家小弟，親送到胡萬財家裡。那胡萬財千謝萬謝，定要送俺一件東西。他家裡擺滿了西域和波斯國的寶物，隨便一件都是價值連城，哈，他卻想不到我拿走了這隻貓。」

鄭芫聽得開心起來，抱著那隻長毛波斯小貓，道：「這貓有名字沒有？」朱泛道：「牠的波斯名兒譯成漢語，就叫『妹妹』。這名兒可好？」鄭芫道：「好，好，我正惱沒個妹子，便叫牠妹妹。」她一高興，便拉著朱泛的衣袖道：「朱泛，你真好。」朱泛一陣迷糊，不由自主地伸手抱了抱鄭芫，鄭芫連人帶貓倒入朱泛懷中，朱泛心跳如擂鼓。

鄭芫伏在朱泛懷中，聞到的是乾淨的好味道，她的心也是一陣狂跳。她輕輕掙脫，滿臉羞赧，良久才柔聲問道：「那天在少林寺，你代我挨了一掌，現在可完全好了？」朱泛道：「沒事，天竺那廝傷不了我。」鄭芫道：「明明看見你嘴上都是鮮血。」朱泛滿不在乎地道：「俺施出無影千手傳我的輕功，打不過，躲開還不會麼？那廝自以為借力打我必然得手，我一個跟斗就化解了大半力道，流點血打什麼緊。」

鄭芫知他嘴硬，其實她也知道朱泛那日驚險躲過，受傷不重，但是她愛從頭回想那一幕的細節，有人為救她而行險受傷，她心存無限感激，而現在面對著這個人回想當時，感激中更充滿了甜蜜。

兩人都不願破壞這一刻的寧靜，過了一會，鄭芫道：「朱泛，你方才說我該去做京師第一捕頭。」朱泛道：「不錯。」鄭芫喃喃道：「章逸要我去當錦衣衛。」朱泛吃了一驚，道：「什麼？當錦衣衛，有沒有搞錯？」鄭芫把章逸受鄭洽所託，要重組一支「做好事」的錦衣衛的事說了。朱泛睜大了眼睛，道：「妳答應了？」鄭芫道：「還沒有，但我在考慮……朱泛，做好事的錦衣衛好不好玩？」

朱泛聽她口氣，其實充滿了躍躍欲試的想望，他盯著芫兒看，臉上又露出那好事而調皮的笑容。鄭芫道：「你又有什麼壞主意？」朱泛道：「咱們倆都去當錦衣衛可好？」

8

燕京城西南角有間都城隍廟，香火鼎盛，廟前各式廛肆小館林立，座落有些雜亂，以致小街道橫豎斜叉並不整齊，但香客行人在其中迂迴閒逛，卻覺著別有風味。

廟前橫街上有兩爿相連的大店面，原來是賣藥的，老闆夫妻是三代住在大都的蒙古商人，雖然百年來已經漢化，但不知何故，於月前傳出將變賣兩間店面搬離燕京的消息。當時就有一對少年男女帶著一個小童，願出重金買下這兩間店面。店主見對方年輕又來歷不明，起初不願成交，後來發現那少女竟是蒙古人，一談之下才知她是過去燕京城中有名的女醫烏日娜的女兒，便無疑慮，將店面及店中所藏漢蒙藥材一併賣了。

那一男一女身上銀子似乎不少，買下了藥舖，便將兩間店面重新粉刷一新，一間做藥舖，另一間添置了一些傢俱，做為看診的所在。店面後面的住宅分為兩爿，那少年和小童住一邊，少女住在另一邊。鄰人看他們既不是兄弟姐妹，又不像夫妻，都覺奇怪。

忙了整整三日，新的藥舖和診所終於一切就緒。這一男一女換了名字也換了裝束，男的喚作方福祥，是個披髮道袍郎中，女的喚作烏茹，是個穿著漢人衣裙的女藥師。

這日，忙完了一天的雜事，吃過晚飯，點起燈燭，兩人坐在診所的客廳裡喝杯熱茶。那少女關切地道：「傅翔，這三天忙下來，你傷勢怎樣？」

傅翔道：「妳放心吧，我這內傷雖然一時好不了，但咱們的療法顯然對了路子，現下除了運氣練功進步有點緩慢，其他並無大礙。」阿茹娜輕嘆一聲，無限感慨地低聲道：「想不到又回到燕京來了，只是娘已不在了。」傅翔輕輕拍了拍她的手背，安慰道：「過去的事暫時藏在心裡，咱們多想想將來吧。」

話雖如此，但是過去的事怎可能不去想？傅翔自己一閉上眼，就看到那深谷中的兩百多具屍首，似乎還聞得到那令人作嘔的屍臭。那日他在地熱井壁洞中熱療五日期滿，爬出熱井後所經歷的情境直是終生難忘。阿茹娜發現母親慘遭殺害，當場便暈倒在地。傅翔抓了一些草藥，嚼爛了給她吞下，自己和巴根也服了不少，才能抵抗那滿坑滿谷的屍腐之毒。

三人花了四整天挖了八個大坑，才把那些慘死的屍首掩埋了。他們把烏日娜的屍體火化了，骨灰裝罏，然後到村落中挨家挨戶地搜查，盼能找出一些蛛絲馬跡。巴根跑遍各處，把失散的羊群聚攏起來，數了三遍，每一遍的數字都不同，但大致有五百多頭不會錯。

阿茹娜忍著悲痛，隨傅翔仔細尋查線索。她在一間大戶屋裡發現了兩件寶物：一箱金錠，一卷用蒙古文抄寫的兵書，首頁上寫著「成吉思汗攻守戰法」。阿茹娜將黃金交給傅翔，自己迫不及待地翻閱那卷兵書。

傅翔大感驚奇，便問道：「阿茹娜，妳讀什麼？」阿茹娜臉色緋紅，極為激動地道：「《成吉思汗攻守戰法》，這是一本失傳的兵法寶典，想不到這裡居然有一卷抄本。我家裡蒐集甚多蒙古的兵法書，就缺這本寶典。」傅翔更覺奇怪了，問道：「妳蒐集兵書？」阿茹娜有些不好意思地道：「不錯，我從小最愛研讀兵書和醫書，蒙古文、漢文的都有。」

傅翔無暇再進一步問下去，指著那一箱金錠道：「這裡的主人怕是元朝大官的後人。我在其他各戶查看，也有一些金銀，加在一起怕不有一兩千兩。這裡是不能待下去了，咱們走時，這些金銀是帶著走還是埋在谷裡？」

阿茹娜道：「咱們離開這兒要去那裡？」傅翔道：「妳上回說起妳爹的骨灰在燕京，咱們先把妳娘的骨灰帶到燕京去合葬了，再做打算吧。」阿茹娜向傅翔投以感激的一眼，道：「你的身子經得起長途跋涉？」傅翔道：「咱們騎馬慢慢走，一路上正好養傷。」阿茹娜道：「去燕京處處要花費，這些金銀咱們帶著吧。」傅翔道：「不錯，咱們把這些金銀用在接濟窮苦人身上，也勝於埋在地下。」

阿茹娜聽了此言，眼睛忽然發亮，一把拉住傅翔道：「傅翔，咱們去燕京開一間診所，專門幫窮人治病，你說可好？」

傅翔望著她美麗的眼睛又綻放出希望的光彩，雖然明知這個想法有點匪夷所思，但實在不忍說不，便慨然允諾：「好啊，咱們一漢一蒙兩個新手大夫，窮人只要不怕死的，來找咱們治病便不收錢。咱們錢花光了，就再找大戶去要。」阿茹娜聽他說得有些俏皮，白了他一眼，心想：「大戶怎會白白給你銀子？」殊不知傅翔說這話時，心中想的卻是朱泛。

次日，他們在遇難的蒙古人家中的馬廄裡，挑選了兩匹好坐騎，另選了兩匹健騾，分別馱了一袋金銀，一袋胡潑配好的藥劑及阿茹娜媽媽的貴重藥材，一袋阿茹娜的蒙文藥典和兵書，還有一袋就是黃布包的少林二十四冊神功秘笈。巴根帶了他的寶貝蛇和「香」，趕著五百頭羊，浩浩蕩蕩地離開了那個死谷。

來到谷口，他們發現了錦衣衛和少林僧的屍體。傅翔這才恍然大悟，原來自己在熱井中療傷時，錦衣衛和少林僧都來過，屠村的殺手必是錦衣衛無疑，而肇因正是自己和那包著少林絕技秘笈的黃布包袱。

他不禁感到無限的悲哀及內疚。阿茹娜的娘，還有這兩百多條人命，雖非我傅翔所殺，卻因我從天而墜，落在谷中，這個原來有如世外桃源的深谷就變成了死亡之谷。

他不是一個自怨自艾的人，暗自哀傷了幾天後，他來到了滾滾黃河邊。那洶湧的河水發出的怒吼聲，數里外就已聽到，待他看到那濁浪排空的雄偉氣勢，胸中的豪情便被激盪而起，他暗暗對自己說：「傅翔啊，你要好好保護阿茹娜，養好身上的內傷，至於錦衣衛和天竺武林的新仇舊恨，咱們總有一天要一一算個清楚。」

這一路走來，自己武功全失，身邊又帶著武林中人人覬覦的少林秘笈，是以他們帶著巴根專揀荒山野溪而行，一則避開行旅人等，一則羊群可有豐美的水草享用。三人便殺羊取肉，撿野菜、野果為食，倒也吃得愜意。這日到了黃河邊，碰著一個北方來的牲口商，傅翔便把五百多頭羊全賣給了商人，也不求高價，只圖個一次出清，乾淨俐落，又多了幾百兩白銀入袋。

三人帶著兩騎兩騾渡過了黃河，一路晝伏夜行，終於平安抵達了燕京。

阿茹娜淚眼望著傅翔，她還不知道傅翔的自責和內疚，只知道自從離開那深谷，傅翔像是變了一個人，他對阿茹娜更加愛護體恤，甚至百依百順，但是他的話更少了。兩人目光相遇時，傅翔總是報以溫柔的微笑，但阿茹娜卻感覺到微笑裡暗藏的淒然。

她不知道為什麼，但應該不全與傅翔的傷勢有關，她從每天和傅翔的相處中，可以感覺到他的內傷正一分一分地好轉。那麼這個從天而降、突然就闖進自己心扉的少年，究竟是為了什麼變得如此悲傷？她不禁自我相商：「我對這個人知道得那麼少，卻是那樣的喜歡他，這樣對嗎？」

這又是沒有答案的問題，阿茹娜搖了搖頭，忽然感到傅翔的手撫到了自己的臉上，抹去了自己的淚水，在耳邊輕聲道：「咱們想想明天吧，明天頭一樁事要做什麼？」阿茹娜對著傅翔笑道：「明天一大早，咱們照漢人的習俗開張大吉，燃它一串百子圖的鞭炮，替咱們的窮人診所及窮人藥舖先沖個喜。」傅翔道：「不錯。放完鞭炮，咱們一開門就有人排隊來求醫，看頭一天是由漢醫方福祥郎中還是蒙古大夫烏茹主持？」

阿茹娜想了想，道：「因為病人太多，咱們兩個大夫同時就坐，一人看一個病人，輪到誰便看誰。」傅翔道：「好極，便是這樣。那誰負責配方子？」阿茹娜道：「誰看的病人，誰就負責處方配藥，醫藥全包了。這樣可好？」傅翔道：「好。那麼若是有病人不那麼窮，付得起一些費用，咱們收不收？」阿茹娜道：「付得起，咱們當然收。」

傅翔笑道：「瞧，咱們想法完全一致。」他拉開長桌的抽屜，從裡面拿出兩張事先寫好的紅紙，一面道：「明早就把這兩張紙貼出去。」那兩張紙一張上寫著「醫藥義診，貧病免費」，另一張上寫著「仁人君子，量力酌付」。

阿茹娜瞧得高興，忍不住叫道：「傅翔，你事先就寫好了，真是心有靈犀一點通……」

說到這裡忽然停口，一張美麗的臉孔無端飛上兩朵紅暈，傅翔瞧得呆了。

阿茹娜轉口道：「如果一天忙下來，咱們義診之名打開了，全燕京城的貧病每日都來排隊，請咱們倆看病，藥材很快就用完了，怎辦？」傅翔和她一問一答，心情漸漸開朗起來，哈哈笑道：「想得美啊，若是開張一整日，沒有一個人上門又怎辦？」

阿茹娜一怔，傅翔拉著她的手柔聲道：「咱們明日抽個空到萬安寺去，先把妳娘的骨灰安放了吧。妳說過妳爹的骨灰存在萬安寺，是嗎？」阿茹娜點點頭。傅翔道：「累了整天，去睡吧。」

坐在床上的傅翔，服了胡濙配的藥後，按照少林《洗髓經》的功法開始調息。他感覺到一絲微弱的真氣在丹田緩緩凝聚，自從被天尊地尊聯手偷襲、受了重傷以來，這是第一次感覺到真氣開始隨自己的意念凝聚，雖然緩慢而微弱，傅翔已經感到一陣振奮。他努力維持這種蓄氣待發的態勢，半個時辰後吐氣散功，身上衣衫已經汗濕。

他靜靜躺在床上，暗自想道：「咱們的療法雖慢，肯定是走對路了。」忽然他想到了完顏道長，想到道長在漢水畔臨別贈言，要自己修行遇到困境時，千萬不可強求。如今想來實是至理名言。那時道長也曾邀自己到燕京的白雲觀去找他，不料兩人卻先在少林寺碰上了，只不知自己被打入深谷後，少林之戰的結果如何？道長的行蹤去了何方？

傅翔心想：「等這裡安頓好了，我便去白雲觀問問，完顏道長是否已住進了觀裡？」想著想著，便睡著了。

8

完顏道長不辭而別，離開了少林寺，但是他並沒有去北平的白雲觀，此刻他竟然出現在武當山中。

更奇怪的是，與他同行的竟是武當的叛徒——五俠中排行第四的坤玄子。

完顏道長在終南山閉關二十年，出山以來碰到了傅翔，種種遇合使傅翔成了老道長在這世上唯一生死以之的忘年之交。傅翔遭天尊和地尊聯手打落絕崖，雖然當時悲痛欲絕，但經過仔細深思後，反而漸生一種信念，認為傅翔定能絕處逢生，逃過此難。

原因很簡單，沒有人比他更瞭解傅翔在武學上的巨大潛能，有些地方甚至連他師父方冀都未必清楚。只因傅翔在神農架上有了前無古人的體悟時，方冀並不在場，反而是完顏道長親眼目睹了傅翔用那種隨心所欲且跳躍的方式，串連十種大相逕庭的絕學，不僅融為一體，而且原有各自特色全不相讓，十分奇異卻又自然地並存而相得益彰。完顏堅信，傅翔目前的武學修為雖非天下第一，但若世上真有一人能隨時創出絕妙的招式，來因應任何突發危機，天下無人能出此少年之右。

完顏道長還有一個信念，他老人家八十年來閱人無數，傅翔的長相品格、氣宇談吐，在在絕無短命夭壽之相，關於這點，老道長倒是堅持迷信的。

然而，此時他們何以會出現在武當山中？

那一晚他在少林寺客房中打坐完畢，正要上床小睡，忽然有人來到他房外的窗下。來人輕功極高，但完顏道長仍然察覺，於是他一長身形，輕飄飄地落在紙窗之側，只要來人一有動作，他便要出手。這時窗外那人壓低了嗓子，輕聲道：「完顏道長，晚輩武當坤玄。」聲音帶著一絲顫抖，顯見情緒極度緊張。

完顏吃了一驚，也低聲道：「坤玄子？你來作甚？」那坤玄子道：「請道長看在三清同脈的分上，救我武當。」完顏暗忖：「救武當？你這傢伙不是武當叛徒麼？怎麼又叛回去了？」便道：「你先退到前面的林子裡。」坤玄子說了一聲「遵命」，完顏一揮袖，窗扉已開，只見那坤玄子身子未轉便倒退著飄出數丈，落地一塵不起。完顏點頭暗讚：「武當的輕功可真漂亮啊。」

他越窗跟入樹林，只見那坤玄子身著青衫，全身做文士打扮。完顏道長想起在房縣小店吃麵時，和傅翔第一次見著坤玄子，他便是一個青衣秀士，忍不住冷笑道：「怎麼坤玄子道長又變回青衣秀士了？」坤玄子望了完顏道長一眼，忽然雙膝跪地，顫聲道：「完顏道長救我武當。」完顏道長道：「武當好端端的，要救什麼救？」坤玄子道：「晚輩拚死探得了消息，天尊帶著天竺弟子趁這空隙去突襲武當了。」

完顏道長吃了一驚，忙道：「你且起來說話。」坤玄子道：「道長不答應，晚輩不敢起來……」完顏道長火了，道：「虧你是武當三俠還是四俠，怎麼耍起賴來了？不丟人麼？」坤玄子呆了一下，忽然雙目熱淚長流，哽咽道：「自從俺成了武當叛徒，丟臉已到極點，倘若能求得道長答應救得掌門師兄，晚輩便再丟臉百次又算得什麼？」

完顏道長一聽此言，忙問道：「你是說天虛掌門有難？快起來告知詳情。」完顏是個極為念舊的人，那天在漢水畔，他大戰地尊佔不到上風，若不是天虛道長突然出現，救走了少林無痕大師，那一場搶救無痕的計畫就要功虧一簣，是以他一聽到天虛掌門有事，態度立轉積極。

坤玄子站起身來道：「天尊等人攻打少林之時，天虛師兄並不在武當山上，而是潛近少室山頂，埋伏在附近，準備必要時以奇兵之姿出手襄助少林。不料大戰一場後，大夥兒追那盜經的悟明到了山頂，結果傅翔和秘笈墜崖，地尊受傷，天尊率眾退走，半途上就碰上錦衣衛魯烈。他們商量後就由錦衣衛協助，山上山下搜尋那失落的少林秘笈，也尋找傅翔的屍首。後來在登封城外，他們遇上了掌門師兄。掌門師兄見對方準備圍攻他，便施展武當輕功脫困而去，這一下點醒天尊，少林這邊正一團亂，這是突襲武當的最佳機會，便當機立斷，率眾直奔武當……」

完顏聽到「當機立斷」四個字，好像觸犯了他的大忌，便冷笑一聲，喃喃道：「好本事。」坤玄子怔了一下，不知所云，便接著道：「他們的計畫是追蹤掌門師兄上武當，由絕垢僧向天虛師兄挑戰，只要掌門師兄一動手，便由天尊出手突襲，一舉斃了掌門師兄……」完顏道長罵道：「又是偷襲？這天尊變成下三濫了。」說到這裡，他忽然想起一事，便問道：「這些事你如何得知？」

坤玄子嘆了一口氣，道：「少林寺悟明是晚輩的親兄弟，這事道長已經知道了，咱們兩人自幼為天尊、地尊收養傳藝，後來分別加入武當及少林臥底。晚輩感到悔恨不已，曾上少室山苦勸悟明懸崖勒馬，但悟明執迷不悟。中土天竺雙方決戰時，晚輩一直躲在附近，大家打得緊張，就沒有人發現我。天尊等人撤退後，晚輩就跟了上去，當晚他們歇在客棧中，我冒險找上了弟弟悟明……」

完顏想不到天竺諸人退走後還發生那麼多事，不禁精神為之一振，忙問道：「悟明和尚怎麼講？」

坤玄子道：「我再次苦勸悟明，說弟弟你感激天尊在咱們幼時收養之恩，如今你冒死盜了少林秘笈，也算報答過了。我勸他隨我離去，天涯海角，咱們兄弟另尋新生。這一次悟明有些心動，我猜是他看到少林眾僧一個接一個被天尊地尊打傷，心中也生反感。就在此時，絕垢僧在房外敲門，我只好從後窗躍出，但仍躲在窗下並未離去，那絕垢僧便和悟明聊起來。我很快就發覺，悟明正藉著和絕垢僧對話，把各種重要消息說給窗外的我聽。道長問我如何知曉這種種情節，晚輩要說，全是悟明故意洩漏給我的。」

完顏點了點頭，他在心中飛快地把各種可能性分析了兩遍，便開始猶豫不決，只見他在林子裡踱了好幾個來回，仍然一言不發。坤玄子心急如焚，顫聲道：「晚輩已鑄下不可逆轉之恨，但求犧牲生命以解師門之危，但天尊只有道長能敵……」他還待說下去，完顏完全沒有聽入耳裡，他心中只在問一個問題：「如果傅翔還在，他會替我做什麼決定？」

忽然，完顏停下身來，對坤玄子道：「還說什麼，咱們快去武當山！」

完顏道長一面疾行，一面暗中注意坤玄子的輕功身法，這一路已經疾奔了一個多時辰，坤玄子不徐不疾地跟在身邊，絲毫不見他用力，呼吸緩而悠長。完顏發覺他身法上有許多細微的講究，以致長程跑起來特別不費力，不禁暗讚：「武當輕功名滿天下，短程快捷，長程持久，確實名不虛傳。」

坤玄子極為熟悉山中路徑，有捷徑他便捨正道而就捷徑，只見這兩人在山林之間穿進穿出，漸漸接近武當派的主殿「三清殿」。這三清殿供奉的是元始天尊、靈寶天尊及道德天尊，平時眾武當弟子皆在此殿修練學習。此時已近黃昏，除了香煙繚繞外，竟然不見一個道士。

完顏道長及坤玄子猛然停下身來，兩人隱在一塊巨石之後。坤玄子心跳如鼓，低聲道：「不妙，已出事了。」完顏道：「你且先躲在此地，待我前去看看，聽我號令行事。」說著身形一閃，有如一陣狂風捲落葉般，人已到了殿前石階上。

他跨入大殿，殿中香火未滅，卻空蕩蕩地一個人影也無。三尊神像慈眉善目地俯視前殿，除道德天尊是白鬚垂胸外，其他二尊都是黑鬚的中年神仙，個個仙風道骨，道貌岸然。完顏道長對三清行了一禮，喃喃道：「所謂天尊便該是這般模樣德行，那裡又鑽出一個天竺的天尊？望之不似……」說到這裡，他忽然想到那天竺天尊倒也相貌不凡，比起地尊，甚至完顏自己的長相來，也算是堂堂一表了，便不再咒罵。

他回到殿門前一揮手，坤玄子飛身過來。完顏道：「不見一人。」坤玄子低聲道：「殿後有一地洞，可容數百人。晚輩猜想掌門師兄已料到天尊之計，早命武當在河南的聯絡道觀用飛鴿傳書通知此地，武當弟子全躲到地洞避難去了。」

完顏不久前才來過武當，一副駕輕就熟的模樣，揮手道：「咱們直上神仙洞。」坤玄子道：「是，晚輩帶路。」完顏老道對自己這兩下發號施令的決斷有力，感到相當滿意，不禁面露得色。坤玄子看到他那張布滿皺紋的老臉上忽然出現笑意，完全無法領會，除了愕然之外，心中不禁有些發毛。

兩人疾行到神仙洞附近便放慢了身形，坤玄子閃身躲在一片林子中，只見幾個天竺高手正在神仙洞前的岩壁邊商議。天尊一人站得較遠，地尊和悟明和尚都不在場，想來一個在養傷，一個留在少室山搜尋失落的少林秘笈。

完顏道長低聲道：「奇怪了，仍然不見半個武當道士。」坤玄子皺眉道：「也不見掌門師兄及天行師兄他們。」難道也躲起來了？這對於威震武林的武當五俠來說，實是不可思議。

這時，更奇怪的事出現了，那緊封神仙洞的巨石門後，竟然走出了三個道士，當先一人是武當掌門天虛道長，身後跟著的是天行道長和乾一道長，正是武當五俠中的前三俠。令坤玄子及完顏道長震驚的是，在前一次天竺高手攻擊武當時，道清子拚死啟動機關，神仙洞明明已為巨石落下封死，何以天虛道長等三人竟從洞中走出來，難道那洞前的巨石竟被移動了？

不僅完顏道長和坤玄子感到震驚，當時人在現場的絕垢僧更是大驚失色，他忍不住上前仔細察看，果然發現原本被巨石封死的神仙洞口，現在與石門之間卻有了兩尺的距離，堪堪可容一人擠著進出神仙洞。這封口的石門怕不有萬斤之重，什麼人能將它推前兩尺？

絕垢僧當時目睹了道清子重傷之下勉力啟動機關，巨石落下有如石門，封洞的景象歷歷在目，怎麼才隔數旬，石門竟被移動兩尺？如是人力所為，這神力萬難相信。他側目往洞口瞟了一眼，黑漆漆沒有什麼動靜。他不敢久留，退到石門前，面色凝重地對天尊道：「這巨石竟被推開了……」

天尊暗自心驚，臉上卻無表情，只冷冷地對天虛道長道：「我道是武當道士都死光了，原來還有幾個活人，怎麼武當五俠變成三俠了？」

他話聲未了，巨石後面又走出一人來，只見來人步履緩慢，面色蒼白，但眉目之間仍然顯出凜然無懼的神色。他一步步慢慢走到乾一子身旁，沙啞地道：「閣下，你向武當五俠叫陣？貧道武當道清子，雖然帶傷在身，卻不敢缺席。」從他行動上看來，顯然傷勢甚重。

完顏喃喃道：「好漢子，好道士。」他身旁的坤玄子已看得淚流滿面，忽然不顧一切，躍起奔到那石門前，雙膝直接著地，跪在天虛道長面前，只叫了兩聲：「師兄，掌門師兄……」便說不下去，雙目熱切地望著天虛道長，熱淚長流，滴上衣襟。

天行道長和乾一道長齊叫了聲：「四師弟……」便哽住也說不下去。那道清子沙啞地喊了一聲：「四師兄，咱們不怪你……」忽然想到此話不該由他來講，便戛然止住，只見天虛道長終於點了點頭，伸手將坤玄子扶起。

坤玄子站起身來，滿心激動得像要爆炸，他大步走到乾一和道清之間站定，轉身並朗聲對天尊等天竺諸高手道：「貧道武當坤玄道人，各位要挑戰武當五俠，貧道忝列第四！」

那絕垢僧哈哈怪笑，道：「楊非，你失蹤多日，我便知你先叛武當，又叛天竺。你這無恥小人，忘了天尊和地尊師父對你的養育之恩麼？」

坤玄子聽他這般辱罵，不但不怒，反而覺得這些日子來苦苦糾纏在心底的煩惱忽然豁然理清。其中的思緒及道理錯綜複雜，非一兩句話所能表達，他也不與絕垢僧辯答，只正色道：「貧道左右為難，既定了心意，凡我虧欠的，以死償之。」他說得極為順暢，似乎早已想得透徹，有備而發；其實就在他方才奮不顧身一躍而出的前一剎那，這問題仍然在他心中無解，痛苦地折磨著他，但此時他心裡一片清明，再無困擾。

絕垢僧氣得呆住了，轉頭看了看師父天尊，天尊臉上倒是全無怒容，看不出他心中的想法。過了片刻，天尊淡淡地道：「武當五俠，嘿嘿，好個武當五俠。」絕垢僧接著道：「五個裡頭一個廢人、一個敗類，那算得什麼五俠，怎麼湊數也只有三俠吧。」

這時完顏老道覺得該是自己出面的時候了，他忽地躍起，在空中連跨八步，姿勢極為漂亮，落地時卻落在天虛道長斜前方一尺，沒能正好落在天虛身旁。完顏低聲對天虛道長道：「見笑，邯鄲學步，這『八步趕蟬』差了一尺。」隨即轉身朗聲道：「老道今日加入武當，就湊個武當六俠。」

天尊吃了一驚，道：「完顏老道，又是你來搗亂。」完顏嘻嘻笑道：「不錯，又是我。」天尊知道今日之事有變，只是不知這老道何以總是陰魂不散地跟著自己，可惜地尊不在，不然今日就把他斃了，省得他處處作梗。

這時武當天虛掌門朗聲道：「完顏道長乃我道家前輩，兩次援我武當，貧道感激不盡。至於天尊及諸位天竺高手勞師動眾，不遠千里而來，不過是想得我武當秘笈。貧道以為上天有好生之德，天人有互通之道，武當的武學無一需要秘藏於私，天尊想要得之，咱們全盤奉上。童子捧經來！」

巨石之後又轉出兩個道童，面貌長得一模一樣，都是唇紅齒白、聰明伶俐，看來應是一對孿生兄弟，只是一著黃色、一著青色道服。兩人各捧一隻黑色布袋，恭恭敬敬放在天虛道長面前，然後行禮退下。

這一下天尊等人都呆住了，完顏老道也不知天虛在弄什麼玄虛。只見天虛提起兩隻布袋，上前交到絕垢僧手中。絕垢僧打開一看，只見一隻布袋中包著《道德經》、《南華經》、《太平經》三套經書，另一隻袋中卻是《參同契》、《抱朴子》、《黃庭經》，還有一本手抄的《太極經》，旁邊寫著「張三丰」三個小字。

絕垢僧轉身將這七本經書交給天尊過目，天尊一時不知是喜還是怒，正要發作，那天虛道長又道：「我武當的武學，除了汲取少林寺的基本功外，其他武術皆源自這幾本經典，只有《太極經》為我三丰祖師所撰，其他全部悟自道家一千多年的智慧精華。這些經籍是古之前賢為渡化眾生而著，人人讀得，人人可悟而得道，武當何敢藏私？便是那本《太極經》，曾聽三丰祖師爺說過，也就是講究心靜、身靈、氣斂、勁合及神聚之道而已。祖師爺說，這些法子人人習得，若是人人因此而健身強體，武功精進，那也是各人的造化，既無限制，亦無止境，咱們利天下有心之士，更不該藏私。只是太極緣自無極，若是心中之道與德不能同時精進，便是勤練終生，也難臻登峰造極之境；若是天尊、地尊以曠世之才智，能使太極之學更上層樓，發揚於天竺，我武當樂觀其成，何必動輒兵戎相見？」

這番話擲地有聲，一則完全出乎在場諸人意料之外，再則講得大器磅礴，非但不顯示弱，反襯顯出天竺武林的暴戾及小氣。絕垢僧等天竺高手全都起鬨，辛拉吉叱道：「天虛道人，你拿幾本街上書舖都買得到的陳腐文章來糊弄我們，簡直可惡之極！」

天尊看了這幾本道經，原本暗怒，這時聽了天虛道長這一番話，倒是覺得頗有點道理，暗忖道：「這武當掌門倒也不是完全糊弄咱們，不然他也不必把張三丰的《太極經》抄本拿出來。」

果然完顏道長嘿嘿笑道：「辛拉吉，你這天竺人『見少識窄』，甚是可憐。那日你說少林武功源自天竺，我老道還覺得有點關連，若論與天竺全無瓜葛的中土武學，便是道家的武功了。咱全真武學、武當的太極神功，其精要都藏在那幾本『街上書舖都買得到的陳腐文章』裡呢！以老兄你的見識，天虛道長好意送書給你，還真是對著瞎子拋媚眼，脫了褲子放屁，可笑呵可笑。」他老人家發明了一個「見少識窄」的成語，又用上兩句歇後語，自覺面子十足。

天尊門下弟子阿蘇巴性子最是暴躁，仗著掌力奇重，極少遭逢敵手，往往過於魯莽，在天竺時便因常常出手打死人而被師父責罵，但暴烈性子依然不改。這時心中憤怒，忽然大叫一聲：「咱們打進洞去，把裡面藏的經書給全拿了。」便從巨石右邊繞過，從窄僅兩尺的狹道擠進神仙洞，幾個師兄弟一齊衝上前去。天尊正在暗自琢磨眼前情勢，見狀大吃一驚，連忙跟上前去。

天虛掌門卻視若無睹，暗對完顏搖手，示意稍安勿躁。只聽得洞中一聲驚呼，第一個衝進去的阿蘇巴如一隻大鳥般斜飛了出來，大叫一聲撞在巨石之上，接著直直落在地上，奇的是竟然毫髮無傷。

天尊見狀心中一沉，極度驚駭中帶有一種奇怪的興奮之感，彷彿是「等了這麼多年，終於等到一個足堪匹敵的對手了」。他從弟子阿蘇巴猛力搶進神仙洞卻立刻被反擲出來的情形看來，阿蘇巴分明是被自己的力道推出了神仙洞，那麼他到底在洞裡遇上了什麼？天下武功能如此巧奪天工地借力打力，除了武當太極神功的「四兩撥千斤」，焉有第二種？

天尊抬頭看那巨大的石門，忽然發現上端刻畫了一個大大的太極陰陽圖，以凸凹代表黑白，居然工整無缺，太極之旁還有兩行大字。

他這一抬頭，引得眾人盡皆抬頭看那太極圖及刻字，只見兩行大字寫的是：

「太極門中窺太極
　神仙洞裡隱神仙」

在場諸人仰望著這兩行大字，字跡天真爛漫，頗有童趣，但筆筆入石三分，每個人心中都在暗暗呼喊三個字：「張三丰！」

但是沒有一個人喊出聲來，因為沒有人敢相信，一百四十三歲的張三丰仍在人間。天尊瞟了身旁不遠處的完顏道長，見他正歪著頭沉思，不知在打什麼主意。他又望了望那黑黝黝的洞口，深邃中似乎隱藏著無比的神秘。

天尊忽然仰天大笑，對天虛掌門道：「道長適才所言大有道理，我天竺武學講求的是提意發潛，以無意御真意，以真意發潛能。道家求天人合一，我瑜伽修梵我如一，就這幾冊道家經典，足供我天竺高士融會貫通，他日修成正果，其成就當更在太極神功之上。屆時我菩提天尊必將再訪武當神仙洞，以報今日武當贈經之德，眾弟子也可順便再與楊非敘敘師兄弟之情。」

說罷提著兩包道家經書，對眾家弟子道：「咱們走。」便率眾離開神仙洞，頭也不回下山去了。

神仙洞前只剩下武當五俠及完顏道長，這時天虛道長才鬆下緊繃的心，向完顏道長稽首到地，恭聲道：「道長古道熱腸，天下無雙，兩次救我武當於危難之中，大恩不敢言謝。」

坤玄子走到完顏面前跪倒在地，拜謝道：「完顏道長千里跋涉來救武當，坤玄餘生便是道長所賜，道長任何差遣，坤玄必生死以之。」

完顏宣明原本是個不問世事的修道人，對全真教義的投入勝於全真武功，但自從在終南山「活死人墓」中領悟了上乘的「後發先至」武學，其武功造詣進入另一個層次；更巧的是，一出山便碰到一連串的驚險遭遇，還和傅翔這少年成了忘年的生死之交。就因為如此，他每遇難決之事，便將自己化為傅翔來心口相商，「傅翔」會做怎樣的決定，便是完顏的決定。這樣一來，他自覺不再優柔寡斷，也做了幾次重要決定。

這時聽到天虛掌門居然稱他「古道熱腸，天下無雙」，這可是自己無法想像的評語，完顏聽了自己也不大相信，覺得被人如此推崇感恩，實在很是難為情，便對武當五子道：「天虛道友謬讚，貧道絕不敢領受。本應入洞一會洞中神仙，從方才洞中借力使力擲出天竺高手，卻能令他安然無損的功力看來，似乎已達仙境。再看那兩行大字，分明不願被打擾。不論洞內高人是誰，貧道修道逾一甲子，總算見識到了活神仙，從此於修道一途，再也不疑不惑亦無憾了。」說著便對那洞口稽首到地，向武當五俠略一拱手，飄然而去。

8

武當山下，一間大戶族人的祠堂中燭光搖曳，天尊和天竺弟子圍坐在祠堂供桌前歇息。那阿蘇巴一臉迷惑地道：「今日弟子衝入神仙洞時，眼前一片漆黑，我為自衛便借著衝勢發出一招『擲象神功』，心想洞中不論有何高人，也難正面與我硬拚。那知勁道才發，立刻被一股巨大無比的力道將我捲起倒飛出洞，那力量直如排山倒海，完全無法與之相抗。最奇的是，在我撞上石壁之際，那股力量忽然消去，反而化為一股柔力托我落地。師父，這是什麼功夫？」

阿蘇巴的問題也是眾弟子心中的問題，大家聽完都移目注視天尊。只見天尊閉目微睜，緩緩地道：「想來除了張三手的太極功，豈有第二種武功能夠辦到？」眾弟子默然。

天尊輕輕點了點頭，低聲道：「適才翻閱了那天虛道人給咱們的《太極經》抄本，確實出自張真人的手筆無疑。那薄薄一冊中字字珠璣，句句皆含極高明的武學精髓，但領會深淺、修為高低全因人而異，是以武當不在意獻經於我，便是料定我天竺無人能領悟修練得超越武當。表面好像示弱獻經，實則十分的傲氣。」

那地尊的徒弟辛拉吉道：「牛鼻子可要錯算了，憑天尊與地尊師父的修為及智慧，不消多少時日，不但可將太極功練得超越武當，更可將之與我天竺神功融為一體，另創超凡入聖的神功。武當的牛鼻子是以管窺天、以蠡測海了。」

絕垢僧也附和道：「武當派最高深的武學便是太極功，這幾個道士托大，將《太極經》交到咱們手中，待師父參悟後再上武當，總要進入那洞裡，看看是什麼玄虛。」

天尊卻搖了搖頭，極其嚴肅地道：「咱們雖知中土武學不可小覷，結果還是低估了。咱們這次把重點放在少林，卻低估了道家宗派的武功，尤其那個全真教的完顏道士，咱們完全沒有將他算在內，還以為全真教已然沒落，何其錯也。第三個誤判，乃是沒有把中土江湖的幫派考慮在內，丐幫力量之強超出意料，便是兩三個明教餘孽，也讓咱們吃了大虧。他們不僅武功高強，也不像少林等名門正派獨善其身，而是摩頂放踵兼顧天下，可敬啊可敬！咱們太小看中土武林了，這就是咱們所犯的最大錯誤。」

這一番話便顯出天尊的智慧與氣度，他雖然野心勃勃，凶殘陰毒兼而有之，但卻勇於承認錯誤，侃侃而談己方誤判之處，眾弟子聽師尊如此坦然，均覺有些慚愧，也有些氣餒。卻見天尊長笑一聲，站起身來朗聲道：「待咱們回南京重新定好計策，再戰少林武當！」竟然又是豪氣干雲，不可一世。

他心中其實還有一件得意之事，便是除去了未來最可怕的心腹之患——傅翔。

∞

傅翔在燕京城裡一面行醫，一面努力療傷，進展雖慢，但體內真氣已一點一滴地凝聚。倒是和阿茹娜的義診、施藥，在燕京城裡苦哈哈的貧窮圈子漸漸打開了名氣。

城南一帶的窮人很快就傳知城隍廟前有兩個少年大夫，漢蒙醫術都施得，不但診病不收錢，若付不起的連藥錢都不要，即使對願意付錢的病人，也是先醫病再談其他。尤其廣受病人稱道的是，兩個大夫待人都極為客氣，絕不因窮人衣著破爛或骯髒而嫌惡，總是和氣親切，視病如親，窮人們感激得不得了。

傅翔、阿茹娜和這些窮朋友相處熟了，瞭解到窮人的困苦，深深感到太多的規制對窮人極不公平，致使富者愈富、貧者愈貧，甚至世世代代不得翻身。

這一日，阿茹娜替一個城外的農夫看腳傷，農人在田裡工作時不慎為鋤頭所傷，蒙古醫術對外傷有一套特別療法，簡單而有效。阿茹娜一面為農夫包紮，一面與他閒聊。那農夫因為前兩年河北歉收，他既無收成賣錢，又付不出地租，一家生活沒了著落，只好把今年的青苗先抵給了地主，眼看今年即便豐收了，收成也是全歸地主。要活下去只有兩條路，一是再用明年的青苗抵借，惡性循環之下愈欠愈多；一是將女兒賣給地主家做丫鬟，或是賣兒子給大戶做童僕。他剛好有一兒一女，難道逃不過世世為奴的命運？

阿茹娜聽得又氣憤又不忍，但也只能安慰他，免他醫藥錢，卻沒有辦法從永世貧窮中解救他及他的家庭。那農夫悔恨地咒罵自己無能，如果在賣青苗之前能借到五百錢，興許就能撐過難關，不致愈陷愈深，掉入這個絕境。這番懊悔，他連講了兩次。

當天晚上吃過飯後，阿茹娜悶悶不樂地坐在桌邊發呆。傅翔服了藥，勤練洗髓功，一個半時辰後，見阿茹娜仍然坐在桌邊，便上前問道：「妳有心事？」阿茹娜將白天來求診的農夫之事說了。傅翔聽完，嘆了一口氣道：「戰亂時，百姓固然是芻狗；值此太平年，塵世間仍有那麼多人家終年辛苦求一溫飽而不可得，實在可憐啊。但咱們除了免費醫病施藥，也沒有別的辦法助他們脫離苦海……」

阿茹娜忽然打斷傅翔的話，問道：「咱們的銀子還有多少？」

傅翔道：「賣羊渡黃河時有兩千多兩，買下這兩間房子及藥材共花了五百多兩，眼下應該還有一千多兩白銀。另外就是那一小箱金錠，價值多少我也算不清，要去金舖打聽一下。怎麼？妳有什麼主意？」

阿茹娜道：「那農人一再悔恨地說，如果當時能借到五百錢，興許就能撐過難關。這話我聽了格外傷心，五百錢呀，只為了湊不出五百錢，今日落到要賣兒賣女的慘境。我想了整整半日，如果在窮人過不了關的時刻，有人能借些錢讓他撐過去，說不定他們便能步入順境了。」

傅翔點了點頭，又搖了搖頭。阿茹娜奇怪：「你到底是點頭還是搖頭？」傅翔道：「我點頭，是同意妳說窮人過不了關時，該有人助他一把；我搖頭，是覺得他們過了這一關還有下一關，如果什麼都沒改變，很難想像他們如何從目前的窮困步入順境。」阿茹娜想了一會，道：「你說得對，他們要的是改變，一些大改變。但究竟是什麼樣的改變，我也想不清楚，咱們能不能先做第一步？」

傅翔望著阿茹娜，吃驚地道：「妳要拿咱們的錢周濟窮人？」阿茹娜點了點頭道：「咱們還有一千多兩銀子，留一半添購藥材，另一半若是拿來借給窮人度難關，就算一人一兩銀，也能幫助幾百個像那農人一樣的可憐家庭。咱們借錢不要擔保，不收利息，也不訂歸還期限，將來他們度過難關後，自會還錢給咱們，咱們還能再借給別人……」

傅翔聽她說得十分堅定，顯然經過了深思熟慮，已有定見。這一路走來，傅翔深知這蒙古女孩雖然生得柔美，個性卻十分豪氣仗義，這時見她的側臉在燭火閃耀下顯得又美麗又堅毅，她的個性之美比容貌之美更深深打動了傅翔的心弦。

阿茹娜見傅翔沒有回答，便轉過頭來望著他，卻見傅翔正痴痴地望著自己，不禁感到一絲不好意思，連忙道：「傅翔，你說我這個計較可好？」

傅翔道：「好是好，尤其是妳不要擔保、不收利息最是好，不然窮人如何借得起？但妳指望他們度過難關後就會還錢，卻不是好計較了。」阿茹娜道：「小時候，我在燕京城也識得不少窮人家的小孩，我的玩具借他們玩，都會歸還的。」傅翔道：「難關不久又是難關，他們不是不想還錢，真正是還不了。」

阿茹娜道：「那麼咱們的銀子不久便被借光了？」傅翔笑道：「這些銀子本來就不是咱們的，當初就說好要用於周濟窮人，所以妳想怎麼花便怎麼花，卻不要指望銀子借出去還會還回來。用光了，咱再想法子。」

阿茹娜聽傅翔這般說，滿心喜歡地道：「將來咱倆作伴，你想法子找銀子，我便想法子好好花銀子，定要讓窮人活得公平些……」她說得極興奮，傅翔卻暗忖道：「我如何找銀子？除了朱泛的法子外，總要想出一個辦法，能讓窮朋友們借了咱們的錢作本後，也能賺到富人的錢。這樣才能徹底解決問題。」

阿茹娜說到一半，忽然想到「將來咱倆作伴」這話有點露骨，便停下來偷瞧傅翔，還好他似乎沒有注意，便接著道：「轉眼秋深了，到年底這段時間，窮人最是難過，咱們要趕快擬好借放銀子的辦法，早早開始行動。」

傅翔起身推開紙窗，窗外一輪明月，他望著月色良久不語。一股涼風吹過，捲起窗外的落葉漫空飛舞，也捲進窗內吹熄了兩盞燭火，屋裡頓時暗了下來。隨著夜幕降臨，不免有一絲涼意，阿茹娜起身挨到傅翔身邊，在他耳邊輕聲問道：「傅翔，你又在想啥了？」傅翔不答，卻情不自禁地伸手摟住了阿茹娜。阿茹娜把臉緊靠在傅翔肩膀上，喃喃道：「你別憂心，你的傷一定會好起來，我會……我會一直陪你。」

8

轉眼到了歲末，阿茹娜借錢給窮人救急的事兒做得極是順利，每一筆借銀的來龍去脈她都瞭若指掌。凡是提得出原因的，就能借到一至數兩不等的銀子，既不要擔保，也不收利息。許多窮人一開始都不相信這世上會有這等好事，待得有人確實借到銀子，解了燃眉之急，事蹟一傳十、十傳百，大夥才信了。這一來，阿茹娜更忙得不可開交了。

傅翔的日子過得平淡而規律，每日為人看診，自行練功，得空便開始翻讀少林秘笈。胡潑配製的藥已服到第二階段，成分及用量都有調整，傅翔自覺似有進境。

但是，隨傅翔及阿茹娜來到燕京的巴根，卻愈來愈不快活。巴根每日在城裡逛逛原也覺得好玩，但近日有愈來愈多軍官或士兵在城中進出，每次見到那些軍士，巴根便想起自己慘死的娘。

那群野獸般的明朝散兵游勇，一個臉上有條三寸長刀疤的軍官，帶頭凌辱母親的景象，只要一出現在巴根眼前，便會引起他嚴重的頭疼，是以他一直不願面對這慘事。但是自從到了燕京城，見到那些軍士的軍服、頭盔、手上的兵器，都會引發他劇烈的頭疼。於是他不再喜歡逛街，在家中又待不住，也不想學著幫幫「方福祥」和「烏茹」大夫的忙，望著那些奇形怪狀的病人出出進進，更感心煩。

直到有一天，他在城隍廟附近的林子裡，碰到一個比他年紀略大的小叫花阿吉，他在燕京城裡才有了朋友。

那日，小叫花阿吉正和另外幾個叫花子蹲在樹下，玩鬥蛇的遊戲。每個叫花子都有一隻布袋，袋裡藏著各色各樣的「長蟲」。他們把蛇放出來，在蛇鼻口抹上一些藥粉，片刻之間蛇兒便激昂起來，叫花子們再拿樹枝撥弄挑逗那些蛇，蛇鬥便開始了，叫花子圍成一圈吆喝，替鬥蛇助陣。

巴根瞧得有趣，便湊近去觀看，那些叫花子也不理他，自顧自地弄蛇相鬥，好不熱鬧。忽然巴根懷裡一陣劇烈騷動，或許是他的「大漠石花」嗅到了什麼，掙扎著要從懷袋裡出來。巴根便把手中的羊子「香」放在草地上，將懷中的寶貝蛇兒放出來透透氣。豈料「大漠石花」才一落地，咻地吐了一次舌，原來在捉對兒相鬥的幾條蛇全部掉頭就逃，飛快地鑽進林子裡。那些叫花子大聲叱喝，平時馴養得十分聽話的蛇兒竟然全不理會，瞬間逃得無影無蹤。

眾叫花又驚又怒，對著巴根罵道：「你他媽那裡來的野種？」巴根卻以為他們是在說他的蛇，連忙護著道：「不是野種，是小花，烏日娜大娘說牠是純種呢。」一個癩痢頭花子恨恨地道：「誰在說你的蛇，咱們問你這小王八蛋是打那裡來的？」巴根道：「咱走了一千里路，又是山又是河的來到城裡，誰知道俺從那裡來的？」

眾叫花見他答得有些傻傻的，便不再理他，爬起身來到林子裡去追尋逃跑的蛇兒，只有阿吉蹲著沒動。巴根見到他手快，眾蛇逃竄時，阿吉一伸手便將他自己的蛇牢牢抓住，那蛇纏住阿吉的手臂，但七寸之處被抓住，只能不停地翻轉折騰。過了一會，巴根將「大漠石花」收起來，阿吉手中的蛇才平靜下來。

阿吉眼露羨慕之色，道：「小兄弟，你這花蛇好。我看在燕京城裡，不是蛇王，也排在前三名。」巴根聽他誇「小花」，便覺阿吉這人甚好，連忙介紹他的蛇寶貝：「這蛇是蒙古來的，喚作『大漠石花』，毒性厲害著呢，人畜給牠咬一口，不要多久便死了。」阿吉伸舌道：「哇，這麼厲害。」巴根道：「你好快的動作，一把便將蛇兒抓在手中。有這功夫，抓蛇比俺還要方便。」阿吉道：「那你如何抓蛇？」巴根道：「我要拿些事物引蛇分心，趁牠不注意時才能下手。我叫巴根，你啥名兒？」阿吉道：「大夥都叫俺阿吉。」

巴根道：「阿吉，你和你那些同伴不同。」阿吉道：「當然不同，俺是丐幫的！」巴根道：「丐幫是什麼？」阿吉道：「丐幫可厲害了，咱們丐幫弟子個個武功高強，專門行俠仗義，打抱不平。」巴根聽得一知半解，便追問道：「那麼你那些同伴不是丐幫的？」阿吉道：「他們那副德行怎會是丐幫的？求求你不要開玩笑了。」巴根道：「那他們是什麼？」阿吉不會答了，想了想道：「總而言之，俺是丐幫的，他們是……就是叫花子吧。」巴根的腦子有時靈光，有時犯傻，其實並不笨；他從經驗得知，如果問到最後，別人說出「總而言之」的時候，便問不出所以然了，通常便不再問。

從此之後，巴根每日出門便是去找阿吉，阿吉帶著他在燕京城裡大街小巷廝混，兩人講些瘋瘋傻傻的話，日子打發得很快。可是這一日，巴根突然頭疼欲裂，差點當場昏倒在街上，原來就在高粱河邊「和義門」守門軍士換崗時，他看到了那臉上有三寸刀疤的軍官——那個帶頭輪姦他娘，害他娘自刎而亡的軍官。

他沒命地奔到西市裡找到阿吉，阿吉見他的狼狽樣子吃了一驚，忙問原由，巴根才把他的身世告訴了阿吉。阿吉聽完後大為憤怒，一臉正經地問巴根：「小兄弟，你要不要報仇？」巴根點點頭道：「要，當然要。」阿吉道：「你敢不敢殺人？」巴根忽然答了一句聰明話：「巴根不敢殺人。可那個長刀疤的不是人。」

阿吉右拳在左掌心擊了一下，道：「不錯，咱們去殺死他。」巴根有些困惑地問道：「那些軍官有刀有劍，咱怎能殺死他？」阿吉低聲道：「咱們設法靠近他，你讓那『大漠石花』出來咬他一口，幾個時辰後那王八蛋便見閻王了。」巴根感到一陣振奮，便跟著道：「對，幾個時辰後那王八蛋便見閻王了。」

阿吉忽然想到一事，便拉著巴根的手，道：「這蛇毒如此厲害，可不能咬錯了人，咱們丐幫不能濫殺無辜。那王八蛋叫什麼名字？」巴根道：「我不知道他名字，那天他們逼死我娘時，俺聽他手下的士兵說：『王巡檢，您先上，您快活過了，再讓給咱們玩玩。』我猜他姓王。你不信我？我就認那條刀疤也錯不了！」他忽然發起惱來，用力甩開阿吉。

阿吉笑道：「你莫惱，有這『王巡檢』三個字便行了。」

兩天後的晚上，那臉上有一條刀疤的軍官，在和義門外一個土娼窯裡喝了一會兒花酒，他著了軍裝佩劍在身，紅光滿面地走回城裡，一面對守城門的軍士點頭致意，一面哼著小曲。守城軍士嘻嘻笑道：「巡檢今天去了那家？還是找那關外的騷貨？」他笑而不答，施施然走進了城門。

進了和義門，道路左邊是高梁河，右邊是金水河，兩條河流進城裡，構成大都皇城的護城河，如今皇城的中央便是燕王府。這條筆直的馬路有一段比較僻靜，晚上顯得十分陰暗。這軍官喝得七分醉，方才又和一個關外來的娼婦翻雲覆雨了一番，滿懷愜意地踽踽獨行。

就在此時，闃暗的街邊忽然有兩個小孩走近，那軍官嚇了一跳，正要開罵，當先一個個兒稍高的孩子叫道：「來的可是王巡檢？」那軍官叱道：「王巡檢便是俺，你這……叫花子快滾開。」他已看出在面前的是個衣衫襤褸的小叫花。不料小叫花湊上前來，道：「王巡檢，有件禮物要送給您老！」王巡檢叱道：「什麼東西？還不閃開……」

站在後面的正是巴根，雖在昏暗中，那張可怕的臉孔還是看得一清二楚，尤其是那條三寸長的刀疤，在喝酒後更是又紅又亮。奇怪的是，他面對面盯著這軍官，頭疼卻沒有發作，他雙手一拋，那條花蛇已飛快地掠過王巡檢的臉頰。只聽得王巡檢大叫一聲，左邊臉上鮮血從一對齒痕中流出，他拔劍欲砍，那條毒蛇和兩個小孩都飛快地溜到路邊，很快地隱入黑暗之中。

不知是酒醉之故，還是那蛇毒發作太快，王巡檢才喊道：「抓刺客……」便倒在大街上不省人事。

天亮時，王巡檢已經全臉黑腫，死得僵硬難看。

順承城門外，舊金朝時中都西北角一座荒廢的道觀中，兩個童子在一張殘破的供桌上對坐著，兩人手中各揀了一把道士作法用的破木劍，不時揮舞一下趕蚊子。供桌下一隻小羊蹽來蹽去，顯得有些不耐煩。

阿吉道：「巴根啊，這燕京城你暫時不能回去了。要是驗屍的仵作是個高手，驗出王八蛋是被奇毒的異蛇咬死，他們捉住愛玩蛇的叫花子們一陣拷打，說不定便把你和你的『大漠石花』招供出來，你的麻煩就大了。」

巴根似乎沒有聽見，他心中仍然在想當小花的毒牙吻上王巡檢的刀疤臉時，那一瞬間他血脈賁張，一吐滿腹怨氣，暗中狂叫：「娘，俺為妳報仇了。」

阿吉繼續道：「咱們先歇一會，最好睡他媽一覺，下午帶你去見咱丐幫在燕京的分舵主，他若看中你，你就加入咱們丐幫吧。」巴根用力點了點頭。阿吉望了望那隻羊，便道：「你這羊子也長大了，再抱著到處跑也不是辦法，我待會弄條繩子將牠拴了，以後你就牽著牠吧。」

8

巴根已經失蹤兩個多月，兩個月前那一天下午，他飯都沒回家吃，就說有朋友找他去看戲，要晚上才回來，從此就失去蹤影。傅翔和阿茹娜急得到處尋人打聽，總是沒有消息。直到數日後，一個在和義門附近種菜的胡瘸子來看診拿藥，才對傅翔說起，有個王姓軍官，在他的菜園附近街上被蛇咬死了。

傅翔聽了大吃一驚，連忙追問，才知那軍官是個巡察城門的王姓巡檢，過去當兵時和蒙古人打仗，臉上掛彩留了一條大刀疤，便博得了一個起碼的軍職。官兒雖小，好歹也是一個軍官，平時和這胡瘸子也識得，卻不知怎地，好端端讓一種奇毒無比的蛇在臉上咬了一口，當夜就死了。

傅翔和阿茹娜心中已經有數，也不再多問，以免傳出去牽扯到這裡來。心想巴根這孩子雖然有時傻傻的，但求生能力極強，相信他必然脫險，已躲藏起來了，等風聲沒那麼緊了，再多託人打探他的下落不遲。

天氣逐漸轉冷，燕京城已經下過一場大雪，前日又下了一場小雪，時令已到了洪武三十一年的臘月，過了年便是建文元年了。

這段時間因風寒來求診的病人極多，過不了年關要來借貸的人也多起來，阿茹娜算了算，扣除明年開春採購藥材所需的銀錢，能夠再借給窮人的已經所剩無幾。借出的錢能歸還的僅百中一二，阿茹娜不禁有些發愁。傅翔勸道：「不愁，不愁，明日咱們去金舖，將金錠換些銀子來便是。」阿茹娜道：「那金子用完了怎辦？我這做法終不是個辦法。」

傅翔覺得有句話總是要說的，便拉著阿茹娜的手，柔聲道：「咱們行醫、施藥、借銀子都算是救急吧，但救得急卻救不得窮，天下窮人那麼多，這事不是咱們兩個人做得來的，須得……須得……」說到這裡停了下來。阿茹娜追問道：「須得什麼？」傅翔道：「須得出一個大英雄，能把咱們這世道裡許多不合情不合理的規矩全改變了，那怕是行之千年的規矩也得改一改，阿茹娜的心願才能得遂。」

阿茹娜靠近傅翔，仰首望著他道：「傅翔，你就是那個英雄。」傅翔搖頭道：「我不是。如果世上出了這個英雄，我傅翔捨命也要助他成功。」

阿茹娜聽了無限感動，主動伸出雙臂抱住傅翔。傅翔也伸臂環住她，悄聲道：「阿茹娜，今天練功時，我的真氣可以完全凝聚了。」阿茹娜心中狂喜，伸出雙手捧著傅翔的臉，踮起腳尖，輕輕在傅翔的唇上吻了一下。傅翔緊緊抱著她，說不出話來，也不用說任何話了。

轉眼到了臘月二十三日，這天是民間的小年，每家都要送灶王爺上天，向玉皇大帝報告此家的善惡。所以祭灶時不但要備果子與飼秣，打點灶王的坐騎，最重要的是用糖漿甜食封住灶王爺的嘴，買他在玉皇大帝面前說些甜言蜜語，莫講壞話。

申時方過，一頂轎子抬到了傅翔和阿茹娜的診所前。一個轎夫進屋，對傅翔行了一禮道：「我家夫人有些風寒，想請方福祥大夫把個脈處個方子。今日過小年，不知是否方便？」

傅翔見他一個轎夫居然出言十分有禮，舉止也完全不像轎夫，不禁暗覺奇怪，忙答道：「方便，方便，便請貴家夫人進來。」

那轎簾掀處，轎夫扶著一位夫人步入屋來。那位夫人年紀不到四十，氣質極是嫻靜優雅，雖然衣著樸素，仍難掩大戶人家的雍容華貴之氣，傅翔見了更是暗自稱奇。這幾個月來，診所口碑漸佳，不時也有非窮人的病客上門求醫，都是自付醫藥之資，但多半來自一般書香之家或是做生意的小康之家，像這位夫人如此氣派的病人，倒還是第一次見到。就連在一旁研磨藥粉的阿茹娜也注意到了，停下了手中的工作。

這位夫人坐下後，便道：「老身聽許多人誇讚方大夫及烏女醫濟世活人，行醫而不忘濟貧，心中十分的欽佩。」傅翔聽她談吐溫柔文雅，自稱「老身」，便是暗示自己可以親手把脈，不必顧及男女授受不親之防，不禁暗讚這位夫人落落大方又聰慧知禮，連忙道：「不敢，不敢，夫人謬讚，晚生這就為夫人把脈。」

傅翔三指搭在那夫人雪白豐腴的手腕上，把切了三次，皺著眉喃喃道：「夫人脈象溫正有力，不似害有風寒哩。」

那夫人微微一笑道：「方大夫好本事，老身原本未曾害有風寒。」傅翔一怔，放開夫人的手腕道：「原來夫人是試試在下來著？」那夫人道：「不敢，老身是藉看病之便，親來向兩位請教借銀助窮人度過難關是如何做法。」

阿茹娜聽到這裡，便走過來與那夫人見禮。那夫人道：「聽說這為窮人救急的想法，原出自烏茹女醫，佩服啊！」

阿茹娜便把這段時間借貸給窮人的一些案例說給那位夫人聽。夫人聽得十分專注，又問了幾個問題，便站起身來道聲萬福，向兩人微微點頭道：「多謝，老身告辭。」說罷，便由那轎夫扶著走向門口。

那轎夫回首躬身為禮道：「兩位義行可佩可敬，我家夫人當不時常來拜訪請益。」說完匆匆出門，扶夫人上轎而去。

傅翔和阿茹娜甚感驚愕，阿茹娜回想方才那一幕，忽然道：「傅翔，你是不是覺得那轎夫聲音尖細，似乎不是男子之聲。啊，你看，那是啥？」她指著屋角那轎夫原本站立之處，竟放著一個白綾包裹。傅翔將包裹拿到桌上，解開一看，竟是一包整整齊齊的銀錠，看上去足有三百兩之多。銀錠上一張小箋，上面寫著：「義行可風，略奉助資，敬請笑納。」

阿茹娜喜不自勝，拉著傅翔的道袍大袖子，又跳又叫：「這位夫人送咱們三百兩欸，那轎夫還說要不時常來呢。」

那頂小轎在雪地中又快又穩地出了街市，轎夫顯然都有一身功夫，抬到大慶壽寺前停了下來，轎夫將那位夫人請出，換了一頂紅頂大轎。一個身材高大、舉止優雅的大漢上前道：「馬和在此恭候。」那位夫人道：「有勞馬總管。」馬總管恭聲道：「王妃快請回府罷，王爺在等您一道用小年夜飯哩。」

燕王妃點頭道：「過完年，王爺和我就在王府裡請方福祥和烏茹兩位大夫便飯，這一對年輕人還真有意思呢。」

【第十二回】

新錦衣衛

鄭芫道：「我要仗著錦衣衛的特權和威風去行俠仗義。咱們可以動用官府的力量，做幾樁大快人心的俠義之事呀！」

朱泛聽了又驚又喜，張大了嘴喃喃道：「芫兒這想法太……太妙，簡直妙極，我怎麼從來沒有想到過？」

天又開始飄雪了，城裡家家戶戶都祭過了灶神，吃過了飯，鞭炮聲此起彼落。還有七天便是除夕，整個燕京城已經籠罩在過年的氣氛中。

這時一匹快馬從順承門外疾馳而來，馬上一位軍官臉頰被寒風吹得通紅，眉毛及短髭上都是雪花，嘴唇被凍成紫色。他一面勒馬慢行，一面亮出令牌，向守城軍士大聲叫道：「京裡來的緊急公文，要親送王爺。」兩名守城軍士上前驗過了令牌無誤，齊向身後一個侍衛點了點頭，那侍衛道：「老總辛苦了，請隨我來。」

燕王府的會客廳中仍然燭火通明，朱棣與王妃、世子吃過小年夜飯，喝了不少酒，似乎意猶未盡，便命加了幾碟小菜：醃白菜、醬鴨翅、燻豬舌、紅油兔丁，又開了一小罈陳年二鍋頭，要兩個大兒子陪他續杯，王妃便和兩個幼子回後府休息去了。

朱棣的長子朱高熾二十一歲，次子朱高煦也已十九歲，看上去倒像比哥哥還高大些。朱棣瞇著雙眼，持杯笑道：「高煦這次脫離京師安全回到燕京，多虧了徐輝祖那匹快馬。他的坐騎讓你騎走了，不知他如何在小皇帝面前開脫呢？你下回見著他，定要好好謝罪。」

朱高煦也喝了不少酒，有些得意忘形地道：「輝祖大舅處，我留了一封信函，告以母親重病，盼我速歸。以咱們兩家的關係，大舅只好吃下去了，他怎麼對皇帝解釋，咱可管不了那麼多。」

世子朱高熾道：「二弟呀，常言說娘親舅大。輝祖舅舅在京師任防務要職，你這麼做，要是害了他，也傷母親之心。」

這朱高熾自幼文武雙全，又能言善道，更難得心地仁慈，頗得府中上下愛戴。可惜一場重病險些去了性命，病癒後瘸了一條腿，另一條腿也軟弱無力，可憐一個少年騎射好手從此行動不便，動得少便開始發胖，二十歲的年紀，已經是個胖子。

朱高煦白了兄長一眼，冷笑道：「就哥有那麼多婆婆媽媽的想法，我要急著趕回燕京，此是多事之秋，父王需要我在身邊，其他的可顧不了啦！」

朱棣甚愛那碟紅油兔丁，吃了一大筷，將杯中烈酒一飲而盡，很滿意地望著個性迴異的兩兄弟鬥嘴，他們各有各的長處，都是優秀的好兒子。

朱高熾聽得出二弟話中帶刺，隱隱說自己一個瘸子留在父王身邊，也只是個婆婆媽媽的廢人，幫不了父王什麼忙。他可不願在這上頭和弟弟爭強鬥勝，便微微笑道：「二弟脫險歸來，為兄敬你一杯。」和朱高煦對飲了一杯，揭過話題。朱高煦哈哈笑道：「倒是南京錦衣衛的長官，居然替咱找了個手腳麻利的盜馬賊，這個馬札夠意思啊！」

這時客廳外侍衛敲門報告，南京緊急公文送到，要親交王爺。朱棣放下酒杯，門開處，侍衛帶著風塵僕僕的信使軍官入內。那軍官從懷中掏出一個油紙袋，從袋中拿出一件打了漆封的公文，單膝點地遞給了燕王。朱棣打開公文讀了，臉色微變，他將公文放入信封，沉聲道：「送信弟兄辛苦了，侍衛帶去領賞。天寒地凍，先讓這位弟兄喝碗熱湯擋擋飢寒，然後再叫廚房弄幾個熱炒，就侍衛你陪他喝幾杯吧。」那軍官謝賞退出。

朱棣神色不善，將公文抽出放在桌上，朱高熾趨近一看，見是朝廷詔文的抄本，怕是給父王的機密文件，便不敢看下去，退身望著父王，等他說話。

朱棣冷冷地道：「朝廷令下，著工部侍郎張昺為北平布政使，謝貴和張信為北平都指揮使。小皇帝要奪咱的權了。」

朱高煦怒聲道：「燕京的人事，從太祖時就是由燕王決定，皇帝憑什麼要干涉王爺的用人權？難道是要派他的人來接管燕京的軍政大權，把父王架空？」朱棣未答，朱高熾冷靜地道：「二弟稍安勿躁，據咱的猜測，這只是個開始。真正厲害是下一步，要動咱們燕京城外幾處屯兵的地方。」

朱棣暗自點頭，畢竟這個瘸了腿的世子是懂得兵法的，只怕朱允炆接下來便是打城外屯兵重鎮的主意。他沉吟了一會，搖鈴叫侍衛張景一進廳來，交代道：「著人快請慶壽寺道衍住持方丈，還有府長史葛誠、都指揮僉事朱能來府議事。」張侍衛退出時，王府的傳官已報子時了。

不到一炷香的時間，燕王所召請的三人都到齊了。朱棣命丫鬟將酒菜撤去，奉上香茗，大家坐定後，便把那份六百里加急的詔書抄本拿給眾人傳閱。葛誠和朱能兩人都面色大變，道衍和尚不但沒有震驚之態，反而面帶笑容。

葛誠面色陰晴不定，首先發言道：「朝廷這麼幹，燕王府的政務以後要聽令於張布政使，軍隊要聽謝貴和張信的，屬下等都可以掛冠回家了。」那都指揮僉事朱能道：「除非王爺下令，俺的兵權絕不交出。」燕王把目光移向道衍，卻見道衍和尚只是面帶笑容，並不言語。

朱棣忍不住道：「道衍，你意如何？」

道衍和尚道：「此乃必定會來之事，早在貧僧預料之中。試想大行皇帝崩於閏五月初十，新皇登基，龍椅尚未坐熱，七月份就發動削周王的事，派曹國公李景隆將周王全家押到南京，廢為庶人後發配到雲南，下手之快之狠，倒是超出貧僧的預料。現下箭頭已對準王爺了，這封公文只是起個頭，試試王爺的反應，大菜還在後面侍候著呢。」

朱棣點頭，沉吟未語。朱高煦插口道：「大師，您說咱們該怎麼著？」道衍卻反問道：「依世子及二公子看，這事該怎麼辦？」朱棣知道衍心思極為縝密，這事他心中早有定見，如此反問朱高熾及朱高煦，是要藉機讓朱棣聽聽這兩個兒子的高下。

朱高煦搶先道：「朝廷的第二步必是解我燕王府的兵權，要達此目的，便要派人來接管屯兵重鎮。當前咱們最重要的，就是絕不交出兵權。如果朝廷來硬的，咱們就開打。」

朱高熾皺了皺眉道：「二弟說咱們絕不能交兵權是對的，但我以為，朝廷若要來硬的，調大軍北上並不容易，而且師出無名。所以咱們可以接受朝廷派來的人，但部隊的掌握，層層節節全要抓在自己人手中。從現在起，便嚴格訓令各級軍官，凡部隊調動、備戰、作戰，只有燕王的命令才算數。給朝廷面子，咱們抓住裡子。」

朱能這時插口道：「倘若朝廷果真動員大軍北上呢？咱們是打還是不打？」

朱高熾道：「若要避免真走到這一步，咱們可以聯合鎮守北方的諸王相互支援，讓朝廷投鼠忌器。譬如說，燕王與寧王聯手，朝廷恐怕就要三思而後行了。」

燕王府長史葛誠提出另一個問題：「那張侍郎上任北平布政使，我這裡的公務交是不交出去？」朱棣仍然不做表示，只把目光瞪向道衍，等他發言。

道衍微微點了點頭，道：「葛長史問得好。依貧僧愚見：交，一件一件慢慢交。不關緊要的先交，重要的便要抓緊了。」他轉頭對朱能道：「朱指揮這邊也是一樣。謝貴、張信儘管來，咱們眼下最重要的任務是練兵，絕對要掌握在朱指揮你和張玉、丘福手中，必要時王爺要出面相挺。總而言之，咱們先跟朝廷施個『拖』字訣。」

燕王朱棣聽到這裡，終於低沉而嚴肅地道：「各位的意見都好。咱們可以預見朝廷在黃子澄、齊泰這批人操縱之下，必會一步一步對鎮守北疆的諸王動手，俺燕王府必是首要目標。咱們的做法，第一，朝廷這一道命令，表面上要乖乖接受，明日上奏摺，歡迎張昺、謝貴、張信快快上任。第二，軍政裡找些無關緊要的先交給他們，凡重要的，沒有俺的准許一律不交。第三，朱能告知張玉、丘福，你們三個都指揮僉事要抓緊練兵和募兵的事。第四，葛誠派你的右長史金忠跑一趟大寧，持俺的密函給寧王朱權。過了年，南京就要改元建文，咱還要率兒子……三個兒子都去祝賀，好讓建文放心。總之，咱們先拖，因為咱們還沒準備好。」

眾人齊聲呼諾。道衍和尚面露神秘的微笑，只有他瞭解朱棣，只有他知道朱棣「準備好」了要幹什麼。

8

洪武三十一年終於走入歷史。朱元璋從一個貧民加入反元義軍開始，一步一步登上巔峰。他從依附別人，到發展成自己的武力，南征北討，擊敗了所有的競爭者，將蒙古皇帝趕到漠北，建立了大明帝國。三十一年的鐵腕統治，有人稱為洪武之治，也有人說他是嗜殺的暴君；但這些都留待後世史家去評論，眼前的南京城正瀰漫在新元「建文」的喜慶氣氛中。

鄭洽帶著章逸從皇宮裡出來。章逸頭一次近距離跟皇帝見面回話，心情頗為激動。

建文皇帝十分和藹可親，對自己招募訓練新錦衣衛的努力表示嘉勉。其實他有些慚愧，從鄭洽找到自己幹這份活，一共只招募到四個人，加上自己，新錦衣衛五人成軍：鄭芫、朱泛，一個原來在自己麾下的得力助手于安江，還有一個是他熟識且常在一起喝酒的江湖朋友，名喚「追風劍」沙九齡。此人一手點蒼派的快劍，在江湖上有很大的名氣，幾年前加入了京師最大的「龍騰鏢局」。這次章逸將他說服，便投效了錦衣衛。

建文皇帝倒是很瞭解地說，錦衣衛勢力龐大，要改變它談何容易？眼下第一步是建立一支武功高強而效忠新皇、擁護新政的衛隊，一方面做些正面的大事，塑造錦衣衛的新形象；另一方面則捍衛皇帝及皇宮的安全。至於擴大勢力、逐步掌權的事，要一步一步來，不要冒進而致欲速則不達。

章逸回想方才和皇帝對話時，相距不過十尺，一股衝動忽然閃過腦海：對面的皇帝若是朱元璋有多好，自己一伸手就可將他斃於掌下……但此時他冷靜地想，即使有這樣的機會，很懷疑自己真有那樣的勇氣。章逸有自知之明，他從來不是那種視死如歸的人。

鄭洽見他沉思不語，便道：「章指揮，要不要去喝一杯？我還有事要和你商量。」章逸道：「好啊，去那裡？」鄭洽笑道：「還有那裡？就約正酉時在『鄭家好酒』，也不知鄭芫今日在不在店裡？」章逸道聲好，便和鄭洽分手。

他走到西皇城北街，沿西十八衛來到新浮橋，老遠便看到那面黑底金字的大旗在空中飄揚，旗上兩個大篆「龍騰」，氣派十足。

章逸走到鏢局門前，早有一名趟子手迎上前來，招呼道：「章指揮，今天這個時辰怎有空來咱鏢局？不是來找總鏢頭吧，總鏢頭走鏢去了。」

章逸識得這小伙子，長得乾淨、招子亮、手腳俐落，是龍騰鏢局打外場的一把好手，便笑道：「小皮子，俺可不敢來找你家總鏢頭，俺是約好了追風劍沙師傅有話要說。自從俺挖了你家總鏢頭的角，只有趁你家總鏢頭不在家的時候才敢上門。」

那小皮子笑道：「章指揮說笑了，咱們吃走鏢飯的，那敢開罪官爺們呀？再說人在江湖，凡事要看得長。山不轉路轉，興許那天咱總鏢頭有事找章指揮，您可幫上大忙哩！」章逸暗讚這小皮子頭腦靈活，巧妙地把自己挖走沙九齡的事化為欠總鏢頭的一個人情債，講得可漂亮。

就在這時，一個中年矮漢子走出鏢局道：「小皮子憑這張嘴就可以吃遍大江南北，見一個吃定一個。章頭兒快請進來說話。」操著一口雲南腔的西南官話，正是那「追風劍」沙九齡。章逸道：「老沙，你那上好的普洱茶還有麼？俺就想喝兩碗。」沙九齡道：「有，有，新製的、陳年的都有。」

兩人關上房門坐定後，章逸低聲道：「俺方才見著皇上了。」那沙九齡目光一亮，問道：「皇上說什麼？」章逸道：「皇上嘉勉大家一番，挺和氣的，又賞了銀子，待俺領下了分給大家。但皇上提到一件事有些麻煩，要找你商量一下。」

沙九齡道：「指揮請說，咱們現在搞到一塊了，有啥話不好說的。」章逸道：「依皇上和鄭學士的意思，好像是要咱們幾個新錦衣衛漸漸取代金寄容、魯烈他們，這些老手怎能容得咱們，這事如何進行？你是老江湖了，便來請教。」

沙九齡沏了一壺普洱茶，一面沉吟思考。過了片刻，他把沏好的普洱茶倒了兩碗，那茶果然色香俱佳，盛在碗中便如兩團琥珀一般，的確是雲南特產的好東西。

章逸啜了一口茶，哈一口氣，只覺口腹受用。沙九齡道：「依小弟看，這事第一急不得，章頭你千萬不要因那鄭學士求功心切而急忙動作，會壞了大事。第二，咱們要在那批老錦衣衛裡結交朋友，找個內應，然後再思如何藉上頭的力量，把錦衣衛慢慢接過來。上頭的支持固然重要，但若咱們自己搞砸了，那支持馬上就抽走了。這種事咱可看多了，想來官府裡也是一樣。」

章逸暗歎這老江湖確有一套，自己找他加入可沒有錯，心想：「俺最沉得住氣，咱奉明教之命伏在錦衣衛中十多年都忍得下來，鄭洽若是急顧建功，俺自有辦法應付。至於……」便道：「聽說沙兄和馬札馬大人有些交情？」

沙九齡笑道：「章頭你大概不知，馬札和俺都是回子，是以有些交情。另外，馬大人的老人家住在洛陽瀍河回回村，每次咱走鏢到洛陽，都幫馬札兩頭帶信搭貨，這西域人很是承情。」

章逸道：「俺和馬札也有交情，咱們便先不急著做什麼，待咱們把馬大人籠絡好了再作道理，說不定乾脆把馬札也拉進來。」沙九齡道：「那敢情好，可這事要陰著幹，就算拉進來了，也要裝著沒那事。」

章逸道：「沙兄說得一點不錯，便先由沙兄這邊來發動，不用講得太露骨。就說你聽到一些風聲傳聞，新皇帝想要整頓錦衣衛，皇上對章逸這小子似乎特別賞識，要不要你出面來作個東，讓馬大人跟章逸拉點關係，將來錦衣衛如果真有什麼變化，馬札也可以左右逢源。總之，你假裝不知我和馬札原就有點交情，就用回子照顧回子的好心為他著想。」

沙九齡笑道：「這齣戲我會唱。說實在的，咱們回回在漢族為主的中土日子並不好過，原本也該互相照顧。」

章逸道：「你用這說法去勾馬札，肯定有效，想錦衣衛內部要是有什麼變化，站錯邊的後果不堪設想。看看當年毛驤、蔣瓛他們的下場，馬札一定記憶猶新。」

沙九齡道：「不錯，這是對付馬札，那金寄容及魯烈呢？」章逸看了看天色道：「酉時和鄭學士約好了喝一杯，就是要談怎麼應付這兩位，頗傷腦筋呢。明日你就到錦衣衛衙門來報到。」

8

正酉時剛過，章逸已到了「鄭家好酒」。鄭娘子正在招呼鄭洽用茶，見到章逸走進來，心中忍不住有些埋怨，便道：「章指揮真是南京城的第一大忙人，剛才還聽鄭學士說，朝廷委您重任，聽起來往後您還要加倍忙碌呢。」

章逸感受到鄭娘子對自己好一段時間沒有上門的不滿，便哈哈一笑道：「鄭娘子猜得不對。剛好相反，俺的工作都是鄭學士交辦的，只要鄭學士把今日要談的事兒搞定了，俺就輕鬆了，以後可以常常來喝酒。」

鄭洽知他說的也是實情，只要新任務上路了，章逸的工作是規劃及指揮，親自離開京城辦公的事反而減少，便笑道：「章逸兄說得有理，只要公事安頓上路了，包他每天都能來鄭家喝好酒，鄭娘子莫要心焦。」鄭娘子俏臉飛紅，連忙道：「我那有什麼心焦？鄭學士，您說到那裡去了？」

章逸見鄭洽替他解圍，便拱拱手在他對面坐下。鄭洽道：「叫阿寬切一盤下酒菜，咱們倆先吃起來。」章逸低聲道：「方才抽空去找了龍騰鏢局的沙九齡，咱們決心拉攏馬札僉事，這事便由沙鏢頭去辦。」鄭洽奇道：「那沙九齡和馬札有交情？」章逸微笑道：「他們兩人都是回回。」鄭洽恍然大悟道：「難怪。一個姓馬，便是馬罕莫德的漢名，一個姓沙，就是沙迪克的漢名，原本都是回族中的大姓。」

章逸讚道：「鄭學士好淵博。俺以前識得一個姓沙的商人專販壯陽藥，他告訴我姓沙的都是神農氏的後人，受封在沙縣才姓沙。他既是神農氏之後，便也選擇賣藥為生。」鄭洽笑道：「那有此事，他是糊弄你的。」章逸道：「說實話俺也不信，便對他說：『那神農氏親嚐百草，你也親嚐各種壯陽藥？』」

這時酒菜送上來，店中也有別的客人進來吃酒飯，章逸便壓低了嗓子道：「麻煩的是一金一魯那邊要有個說法，鄭學士，您瞧咱們怎麼講？」鄭洽道：「咱們這些事既是上頭交下來的，還有什麼好瞞著的？便只好直說了。不過皇上現在不想弄得內部不安，你要講得婉轉客氣些。」

章逸暗嘆：「唉，這些書呆子。」口中卻道：「鄭學士說得不錯，我打算請上頭賜俺一個頭銜，就叫作錦衣衛練兵僉事，負責招募訓練新人。咱們揀些事一面報告金魯二人，一面透過學士您直接稟告皇上，那金魯二人定會將一些重要事呈稟上去，皇上只須若有若無地表示一下他已知曉了，這就夠了。」

鄭洽道：「你是說，你是說……讓金魯二人知道你這邊另有管道直通皇上？」章逸笑道：「不錯，這樣俺見了金、魯兩位上司，該行禮就行禮，該笑嘻嘻就還是笑嘻嘻，他們卻不敢隨便動我。」

鄭洽望了他一眼，想了一遍，覺得此計大妙，讚道：「章逸，你從那裡學來這些花樣？真高明啊。」章逸道：「過獎，過獎。」然後壓低了嗓子道：「但皇上那邊要您去打點啊。」心中卻暗道：「沒有這些心思，在錦衣衛這種人吃人的地方，怎可能活下去？」

這時鄭娘子親自送來一壺新燙的好酒，給兩人斟了，對鄭洽道：「鄭學士您嚐嚐，我這新開封的老酒比您家鄉的如何？」鄭洽一飲而盡，讚聲好酒。章逸問道：「芫兒今日沒有在家？」鄭娘子道：「芫兒自從少林寺回來後，好像人回來了，心思卻留在少林。她每天待在靈谷寺，耽憂傅翔的下落，又沒有朱泛陪她解悶，我瞧她都要愁出病來了。」

章逸道：「娘子且寬心，明日起芫兒便會回城裡來住了。」鄭娘子用眼睛問：「真的？」章逸用點頭回答：「千真萬確。」

∞

這時候，皇宮裡的議事廳仍然燭火通明。建文皇帝朱允炆坐在一張小龍椅上，聽新上任的兵部尚書齊泰報告。兩邊賜坐的還有黃子澄、方孝孺及徐輝祖。

齊泰果如徐輝祖預料，從兵部侍郎升任尚書，取代了原任的茹瑺，茹瑺則調任吏部尚書。此時齊泰意氣風發地指著鋪在建文面前地毯上的一幅地圖，說明各地軍事情況。

這幅地圖畫得十分詳細，不但重要城池、山脈、河流、關隘、兵力布置無一遺漏，每個兵鎮的將領姓名也註明其上，乃是齊泰親手所繪。齊泰做完了形勢分析，退到徐輝祖旁邊，建文賜坐，然後要徐輝祖補陳意見。

徐輝祖道：「齊尚書所報甚為詳盡，唯各地兵力皆為各守鎮自行所報，數目屢有差錯。為求落實，可請地方官員就近核實密報朝廷，如此一一核對，便知端的。」

方孝孺奏道：「徐都督的建議甚為重要，兵力若不能核實，平時糧餉上易有浮報，戰時累朝廷對兵力自我高估，乃是用兵之大忌，不可不慎。」

那齊泰聽了，面現不悅之色，反駁奏道：「微臣向皇上呈報之圖，乃臣親手所繪，圖中所有數字皆經臣仔細核對無誤，應屬可靠。若如徐都督及方學士所言，臣豈不犯了欺君之罪？」徐輝祖道：「不敢，不敢，就只怕各地方鎮守的軍頭向兵部虛報。」

齊泰還待爭辯，建文皇帝忽道：「朕素知齊泰對各地軍情防務瞭若指掌，人名數字皆牢記在心，想來不會有誤。倒是幾個防守北疆的藩王，他們的兵力分布及數量是否妥當？齊泰，你的看法？」

徐輝祖暗自嘆一口氣，忖道：「大明各地的駐軍紀律及戰力都在衰退之中，與洪武初年實有天壤之別。軍中浮報人頭，各級吃空缺之事已逐漸普遍，原本趁兵部換人時好好查清楚一番，最是好時機。我已提了個頭，可惜皇上又輕輕放過，倒讓我白白得罪了齊泰。」

齊泰回答建文道：「以邊防軍務所需，寧王和燕王手下的兵力過多了。太祖時曾有令，藩王自擁兵力最多不過兩三萬，邊境有大事時，朝廷另派大軍處理。如今寧王和燕王的兵力早已達八九萬之譜，而且都還在繼續募練新軍。臣以為，應敕令兩位王爺縮小其自擁兵力。」

黃子澄道：「削減兩位王爺的兵力，便等於正式宣布削藩，要有萬全的準備方可為之。」徐輝祖覺得此時不能不表態了，便站起身來行禮道：「啟奏皇上，兵者凶也。以臣所知，寧王及燕王雖擁重兵鎮北，並無對朝廷有不敬或不軌之事。今皇上初登大位，新政各端待舉，臣以為不宜於此時冒興兵之險驟然削藩，尚請皇上三思。」

建文聽了，面上並無表情，只點了點頭，便轉向方孝孺問道：「孝孺，你意如何？」方孝孺道：「臣以為徐都督言之有理，此時確應致力於推行陛下的仁政，待皇上德澤被於天下蒼生，萬民同聲感恩時，藩王擁戴而惟恐不及，焉能不服？何況北疆仍有瓦剌、韃靼虎視眈眈，鎮北諸王擁有若干兵力亦屬必要。不妨由朝廷重申洪武祖訓，規定各王兵力最多不得超過上限，然後由兵部派員奉旨查核，也勝過冒興兵的凶險強行削藩。」

徐輝祖見機不可失，連忙補一句道：「方學士所奏極是，便直屬朝廷的兵馬數目也順便一次查清，則全國各方兵馬實力，皆在朝廷掌握中矣。」

這回建文倒是聽進去了，便道：「就准方學士及徐都督所奏。削藩之事確須謀定而後動，兵部要做好萬全準備。」齊泰原本聽了方孝孺之言便想爭辯，聽了徐輝祖補上的幾句話更是不悅，但聽建文如此裁示，便不再言語。

徐輝祖捏了一把冷汗，到此時才略為放心，暗道：「方孝孺文章學問冠天下，到底有見識，今日若不是他的一番話，削藩之舉就成定局。聽齊泰的口氣，妹夫朱棣必是頭一號目標……」但他繼而一想，皇上可沒有打消削藩的念頭，只說「削藩之事確須謀定而後動」，又叫兵部做好準備，看來齊泰這廝也是投皇帝所好，削藩之舉恐怕遲早還是免不了。想到這裡，徐輝祖又有些沮喪：「唉，這事也只好能拖一天就拖一天，除此以外，焉有其他妙策？」

建文又問了一些耿炳文和李景隆練兵的情形，齊泰一一答了。建文道：「上個月命張昺任北平布政使，謝貴、張信任北平都指揮使，燕王接令後有沒有奏本回來？」

黃子澄道：「算時間，燕京來的奏本應該就在這一兩日內到達。皇上也可以先看看燕王對朝廷此舉的反應，下一步如何進行亦可一併參酌。」建文稱善，便辭退眾卿，由太監侍候回後宮去，眾人跪送。

皇上走後，黃子澄第一個離去，他一面步出皇宮，一面暗中思忖：「孝孺頗不簡單，方才那一番話，前一半十足是他一貫的書生之見，治國須以仁德為先，這也就罷了，後一半他把太祖洪武的祖訓搬出來，既壓住了齊泰，又讓皇上容易接受，也算是一種打圓場吧。更何況就謀略而言，目前也確該如此，才是穩重之上策。孝孺名滿天下，倒也不僅是文章學問哩。」

8

鍾山南麓靈谷寺後的一片草坪上，一個老和尚背負著雙袖，凝神看一個少女練劍。那少女的劍招樸實無華，卻一招一式都帶著一股後勢及潛力無窮的厚重之感，劍尖所指，劍身所劃，配合著身形及腳步，無一不恰到好處，攻中自然有守，守勢卻隨時轉換成致命殺手。這正是達摩劍的精髓，少女掌握之精準，施展之火候都已達爐火純青。

老和尚看她練到最後三式時，大喝一聲：「芫兒，凝勁斂氣！」

鄭芫渾然忘我，天慈禪師的提醒不經思索便自然融入她的運氣施力中，只見她「達摩三式」一施出，十成的少林神功陡然內收，完全凝聚在持劍者全身，潛勁卻直透劍頭，此時劍尖之外一尺處儼然有內力鋒芒吞吐。一個十幾歲的少女施出的達摩三式，竟然已臻此境界。

就在鄭芫全然陶醉在達摩三式的新領悟之中，天慈禪師滿心歡喜讚歎之時，一條暗紅色的人影如閃電般突然出現在鄭芫的劍氣邊緣，大叫道：「芫兒，看杖！」

只見來人手中一根細杖通體烏光閃爍，抖動之下，杖頭化為一片模糊的杖影攻向鄭芫。天慈在旁瞧得真切，來人正是丐幫的紅孩兒朱泛。

鄭芫聽若未聞，只見有一杖化為一片杖影點來，她的劍尖自然已顫動相迎，每一削刺都將攻來的杖頭盪開，一個照面間，劍杖未曾相碰，卻已交換了十幾手攻防。朱泛攻勢受阻，正待換勢再出，鄭芫的長劍早已由守化攻，長驅直入。

朱泛大吃一驚，天生靈敏的他立刻知道，鄭芫攻來的劍勢只是前驅先鋒，每一變化中隱藏的後勢雖尚未展開，卻能感受到將更為強勁，更為精妙。他年紀雖輕卻身經百戰，在這種強大的隱藏壓力下立刻做了決定：儘快開溜！

只聽他又是大叫一聲：「算妳狠！」也不知使出了什麼樣的身法，便在鄭芫達摩三式的後勢將發未發之際，突如一團紅雲般倒飛而出，落在三丈之外。他手中握著一根細鋼杖，不可置信地瞪著鄭芫道：「這就是達摩三式？」

鄭芫並不理他，在原地斂氣凝力將三式施完，抱元守一後收勢。天慈撫掌笑道：「芫兒又精進了，下回遇上少林寺的無憂大師，妳定要練這三式給他瞧瞧。老衲力盡於此，這『達摩三式』世上只有無憂大師也許還能指點妳一二。」

鄭芫先拜謝了天慈師父，這才回過頭來面對朱泛，嘴角一絲笑意，有些頑皮，也有些得意，其實是滿心高興。

朱泛道：「妳用剛剛領悟到的絕學拿我來試招，還好俺手腳賊滑天下排名第二，竟然從鍾靈女俠的『達摩三式』中全身而退，好厲害，好厲害！」也不知是說鄭芫的劍法厲害，還是他自己的輕功厲害。鄭芫道：「朱泛呀，誰叫你想偷襲於我？還好你開溜時總是特別當機立斷，真有魄力！」

天慈早熟知這兩人一見面定要先鬥一陣嘴，便笑著對兩人道：「芫兒的『達摩三式』

方才尚未真正施展開來，老衲瞧朱泛這回手上多了一根鋼杖，難不成丐幫的鎮幫絕學『蓮花杖法』錢幫主已傳了給你？方才你也還未施展，你們倆與其鬥口，不如劍杖比劃比劃，讓老衲開開眼界。」

鄭芫道：「不錯，我正奇怪朱泛什麼時候多了這根要飯的叫花棒，原來是得授貴幫的鎮幫絕學，失敬，失敬。」

朱泛卻慎重地對天慈行了一禮，規規矩矩地回話：「正如大師所料，這次丐幫武昌大會後，錢幫主傳了我這套『蓮花杖法』，許多精微之處尚未能領會。」天慈微微笑道：「丐幫這套杖法精奇奧妙，聽說是幫主擇一人單傳。錢幫主選定朱小哥兒傳了杖法，將來便是下任幫主了，可喜可賀呵！」

鄭芫已從方師父處得知，朱泛乃是丐幫錢幫主的義子，這時聽天慈禪師如此說，不禁暗想：「朱泛這副德行，將來竟是丐幫的幫主？天下竟有這等奇事？」

天慈接著道：「錢幫主這『蓮花杖法』可說威震武林啊！老衲記得，當年錢幫主在山東歷城落單，遭遼東三俠圍攻，說是要為他們的師父報師門大仇。錢幫主雖知這是前任幫主結的怨仇，但毫不含糊接了下來。老衲和潔庵禪師路經歷城，看不慣遼東三俠三個成名高手聯手對付一名女流，那時咱們可不知她是丐幫幫主，便要伸手管這檔事。那知錢幫主謙說不要咱們插手，她一人一杖敵住三個一流的遼東高手，一百招內竟是勢均力敵。一百招後她杖法大變，在三個高手合擊下攻多守少，打到遼東三俠止鬥身退，放了狠話後快快返回遼東，從此不再踏進關內一步。後來咱們請教了才知，此人竟是丐幫幫主，她以一人力退遼東三俠的杖法，就是這蓮花杖法了。」

朱泛道：「原來大師和錢幫主還有這段淵源。俺倒是奇怪，遼東那三個王八蛋圍攻一名女流，江湖中人竟稱他媽的什麼三俠？怕是他們自吹自擂的。」鄭芫道：「朱泛，你在此跟天慈師父說話，嘴裡要乾淨一點，莫盡夾雜江湖粗話，沒的玷汙了佛門勝地。」

朱泛笑道：「笑話，菩提非樹，明鏡非台，天慈大師是有道高僧，心中無一物，豈能被幾句粗話玷汙？」鄭芫應聲道：「我說的是佛門勝地，你說的是有道高僧；天慈師父是高僧，心中自能除汙存淨，不被你髒話玷汙，可佛門勝地裡無辜的靈山寶地、一般的善男信女，你那髒話充斥其間，豈有不玷汙的？」

朱泛忽然想起，曾聽說過鄭芫當年還是個小女孩卻辯倒了燕京來的高僧，心中暗叫不妙，這個話題鬥不過她，得「當機立斷」趕快打住，便道：「芫兒說的好像也有點歪理。咱們明日要同去章逸那裡報到，看在同是錦衣衛的分上，俺下回到了佛門勝地，便做個悶嘴葫蘆。」

天慈禪師脾氣甚好，見這兩個極為聰明的少年人爭辯，頗覺有趣，這時聽朱泛提到「錦衣衛」，便正色道：「芫兒說，你兩人都要去章指揮的新錦衣衛當差。須知錦衣衛原是個血腥恐怖組織，你們若能漸漸改變這組織的做法，倒也是一件有意義的善事。但錦衣衛原來的幾個頭兒，不僅武功極高，而且心狠手辣。你們雖有皇上做後盾，凡事都要萬分小心，有什麼不對勁要儘快通知老衲，芫兒還是儘量每數日便回靈谷寺一趟吧。」

鄭芫聽了好生感激，應道：「謹遵天慈師父之命，芫兒自會小心。」朱泛道：「芫兒有俺作伴，大師可以放心。旁的不說，遇事開溜俺紅孩兒最『當機立斷』……」鄭芫聽了噗哧笑出聲來，朱泛繼續道：「再說，俺瞧那章指揮是個極厲害的角色，那些舊錦衣衛的老鬼未必弄得過他。」

天慈正色道：「朱泛千萬不可托大，單就那個魯烈，身兼少林、全真兩家之長，老衲曾經會過他，很不容易對付。聽說那金寄容武功更高，還要留意天尊、地尊及那批天竺弟子。不知少林之戰後，他們是否回到南京來了？」

鄭芫加入錦衣衛固然是章逸的主意，自己相當程度也是為了好玩，朱泛則是為了鄭芫才加入的。這時聽天慈禪師談到後面可能遭遇的麻煩及危險，都是心中一緊，但少年人原就不知深淺，決定要做的事便去做了。朱泛道：「還好芫兒有大師這個靠山，俺這邊若有事，丐幫豈能坐視？」鄭芫道：「師父放心，咱們會萬分小心，有事便向師父報告。」

天慈微笑點頭，心中忖道：「少年人做事但憑直覺，說幹就幹，老衲年輕時難道不是如此？但天下許多事就是靠這股衝勁才能做成，若是三思四慮，只怕許多好事便不會發生了。」便對鄭芫道：「此地此時多事之秋，待老衲著人去泉州將妳潔庵師父請來南京一趟，有他在此就好多了。」

他話聲才了，草坪外的林子裡走出來一個和尚，老遠便哈哈大笑，聲震野林：「潔庵怎麼不在此？我老和尚偷瞧你們已好一會兒了。」天慈大喜，也叫道：「還說要去請你，你怎地不請自到？」潔庵一面走來，一面笑道：「你不常說俺這和尚是個好事之僧麼？南京既是多事之秋，靈谷寺怎能少了潔庵和尚？」

天慈聽潔庵如此說，呵了一聲道：「老衲明白了，是建文皇帝要你回南京？」潔庵笑笑，並未立刻回答。潔庵當年是太子朱標的主錄僧，與世孫時期的朱允炆甚是熟識。建文自幼時便知這位僧人文武雙全，見識卓越，深得父親朱標的信任，上次駙馬梅殷建議成立新錦衣衛時，他便想到要請潔庵來京師一趟。

鄭芫見到師父，喜孜孜地上前抓住潔庵的僧袍道：「師父，您去了泉州便不理徒弟了，芫兒好生想念您老人家。」潔庵哈哈笑道：「聞說鍾靈女俠武功大進，怎麼見了師父便作小女兒態？」朱泛在泉州查訪丐幫秘笈一案時便見過潔庵，這時連忙過來見禮。

潔庵道：「方才俺躲在林子裡，聽天慈師兄說紅孩兒已得錢幫主傳授蓮花杖法，少年英雄，可喜可賀。」朱泛道：「距上次泉州查案，匆匆又是大半年，那時俺小叫花在開元寺偷偷摸摸地尋找線索，沒有正式拜見住持大師，還請包涵莫罪。」說著便朝潔庵下拜行禮。潔庵笑道：「小施主不要客氣，那時你在開元寺進進出出，如入無人之地，天慈按住老衲不動聲色，只在暗中觀看。小施主偷看少林方丈寫給天慈的秘信，看了一封又一封，天慈師兄都不惱你，老衲豈會怪罪於你？」

鄭芫聞言哈哈笑道：「朱泛，你跟我說起這事時，我便說兩位大師早就看穿你那偷雞摸狗的勾當，只是不肯說穿而已，你聽咱師父說的沒有？」朱泛有些羞愧，便訕訕地道：「早知兩位大師都瞧在眼裡，朱泛便正式登廟門求見了，也省得如今吃芫兒恥笑。」心中暗罵：「這兩個老和尚還真賊，我紅孩兒自以為能幹，卻成了演戲給這兩人觀賞的丑角。」

潔庵對天慈道：「不瞞師兄說，是天禧寺的住持傳信，要咱兼程趕來京師，他的主兒要見小弟。」天慈微笑頷首，心知天禧寺的住持就是溥洽大師，而溥洽大師正是建文皇帝的主錄僧，便問道：「朱允炆登了大位，溥洽怕是要封僧錄司的善世了吧？」潔庵道：「不錯，日前已經下詔封了善世。」

明朝自洪武立國以來，十分重視寺廟及佛事的管理，原設「善世院」，洪武十五年改制為「僧錄司」，不過掌管司務的首席官僧仍沿舊稱為「善世」。溥洽既為建文的主錄僧，建文當了皇帝後，他便自然受封為僧錄司善世。

兩個老和尚還在談佛門之事，兩個少年人已跑到一邊去，談他們明日就要報到錦衣衛的事。朱泛道：「方才大師說那舊錦衣衛裡幾個難纏的人物，咱們要特別小心，依俺看，他們明裡不敢怎麼樣……」鄭芫插嘴道：「章逸有皇上撐腰。」朱泛道：「不錯，但怕就怕他們暗中下手整咱們，防不勝防。」

鄭芫想了想，忽然問道：「朱泛，倘若上頭命令咱們去殺一個無冤無仇不認得的人，你是殺還是不殺？」

朱泛暗笑：「妳到此刻才想到這個？」他拍拍鄭芫的肩膀道：「俺手下多的是包打聽，

咱們總要先弄清楚，該殺的才殺，不該殺的就放了。」鄭芫道：「可以這樣麼？皇上怪罪起來怎麼辦？」朱泛道：「怕什麼？上頭怪罪得大了，便教章逸去頂，咱們搞不好就不幹這個官，提早告老還鄉。」

鄭芫笑道：「依你這脾氣，只怕只幹得一個月便得告老還鄉，也太年輕了一點吧？」朱泛道：「妳遇到不想幹的事就推給俺，俺若也不成就推給章逸。章逸另外還找了些黨羽，章逸不想幹的話，也許就命他的狐群狗黨去辦。總之，咱們不怕。」鄭芫道：「明日起大家就是同僚，那能叫人家狐群狗黨，豈不把咱們自己也罵進去了？」

朱泛見鄭芫臉色總不見昔日的開朗，以為她仍在擔心，便安慰道：「芫兒，妳沒事的話，每十天半月便抽空上靈谷寺，來找妳的靠山請益。如今除了天慈大師又多了一個潔庵大師，這兩個老和尚武功既高，心思又相當縝密，有他們幫妳，俺瞧妳是吃不了什麼虧的。」鄭芫道：「那你呢？」朱泛道：「不擔心，妳去江湖上打聽一下，丐幫的紅孩兒是不是好惹的？」

鄭芫打了他手背一下，道：「我可是不敢惹的……」忽然話鋒一轉：「朱泛呀，你不是見多識廣嗎？你瞧章逸到底是怎樣一個人？」朱泛奇道：「妳娘跟他那麼……那麼熟，妳還問俺？」鄭芫道：「哎呀，不是問這個。我是問他的武功如何，比不比得上魯烈他們？」朱泛側首想了好一會，然後搖搖頭道：「高深莫測。此人深藏不露，高深莫測。」

鄭芫瞪大了一雙眼睛，想了一會，卻是無語。朱泛轉首望了望，見天慈和潔庵兩位禪師仍在原地談論天下大勢，便拉著鄭芫在一塊大石上坐了下來，問道：「芫兒，妳到底是為了啥，竟答應章逸加入他的錦衣衛？」鄭芫笑道：「你這問題我也自問過，我猜有三個原因。」朱泛奇道：「居然有三個原因？了不起。」

鄭芫道：「第一，我為我娘幫章逸一把。第二，當了官有權有勢就能做大事，我要仗著錦衣衛的特權和威風去行俠仗義。你想過沒有，自來那有穿著官服行俠仗義的人？咱們可以動用官府的力量，做幾樁大快人心的俠義之事呀！」

朱泛聽了又驚又喜，張大了嘴喃喃道：「芫兒這想法太……太妙，簡直妙極，我怎麼從來沒有想到過？」他見鄭芫笑而不言，便催問道：「還有第三個原因呢？」鄭芫低聲道：「第三個原因，為了好玩呀。」對朱泛這好事之徒來說，只要「好玩」，永遠是個好理由，當下連聲道：「不錯，不錯，為了好玩。」

但鄭芫心中真正的感覺，朱泛此刻卻感受不到。傅翔原是她幼時的好伴兒，當中分別了四年，沒有機會發展成另一種感情……再見到他時，更像是個哥哥了。這時朱泛撞了進來，日子變得多彩有趣，只要有他在，自己總是被逗笑，開心不已。但忽然之間，傅翔生死不明，不知為何，那心底裡的思念悄悄地又化為刻骨銘心的情愫，少女的日子過得有些煩，要尋些刺激好玩的事試試。這些女兒家的心事，朱泛怎體會得到？

∞

燕王朱棣的奏摺終於送到了建文手中。朱棣這個最強悍的四叔表現得極為順從有禮：朝廷所派治燕大員一律歡迎，燕王府將全力配合，另請求皇上恩准，由燕王親率三個兒子到南京面謁聖駕，恭賀建文新元。細節將由長史葛誠先進京面呈。

建文在朝廷上當眾誇獎了燕王一番。退朝後，他留下了黃子澄、齊泰、方孝孺及鄭洽，在議政廳中繼續商議大事。

齊泰首先表示，此為朱棣的緩兵之計，千萬不可當真。他的親信謝貴在上任北平都指揮使後，以六百里快馬來報，燕京城的兵力布置及重要軍務，燕將朱能、張玉等一概不肯合作，有的是百般推託延時，有的根本不讓接管。顯見燕王是說一套做一套，請皇上千萬不可相信他奏摺上所言。

接著黃子澄也奏稟，朝廷派去的北平布政使張昺回報，自到任後，燕王三日一小宴，五日一大宴，每宴必有饋賜，必言對朝廷服從、對皇上忠心，但政務移交卻遲遲沒有進展。黃子澄補充道：「燕王朱棣還派了燕王府右長史金忠到大寧去見寧王，手送一封朱棣的親筆信給朱權，此事極不尋常，須得再著人查清楚。」

建文聽了齊黃兩人的報告，皺眉道：「燕王採取陽奉陰違及拖延時間兩條計策，看來朝廷派去的文武官員都無法真正掌控局勢，眾卿計將安出？」

齊泰早就有備而來，他又將那幅地圖鋪在建文腳前地毯上，指著北平府附近幾個屯兵的地點，奏道：「啟奏皇上，咱們可以立刻派遣大將帶領精銳之師，移防這些屯兵重鎮，並將燕王的部隊借故他調，離燕京愈遠愈好，再試一下燕王府的動向。」

方孝孺奏道：「臣以為此策雖佳，但不可立即施行。」建文道：「孝孺何出此言？」方孝孺道：「從方才齊尚書、黃學士所奏可知，燕王府對朝廷已有異心，他奏摺上寫得愈恭謹順從，愈要小心其暗藏之禍心。倘若此刻動了軍隊，無異提前以武力削藩，咱們這邊的兵力似乎尚未準備周全。倒是寧王是否會和燕王聯手，確實值得留意。微臣建議遣能幹之士暗赴大寧，對寧王給予厚賜，並趁機刺探寧王府的虛實。」

齊泰奏道：「方學士既言燕王『暗藏禍心』，又言其『對朝廷已有異心』，卻又不贊成採取行動。須知當斷而不能斷，坐失良機，等對方備戰到位，燕寧聯手，朝廷再動手就來不及了。」

建文點了點頭，忽然轉頭問鄭洽：「鄭卿，你有何看法？」

鄭洽原不打算發言，沒有料到建文竟然問到自己，便恭聲奏道：「臣以為調動軍隊之舉或可稍緩，朝廷可先准許燕王率子來京進賀，同時遣能臣赴大寧，安撫寧王，告以朝廷不會對大寧削權。無論朝廷最後決定是削藩或是懷柔，先穩住寧王都是上策。」

方孝孺補奏道：「燕王率子來京朝駕，恭賀新元之後，可留下其子在京學習政務。」

建文陷入長考，眾臣不敢發言相擾。過了一會，建文道：「子澄先發詔書給燕王，准其擇日率子來京師朝賀，便說朕甚想念四叔及諸堂弟，盼彼等儘早成行；齊泰選一良將，率數萬精兵進駐開平……」他以手中一支玉筆指向地圖，齊泰立即接口道：「開平原是屯兵之地，距燕京城三百里，騎兵急行軍兩日之內可抵達……」

他對軍事相關之人、地、事記得一清二楚，幾乎到了倒背如流的地步，還待講下去，建文伸手攔住，續道：「開平距燕京距離適中，三百里之遙不致引起燕王身邊那些人的恐慌，但也不致太遠。若有事變，大軍兩日可抵，可謂允當。至於調移北平府燕王親軍之舉，便先擺一擺吧。派人到大寧去穩住寧王之事，孝孺想好細節再議。」

眾臣稱諾。這時後堂閃出一名年邁太監，雙手捧著一碗冰糖燕窩進來，跪稟道：「太醫說皇上喉嚨有些火氣，睡前用一碗燕窩湯，最是有效。」

鄭洽見這老太監年約六旬，手腳步履仍然十分便捷，想來應是太祖洪武帝留下的宮中老人。建文果然命他將燕窩湯放在案上，道：「江太監，你給眾卿也各進一碗燕窩湯吧。」那老太監叩首道：「皇上這碗燕窩湯乃是皇后親手熬的，今日就此一碗。四位大人各進一碗冰糖蓮子湯，有現成的，皇上說可好？」建文揮揮手道：「好罷，要快。」

建文望著那老太監退出議政廳，略帶笑容地對眾卿道：「自朕登基以來，宮中一切皆去奢從簡，人員亦是如此，太監宮女人數減半。這江太監是太祖貼身的老人家了，朕幼時便喚他江公公，還抱過朕在宮院裡玩耍呢。每次見他下跪行禮，心裡好生過意不去。」

黃子澄讚歎道：「皇上仁慈好心，但朝廷禮儀亦不可廢。說到皇上仁心，臣猶記得皇上為太孫之時，曾向太祖跪請修訂《大明律》，求了數次，太祖終於恩准。於是皇上徹夜不眠，命臣等翻閱群書，遍考《禮經》及歷朝刑法，刪改了《大明律》中過於嚴峻的刑法七十三條之多，天下莫不讚頌皇太孫的仁德。」

建文笑道：「那一回呀，子澄你還有暴昭他們都兩整天一整夜未休息，一口氣將條文修定好，每一條都附上為何須修改之條陳及實際之案例。就怕做得慢了，太祖又改變心意。」

黃子澄道：「皇上說起暴昭，今日臣見到刑部他的摺子，陳報天下在囚的犯人，自皇上登基減刑大赦以來，截至去年底，只有洪武往年十之三矣。這是何等的仁政！『建文』兩字，行將成為『仁治』的典範。」

正說到這裡，江太監端著四碗冰糖蓮子湯進來，四人謝恩後，建文才端起自己那碗燕窩湯，和臣子一同享用。鄭洽吃了一口蓮子湯，只覺清香沁鼻，甜在口裡，感懷在心裡，暗道：「皇上勤政聰敏，他所信任之臣子的建言，對他的決策似有甚大的影響。我鄭洽何德何能，初入仕途，便得到皇上的信任。這分恩典只有剖肝瀝膽，盡獻所學，力助皇上成為一位仁政愛民的明君。」

齊泰一直沒有說話，直到大家吃完了點心，他才發言奏道：「皇上方才指示加派良將率軍屯駐開平一事，臣仔細思之，在北方軍務中，臨清、山海關皆有老將屯守，而這開平一鎮，需要一位智勇雙全且有實戰經驗的將軍，方能壓住陣腳。臣舉一人，姓宋名忠，現為錦衣衛指揮，可擔任此職。」

建文問道：「此人是何來歷？」齊泰道：「此人洪武二十八年前後便做了錦衣衛副指揮，曾有一次，有一百戶人家被冤枉入罪，全被他上司處了死刑，宋忠查明這些人無罪，便仗義施救。上司找御史彈劾他，太祖知其忠義，便將他調離錦衣衛，派到鳳陽去當個帶兵官。去年他隨將軍楊文征討西南夷有功，又復了錦衣衛指揮之職。臣以為，若派此人率軍三萬屯兵開平，堪當大任。如陛下同意，明日臣便奏章呈報。」

建文一面聽，一面點了點頭，待齊泰說完，便道：「聽齊卿說來，朕有些印象了，朕還記得太祖當年曾斥那御史濫權。那御史好像姓劉吧？」齊泰道：「正是，皇上好記性。」建文道：「既是如此，便准奏，明日兵部辦章呈來。」

鄭洽隨眾卿辭出，他回思方才聽到的那番對話，心中暗暗吃驚，忖道：「向來只知太祖治國嚴峻，對下屬尤其嚴厲寡恩。但從這宋忠的案子看來，太祖好不容易發一次善心，要求不得濫殺無辜，卻止不住御史堅持彈劾宋忠。事後還怕錦衣衛的上司報復宋忠，需將他調離南京才能保命。看來洪武末年的朝廷裡，錦衣衛和言官的勢力已經到了連太祖都無力全面控制的地步，這確實令人難以置信……」

想到這裡，他想起自己一個手無縛雞之力的書生，被建文委以改革錦衣衛的重責大任，不禁好端端地打了個寒噤。

「待我去找章逸一談，最好現在就能找到他。」他看了看天色，又看了看四周。京師過年總比其他地方來得長，雖然年已過完，十里秦淮到夫子廟一帶的燈火仍然比平日更加輝煌，天空不時升起五彩繽紛的燄火，引得全城人仰首驚豔，呼叫之聲不絕。鄭洽朝那邊走去，暗忖：「這時辰說不定到鄭家好酒就能尋著這浪子。」

8

果然「鄭家好酒」仍未打烊，門口掛著四盞燈籠，燈上各畫了一隻白兔，是用鐵線描的手法濃墨單勾的，線條細而有力，寥寥數筆就把四隻姿態各異的兔兒活潑地勾在燈上，只有兔眼上點了紅色，在燭光透照之下，如同活的玉兔一般。鄭洽走到燈籠下細看，分明出自名家之手，不禁嘖嘖稱奇。

坐在櫃檯邊的鄭大娘一眼就瞧見了鄭洽，便迎了出來，招呼道：「鄭學士這麼晚了還來喝酒？一個人嗎？」鄭洽問道：「這燈籠上四隻兔兒，出自何人的手筆？高手啊！」鄭娘子喜孜孜地道：「是烏衣巷的馬青山馬相公給咱畫的，這些燈兒是咱自家糊的，好看不？」

鄭洽道：「好看極了。馬相公？原來是大畫家馬琬的公子的手筆，怪不得令人驚豔。不錯，馬琬就住在秦淮河畔，真是家學淵源，名不虛傳。鄭大娘好大的面子，我瞧這秦淮河兩岸所有店家門上掛的，要數妳這四盞燈籠最為名貴。」

鄭娘子喜道：「那馬相公常來咱店裡點兩個小菜，喝幾兩黃酒，臨走總是拿隻漆黑的葫蘆，沽上一斤半的老酒帶回家孝敬老人家。過年前他來店裡時，見我正在裁綿紙糊燈籠，他一時興起道：『娘子若不怕我塗壞了妳的燈籠，便讓我幫妳畫上幾筆。』我大喜之下拿出筆墨，正要問他這些記帳用的筆能不能合用，馬相公提筆揮幾下，便是一隻活蹦亂跳的兔兒。畫完四隻兔兒後，便問我要換支筆，弄些硃砂來。店裡新筆倒有一支，可那裡去找硃砂？馬相公說用印的印泥也使得，便用大紅印泥點了四隻玉兔的眼。您說神不神？」

鄭洽道：「過完了年，妳這四盞燈籠可要收藏好了。這種即興之筆可遇不可求，妳再用八人大轎將馬青山抬來，用上好的紙筆墨泥，他也未必能再畫得出這幾筆呢。」

這時章逸穿著便服，從店內出來拱手道：「鄭學士快請進來喝兩杯，俺請了剛加入咱們的兩位好漢在此用飯……」

鄭洽走進酒店，店中客人都已吃完離去，只剩下章逸等三人一桌在添酒加菜，那于安江是錦衣衛的舊人，沙九齡才從龍騰鏢局轉來錦衣衛，大家見了鄭洽連忙起身招呼。鄭洽揮手道：「快快請坐，莫要因我一來便拘束了。大家今後都是同僚，千萬不可客氣生分，來……我先敬各位一杯。」

鄭娘子遞了一個酒碗給鄭洽，又替他斟滿了。鄭洽要在這些豪客面前展現些氣勢，便一口乾了那碗黃酒。沙九齡一面乾了自己的酒，一面伸出大拇指道：「久聽章指揮說，咱們鄭學士學問好，人也豪邁義氣，心中好生欽佩。今日見了果然不錯，想那國家大事咱們那裡懂得許多，今後咱們都聽鄭學士的吩咐便是。」

鄭洽謝了，轉頭對于安江道：「于兄原在錦衣衛多少年了？」

于安江已喝了不少酒，說話已經有些大舌頭，他拱了拱手道：「俺從十八歲加入錦衣衛，從打雜的小軍士做起，好不容易做到宋忠指揮的副手。那知宋指揮得罪了上頭，也不知是那一個頭兒的賤主意，竟然找個什麼御史來彈劾宋指揮。結果宋指揮被調到鳳陽去帶兵，俺就歸到章指揮手下，這一下就走運了……」

鄭洽聽他說得夾纏不清，問他在錦衣衛待了多久，講了半天卻沒講清楚。但無巧不成書，方才在宮裡齊泰推薦宋忠率軍屯駐開平時，才聽他說起過這段故事，想不到馬上就在「鄭家好酒」碰到宋忠從前的副手，不然還真聽不懂于安江在說些什麼。他哈哈笑道：「我知道，宋忠後來打西南夷建了軍功，又回到錦衣衛來了。你怎不回去跟他？」

于安江猛抓腦袋，頭頂髮髻都被他抓散，頭髮垂了下來，顯得有些滑稽。他結結巴巴地道：「你……你怎麼知道的？怪了，怪了……哦，你問我為啥不回去跟宋忠？我有三個……三個理由。」鄭洽奇道：「三個理由？」

于安江道：「不錯。第一，章頭兒待弟兄如兄弟，有好處從來少不了底下的，他……他自己卻總是一文也不要。第二，那宋忠的名字有些……有些邪乎。我原來在他手下幹活也就罷了，這時若再回去，豈不是有點回去送他……那個終的意思，這樣不好吧？學士？」

鄭洽聽了初覺十分可笑，但再想一想，覺得宋忠這名字確實有點邪乎。那麼這次皇上把「宋忠」送到燕京附近去屯兵對付燕王，是不是有點不妙？他心中忽然升起一絲莫名的不祥之感。卻見對方瞪著自己等答話，連忙止住遐想，問道：「那麼第三個理由呢？」

于安江瞪大了一雙眼睛，喃喃道：「第三個？……第三個理由？咦，我方才說過有三個理由麼？」

章逸看不下去了，便接口道：「這于安江有一項本事，便是包打聽。錦衣衛裡上上下下他無一不熟，任何大小事都逃不過他的耳目。」鄭洽道：「哦，這本事可真有用了。」章逸道：「不錯，俺找于兄弟來這邊，便是做為咱們耳目的意思。鄭學士，你坐下來聊。」

鄭洽環目店中，見沒有閒雜人等，便低聲對章逸道：「有一事我須知道實情，章指揮請據實告訴我。」章逸聽他問得十分嚴肅，便道：「鄭學士請說，章逸知無不言。」鄭洽道：「咱們在錦衣衛另起爐灶，想來金寄容、魯烈他們已有掌握。咱們如果進一步壯大，分了他們的權力，難保不起衝突，若是……若是真正鬥起來，咱們這邊有足夠實力麼？」

章逸暗罵：「書呆子，到這時候才問這個問題，不有點太遲了嗎？」口頭卻答道：「論人數，當然是咱們人少，但咱們之中有武功極高強的高手，未必便會輸給金魯二人。倘若對方要以人多取勝，咱們也不怕，鄭芫背後有靈谷寺，朱泛背後有丐幫，沙兄弟背後還有龍騰鏢局的好漢哩！」

鄭洽道：「便是方才于兄弟所說的宋忠之事，可以看出來，即使是洪武帝還在的時候，朝廷已經管不住錦衣衛了，不然宋忠何必躲到鳳陽去帶兵？」章逸點點頭，于安江和沙九齡也都靜了下來。章逸道：「太祖晚年對錦衣衛很有意見，總指揮出了缺，幾年也不補，又嚴令關人審案的事全部回歸三司，為此金頭兒還很不滿呢。」

鄭洽正色道：「今日我來便是要商議一下，咱們……尤其是你們幾人，自身的安全問題。章逸方才說不怕他們人多勢眾，但我怕的是他們玩陰的，只怕你們都不是對手。」

那沙九齡道：「鄭學士所慮極是道理。咱們走鏢的，在江湖上最怕的就是躲在暗處的劫鏢人。正面打他絕不出面，找他套交情吧，他死不承認，直到鏢被劫了，還是不能確定究竟誰是正主兒，要討鏢要報仇，都沒有對象。你莫看龍騰鏢局走鏢時，一路喊到目的地好不威風，其實就吃過幾次暗虧，至今無解。那一年……」

章逸見沙九齡不發言時像個悶葫蘆，一打開話匣子就滔滔不絕，愈講愈遠，便趕緊打斷他說下去，問道：「沙兄弟，你先莫講那年的事。倒是請教，你們走鏢時如何防範這種暗中玩陰的劫鏢賊？」

沙九齡道：「咱們如果聽到什麼風聲，不管對方承不承認，套交情的做法總少不了，總鏢頭透過他的人脈關係，一一打點拜託，禮數不缺。之後走鏢時分成兩路或三路，真真假假魚目混珠，減少敵方一擊便中『正車』的機會。更重要的是，咱們有一套聯絡消息的辦法，一出事便能迅速而準確地相互支援。反看對手，力量先被咱們分成兩三股，到時如不能比咱們更快會合，咱們便可穩操勝算。這一套聯絡消息的方法，助咱們鏢局幾次轉危為安，反敗為勝。」

章逸聽得極感興趣，忙問道：「沙兄，你們是怎樣聯絡的，能比劫匪更快更準？」鄭洽也專心聆聽，連那于安江竟也似酒醒了大半，睜大了雙眼等待沙九齡說下去。

沙九齡見自己一發表意見，便引得眾人紛紛關注，不禁感到滿心歡喜，江湖人的老毛病又犯了，暗忖道：「此時我且先賣個關子。」便吃一口菜，喝一口酒，微閉著雙目把一個腦袋轉了兩圈，才緩緩道：「這就不得不佩服咱們總鏢頭的厲害了。那一年咱們保了一批吐蕃的佛教寶物到雲南，因為我的緣故，便由我負責總籌劃……」

那于安江粗聲打斷他道：「什麼因為你的緣故，什麼緣故呀？講得亂七八糟。」沙九齡瞪了他一眼，道：「章頭兒就知道，因為我是雲南點蒼派的關係呀！我們一路從山路走……」章逸又聽不下去了，打斷他繼續講故事，正色道：「沙兄，你先說說龍騰鏢局走鏢時如何聯絡消息。」沙九齡停下來輕嘆一口氣，似乎對沒法把精彩的往事講完感到十分惋惜。

他對章逸點了點頭，道：「好，我說。咱們鏢局跑到瀏陽去特製了一批花炮，比尋常燄火要亮一倍，衝得也高一倍。點燃升空是一條彩色的龍，每種顏色代表不同的信號。總鏢頭自己也是瀏陽人，回來後便在引信上加了一些小玩意，有一片薄燧石、一片小鋼片……懂了吧？」

鄭洽聽得丈二金剛摸不著頭腦，便搖了搖頭。沙九齡得意洋洋地解釋道：「火炮引信固然可以用一根燃香，或是火摺子點燃發放，但加上這兩片玩意後，在咱們有武功的人手上，只要潛運內力，夾住引信一搓，燧石的火花便可將火炮引信點燃了。」

章逸點頭道：「好辦法！你們遇到事急有變，隨手就能發放火炮傳遞信號，敵人防也防不住。」

沙九齡又補充道：「如果是最重要的鏢貨，咱們分三路同時走，事先三條路線都派人勘察清楚，定下每日走幾里路的定點，每幾里就有聯絡站，然後派人埋伏在各站，專門負責聯絡之事。如此三路鏢師隨時都知曉其他兩路的情形，誰為正誰為副，正奇相間又互為支援，便似一條龍首尾相護，再無破綻。」

這一下連鄭洽也聽懂了，不由得對這些江湖豪客另眼相看。章逸道：「沙兄弟，咱們也來好好設計一套聯絡辦法，讓咱們五人隨時可知其他四人的情形，以最快的方式相互支援。這樣就不怕有人暗中偷襲，對咱們單獨下毒手而致各個擊破了。」

鄭洽拍手道：「不錯，這正是咱們需要的。章指揮，你們設計好了，演練時可要知會我一同觀看。那瀏陽火炮也要趕快去訂製。」沙九齡道：「我那裡還有一批藏在鏢局裡，可以先用，同時要派專人跑一趟瀏陽，多添製他媽的一些備用。」

于安江此時酒已醒了，忽然道：「我瞧，我還是設法調回宋忠指揮那裡比較安全，對方愈不防範俺，俺打探消息愈方便。章指揮，明日你就尋個碴兒把老子臭罵一頓，降薪降級隨便你，俺便向馬札大人那裡訴苦，請求調職。」

沙九齡道：「好主意，這是個打黃蓋的苦肉計。」鄭洽心想：「計是好計，但他們不知道，過不了幾日，宋忠便要調離錦衣衛，北上開平屯兵去了。」只好點頭道：「此計先擺一下，見機行事吧。」

散席後，「鄭家好酒」就打烊了。章逸護送鄭娘子回她舅舅家，兩人沿著貢院街往南走，左邊秦淮河的笙歌燈火尚未歇息，貢院街上的行人已少，絲竹之聲從遠方傳來，無端便有一縷淒涼之感。

鄭娘子輕聲道：「方才你們在談的，我多少也聽到了一些。新皇帝要想拔掉錦衣衛的舊勢力，這可是極危險的事啊！」章逸道：「俺會格外小心，妳儘管放心。」鄭娘子道：「幹麼放著平安快活的日子不過，定要去冒這個險……還有芫兒也在裡頭……」

章逸道：「芫兒和朱泛年紀雖小，身上已有武林中一流的武功，我瞧錦衣衛裡沒幾個人是他倆對手。」鄭娘子道：「那個魯烈和馬札呢？」她仍記得魯烈、馬札率錦衣衛到盧村殺人放火的往事。章逸道：「若論武功，芫兒不見得輸給他們，但臨敵經驗差了些。她若有朱泛的實戰經驗，就不會輸他們了。」

鄭娘子想了一會，忽然問道：「章逸，你的武功有多高？」章逸吃了一驚，不知如何回答。鄭娘子又問：「你的武功能敵住那馬札嗎？」章逸微笑道：「我的武功有多高是個謎。」

鄭娘子聽不懂，還待再問，這時一個少年叫花子迎面走來，直向兩人奔近。章逸吃了一驚，上前一步將鄭娘子擋在身後。那叫花子與章逸擦身而過，卻輕聲撂下一句話：「快走，有人要堵殺你！」

章逸知他是丐幫的弟兄，於是當機立斷，一把抱起鄭娘子，輕聲道：「抱緊我！」便施展輕功全力前奔。鄭娘子被他一把抱起，吃了一驚，旋即有如騰雲駕霧般向前疾馳，快如原野奔馬，卻穩如水上行舟，彈指間便已到了家門前。章逸在對街一棵大柳樹旁停下身來，抱著鄭娘子深深親了一下，放下她低聲道：「快過街回家，不要回頭。」

鄭娘子心跳如擂鼓，又是緊張又是興奮，她靠在章逸懷中，仰頭問道：「那你呢？」章逸道：「我沒事，妳快走。」鄭娘子依言快步過街，章逸全神貫注地盯著她，待她進了屋，忽地躍身而起，朝東飛奔而去。

就在章逸飛奔過了貢院大街，直趨秦淮河畔時，夫子廟側的牌樓上飄下兩名黑衣人。這兩人輕功極為了得，輕輕跨出大步，毫不費力地就飄出數丈，由於抄了近路，很快就追到了章逸身後。

章逸察覺後有追兵，而且來人輕功奇佳，不禁駭然，於是把輕身功夫發揮到十成，片刻便到了秦淮河邊。他毫不猶豫，一躍就跳下秦淮河。那兩個疾追而來的黑衣人見章逸跳下河去，齊聲驚呼，待得追到岸邊下望，黑黝黝的河水倒映著河上畫舫及岸上酒家青樓的燈光，煞是好看，不遠處有一艘畫舫緩緩南行，卻那裡有章逸的影子？

這兩個黑衣人都用黑布蒙面，左邊一個身材瘦小，右邊的卻是條壯碩漢子。兩人對望了一眼，暗道：「明明見他躍入河中，難道借水遁跑掉了？」

其實章逸並未真正跳入河中，他一奔到河邊，便瞅見一艘畫舫正緩緩離岸，岸邊一排小船泊在棧橋旁。章逸是個反應極快的人，他毫不考慮就飛身躍下，落在一條小船上，緊接著再躍起落在前面的一條小船，兩個起落後，便穩穩上了那艘華麗的畫舫船尾。

章逸抬頭看那桅竿，上面掛著一串四盞燈籠，其中有三盞紅燈籠，只有第二盞是青綠色。章逸是個秦淮老客，心想：「右邊第二間還沒客人，俺且去躲他一躲。」

站在側舷上撐篙的梢公發現有人上了船，喝聲：「什麼人？」正要到船尾來攔阻，章逸早已從船尾掀簾而入。簾裡坐著的老鴇嚇了一跳，正要大叫，章逸一手摀住老鴇的嘴巴，一手丟了一小錠銀子，低聲道：「二號房是那個姑娘？」老鴇定睛一看，轉驚為喜道：「原來是浪子指揮，船在河裡走，你怎麼上船來的？二號主今晚是羅紫雲。」

章逸不再多說，直奔畫舫右邊間房，老鴇跟上去才叫了一聲：「紫雲……」房門開處，一個豔妝俏麗的姑娘喜孜孜地一把握住章逸的手，嗲聲道：「原來是浪子哩，怕有一年沒見著你，到那裡去快活了？」章逸笑道：「這不就來看妳了嗎？」紫雲伸手一拉，便把章逸拉入房內，轉手關上了房門。

章逸見那船上小小一間房，居然布置得富麗堂皇。那紫雲侍候章逸在一張繡榻上坐下，立刻投懷送抱，捧著章逸的臉便親上去。章逸心中有一些抗拒，但行動上卻沒有閃躲的餘地，美人香吻送來，他也就儘量溫柔地親了回去，但熱度不免低了許多。

紫雲覺他親熱得有些敷衍，不太像記憶中的浪子指揮，便更加賣弄風流手段，一面親一面嗯，身子在章逸懷中輕輕扭動。章逸打起精神，好好應付這番溫柔陣仗。過了半刻，兩人衣帶半解，卻忽然聽到坐在船尾的老鴇一聲尖叫：「什麼人？哇，殺人了……」接著便聽到船舷邊重物落水的聲音，夾著老鴇的慘叫聲。

章逸一把扯下紫雲的衣衫，抱著她滾進繡床，順手扯落了紗帳，兩人踢脫了鞋，章逸雙手摟住紫雲的腰，按著紫雲跨坐在自己身上。

這時房門被人粗暴地拉開，紫雲一回頭，看見一個蒙了黑布的頭伸進屋來，一雙銳利的眼睛正盯著自己半裸的上身，嚇得她尖聲驚叫。同時對面的房間也傳出尖叫聲，看來突如其來的怪客還不止一人。

那蒙面人闖進來喝道：「出來！讓老子看看床裡面是什麼人？」紫雲待要下來，章逸卻雙手握住那盈圍蠻腰不放。紫雲半裸的上身掙扎著擺動，瞧在那蒙面人眼中，撩撥得他雙目噴火，罵道：「媽的，死到臨頭還在風流嗎？」便走近床邊，伸手抓住紫雲的香肩一推，紫雲便倒在章逸的身上。

蒙面人見美人身下那個漢子躺著動也不動，只是不住喘氣，大半個臉孔被一個繡花墊壓住，便怒罵道：「快活得死了嗎？還不快給我……」

話未說完，躺著的章逸忽然抓起蓋在臉上的繡花墊，朝蒙面人的臉丟去，上半身已猛然彈起，雙掌挾著千鈞之力擊向那蒙面人的前胸，卻紮實地落在蒙面人的小腹上。

那蒙面人武功極高，繡花墊才丟向他時，他已知不妙，立即撤身自保。但章逸這兩掌來得太突然，方位計算得太毒辣，電光石火之間，仍精確地估算出對方仰身後撤之勢，是以他明擊前胸，實攻小腹。蒙面人狂呼一聲，口鼻立時流出鮮血，偌大的身軀倒下之前，奮力踢出一腳，卻踢中了正要從床上爬起的紫雲。紫雲慘叫一聲，身子如同一團軟麵般癱倒床上，一動也不動了。

章逸飛快地從衣袋中掏出一個面具戴上，然後面對著倒地的蒙面人，一把扯下他的黑色蒙巾。黑暗中只覺那人面色黝黑，用不用黑巾蒙面其實差別不大，倒是微光中瞥見來人是個虬髯漢子，估計是活不成了。他暗叫僥倖，忖道：「那副舊面具被盜後，幸好俺又做了這個新的，照著方軍師現下的模樣所製，比舊的更像真的，今日正好派上用場。」

這時他聽到另一個人的呼吸聲，於是飛快地轉過身來，只見房門大開，門外站著另一個蒙面人。這人個頭矮瘦，若只從身材上判斷，會以為是個少年。他一雙眼中射出陰冷的寒光，望了望倒在地上的夥伴，一字一字地道：「你就是章逸？」

章逸不答。那人退了一步讓出房門，厲聲道：「好不要臉，錦衣衛的敗類除了偷襲，還有什麼本事？有種的出來，亮給俺瞧瞧。」章逸見他只望了一眼，便知自己靠偷襲得手，不禁心中一震，暗道：「好厲害的眼力。」卻仍不回答，只冷哼一聲，心中忖道：「這兩人武功奇高，幸好俺先廢掉了一個，剩下來一對一，俺也不怕你。」

章逸大步走出房間，船艙走道比房內略為明亮，那矮瘦的黑衣蒙面人瞧清楚了章逸的面孔，大驚叫道：「你不是章逸，你是方冀！方冀，又是你這老王八蛋！」

章逸仍不回答，很快地看了看船上的情形。四間繡房都大開著門，卻靜悄悄地沒有絲毫聲音，姑娘和客人似乎都已遇害，船尾倒著那老鴇的屍體，船夫恐怕就是先前被丟落河中的「重物」了。一艘風流畫舫上竟然不留一個活口，這瘦矮子手段之凶狠令人心寒。

章逸卻不知道，那蒙面人此時心中想的是：「方冀這老兒什麼時候從少林寺跑到南京來？少林寺的一場混戰，便是這老王八蛋專門策動偷襲，現在又來這一套，居然能轉眼間便廢掉了雙拳無敵的大師弟，可怕啊可怕。」

兩人都覺得對方可怕，便都不發話了。章逸面對著蒙面人，一步一步倒退到了船頭，那畫舫早就打橫了在河中。章逸退到船首，忽然倒著躍起，如一隻大鳥般飛上了秦淮河的南岸。

他落地後便施展輕功向東疾奔，心知那蒙面人必然尾隨在後，便躍身上了小巷民宅的屋頂，低頭看了一下巷口，黑暗中仍認出這小巷正是有名的烏衣巷。他從民宅的屋頂上一戶一戶地飛躍前進，忽見前面一片漆黑，那是城牆邊的「東花園」。

東花園中此時沒有一個遊人，也沒有一盞燈火。章逸的身形有如一道灰線滾入黑暗，暗道：「就這裡吧，咱們好好打一架。」他一個旋身，身形優雅無比地停了下來，站在一座假石山旁，面對追來的黑衣人。

那追來的蒙面人見到「方冀」忽然停下相待，心中一緊，也唰的一下停下身來。他由疾奔到停身，看不出絲毫用力，也無半點滯礙，確實是動若脫兔，靜如停嶽，章逸不禁暗讚一聲：「好身法！」那蒙面人冷冷地道：「方冀，今夜此處是你葬身之地。」一面把蒙面黑布撤了下來，黑暗中仍可認出正是地尊的門人辛拉吉。

章逸仍不回答，只是冷哼了一聲，接著長吸一口氣，不待辛拉吉出手，雙掌已經一前一後拍出，正是明教前教主當年威震江湖的「追星掌」起手式，不但攻中有守，兩掌都有後勢，且兩股掌力之間的互動極其奧妙。章逸一起手就使出這一招，一方面要給敵手一個下馬威，另一方面此招從進攻轉為防守只在一瞬之間，在敵方功力不明時，此為最安全的招式。

辛拉吉武功極為高強，他出道甚早，在天竺武林中赫赫有名。這次隨師父地尊來到中土，卻諸事不順，不但不能揚名立威，而且一連幾次與人動手都沒佔到上風。他追究原因，主要是不該一來就自作聰明，上終南山去偷盜全真教的武功秘笈，因而引出了一個難搞的完顏老道。從此他好像就霉運當頭，從終南到武當，從武當到少林，一路打得縛手縛腳，一身絕學總是施展不開。

這次他和師弟拉哈魯奉命堵殺章逸，卻不知為何追丟了章逸，反而碰上了方冀。他一肚子火，便要在「方冀」身上找回面子。只見他大喝一聲，展開平生所學，將天竺詭異的內力十成貫注雙掌，只要對手的掌力一碰上，便蓄勢而發。他一口氣攻出七掌，每一掌都直襲對方要穴。

章逸立刻轉攻為守，拆了七招卻只用了一招，因為這一招的後勢變化，竟然能應付辛拉吉從不同方位而來的攻擊，而且那還只是一招起手式。辛拉吉見對手只守不攻，不禁暗喜，雙掌如行雲流水般攻出。

章逸見辛拉吉出招愈來愈快，也愈來愈重，便完全放棄與對手搶攻的企圖，只將「追星掌」使得顧盼生姿，所有的進攻招式都轉為似攻實守。兩人在黑暗中悶聲不響地對戰近百招，依然不分勝負。

那辛拉吉愈打愈驚，也愈打愈篤定。他驚的是世上竟有人創出這種奇特的掌法，居然每一招都亦攻亦守，攻守全在出招一瞬間的些微調節，實在不可思議；所篤定的是江湖上武功對決，只守不攻者其久必敗，這是顛撲不破的道理。只要過了百招，自己突然使出絕殺秘招，便可逼得對手以內力對決，然後以「御氣神針」的內力一舉破敵。

兩人過招剛滿一百，辛拉吉突然變招，他的雙掌、四肢及身體都變得柔軟無比，好像一瞬間全身的骨骼都軟化了，於是拳腳的揮舞出擊都從直線變成曲線，雙掌及雙腳都從無法想像的方位攻到。

章逸堪堪擋過第一招，辛拉吉一轉身，雙掌竟從他自己的胯下向後擊出，直襲章逸的小腹。章逸暗叫一聲：「瑜伽神功來得好，看俺的！」

他大喝一聲，招式已經變為獅吼神拳中最威猛的一招「王者立碑」，雙掌劈向辛拉吉。辛拉吉雖然感受到威猛無比的掌風襲來，但心中卻是大喜，一面硬迎，一面暗中施起「御氣神針」的內力，準備藉兩大掌力相撞之際，一刺而入，將對方一擊斃命。

豈料就在這一瞬間，章逸那威猛無儔的掌力忽然消失無蹤，起而代之的竟是兩股極其陰柔的掌力，改拍向辛拉吉的腰部兩側，辛拉吉只得連忙回掌防衛。

就這樣一招的變化，章逸在堅守一百招後轉守為攻。只見他一連攻出十招凌厲的攻勢，這十招每一招都威力強大，最奇的是，十招的運氣內力及招式變化南轅北轍，毫無任何連貫之處，換招轉式之間也顯得極為突兀，便似十個武功路數迥異的高手，連續各以絕招轟向辛拉吉。

這些招式雖無組合搭配，但辛拉吉連續應付十種不相連、不相干，甚至真氣內力相左的威猛招式，自己接招時的運氣和招式完全被打亂。偏那十招又招招精奇狠毒，或陽剛或陰柔，或全面攻擊或凝聚一點，辛拉吉被迫換氣換招，完全沒有機會與敵手以內力對決。他勉力接了三招後，便開始連連倒退，到了第七步上，已經無法反擊，出招略顯軟弱。

就在這時，章逸又是大吼一聲，重新使出「追星掌」來，這最後一招「流星撞月」，單掌如戟，和身向前飛出，直指辛拉吉胸上要穴。辛拉吉也是大喝一聲，待要以餘力施出「御氣神針」，忽然左胸劇痛，竟被章逸掌中暗夾著的匕首插入胸膛，剎時鮮血長流。

辛拉吉萬料不到這「方冀」竟然連守百招後，陡然發出如此古怪的十式致命絕招，終於重創自己。他駭然低聲道：「方冀，今天算你狠！」不敢把匕首拔出，只得帶傷向後倒縱數丈，轉身如飛逃走。

章逸一口氣施出十招格格不入的明教絕學，運氣施力的方式連連驟變，這時也已力竭。他盤膝坐在花園的假石山後運氣行了三周天，才緩緩吐出一口長氣，在黑暗的東花園裡靜坐沉思。

天竺高手正式出手了，他們與魯烈等人的勾結已然浮上檯面。今晚這兩個天竺人想要堵殺自己，肯定是金寄容、魯烈他們所策劃，背後還有天尊、地尊的授意。這麼一來，對方多了龐大無比的奧援，自己這邊方才成軍，立陷危機。

想到方才的一連串遭遇，此刻仍然冷汗不斷。他忖道：「那黑猴子似的天竺矮子手段真狠毒啊，一條船上他殺了八個人，幸好先撞進我房間的不是他，如果是這矮子，一進門不分青紅皂白便殺人，我只好跳出迎戰，在兩大天竺高手合擊之下，今夜老命恐不保。算俺運氣好，進來的是另一人，這廝不夠狠，反而被俺發狠給廢了。我已成了對方必殺的目標，這生死之間，真是誰狠誰存活，一絲馬虎不得。」

他把臉上的面具拿下收好，想到自己埋伏錦衣衛十多年，一直儘量放低姿態，隱藏自己的武功，從來不引金、魯等人注意。這一次被迫施展全力，雖然戴了面具讓那黑矮子誤以為是方冀，只怕他回去向天尊、魯烈等人報告，他們一琢磨，可能便對我起疑心。唉，雖然給了那矮子一刀，可惜沒能把他給做了，倒留下了活口。

他坐在伸手不見五指的假石山後，四周一片寂靜，連鳥鳴蟲叫之聲都沒有。章逸默默對自己說：「管它呢，反正已被他們列為必殺的對象了，有種就衝著俺一個人來。俺就是不怕陰謀詭計，俺自己就是搞陰謀詭計的祖宗。倒是那矮子，回去報告說他是被方冀所傷，那就好玩了。加上明天秦淮河上，一船八屍加河中一具屍首被發現，魯烈他們敢向上呈報，說全都是方冀所為嗎？哈哈，上回他們不是稟告洪武皇帝，刺客方冀已被魯烈打死在護城河裡了？這次難道又報道：『刺客方冀又回來了，在秦淮河上殺了一船九人。』諒他們是不敢的，冷血殺人的罪名也加不到軍師的頭上。哎呦，不好意思，『方冀』不但嫖妓，其實還是殺了一個人，一個天竺人。」

他漸漸恢復了體力，臉上也恢復了那什麼都不怕的神情，緩緩地站起身來，摸黑走到城牆邊，沿著城牆往皇城裡的錦衣衛衙門走去。這時城牆上忽然映著閃爍的亮光，雖然微弱，但在漆黑的花園中仍然醒目。章逸回首一望，只見秦淮河的方向升起一團火燄，火光夾著濃煙，燒得十分旺盛。章逸呆了一下，暗道：「那黑矮子倒真強悍，挨了我一刀，還撐著回到現場去放了這把火，毀屍滅跡！他媽的也好，『方冀』作案的證據也燒成灰了。」

∞

南京城外西南方有一座普天寺，坐落在長干故里之外。從南朝建寺以來，曾因戰火三建三毀，最近的一次在數十年前，一場大火燒毀了大殿及佛塔，剩下一片殘敗的廟舍，只有最南面兩間佛堂堪稱完整。原來佛堂前的高牆為上好岩石所砌，擋住了大火，但牆本身經火燒後，出現赭白青黃的彩色，斑斑點點，朝陽照射之下，絢麗中摻雜著滄桑的顏色。牆角有一隻瘦公雞踱來踱去，啼聲嘶啞，叫了兩聲便不再叫了。遠遠望去，有一種淒美的感覺。

左邊一間大佛堂內打掃得一塵不染，與屋外的殘破凌亂成了強烈的對比。這佛堂十分寬敞，靠牆放了一些坐臥兩用的蒲團。這時有六個僧人盤膝坐著，其中五個天竺僧，一個漢人和尚。更前的蒲團上躺著一個矮瘦的天竺僧，正是那辛拉吉。他的對面坐著的，竟然是錦衣衛的副都指揮使魯烈。

辛拉吉的刀傷已經上藥包紮，他流了不少血，臉色有點疲累，剛才向魯烈敘述完昨夜的戰況。天竺三僧出動執行對章逸的撲殺令，結果是一死一傷，佛堂裡的氣氛十分凝重。

魯烈不敢置信地問道：「辛師兄，你確實認清，傷你之人是那方冀？」辛拉吉端著一碗天竺治傷的藥酒喝了一大口，點頭道：「我跟他鬥了一百多招，怎會沒有認清？何況我們不久前才在少林寺跟這廝交過手，又怎會看錯？」

魯烈搖了搖頭道：「章逸那廝有一個面具，製作得和方冀有八九分神似，你莫要被他戴面具給糊弄了？」辛拉吉怒道：「他媽的你什麼意思？當老子是白痴麼？你們不是告訴我，章逸武功算不得頂尖，憑咱們兩人出手他絕無倖理？老子和他鬥了一百多招，他最後連出十招，沒有一招的路數相同，這不是明教的方冀是誰？面具能騙人，武功是幾十年苦練的，要怎麼假裝騙人？」

魯烈也不生氣，又問道：「你說拉哈魯師弟被他一招就廢了？」辛拉吉道：「那方冀極為陰險無恥，他弄個風流陣仗，騙拉哈魯入內察看，便突施偷襲斃了拉哈魯。」

這回魯烈點了點頭，喃喃道：「憑章逸那幾下子，就算偷襲，要想一招就斃了拉哈魯只怕辦不到。難道你們真是碰上了方冀？」

辛拉吉見他還在懷疑，這下肝火冒上來，恨恨地道：「照你們的計畫，是由我和拉哈魯師弟去斬殺一個武功平平的章逸，結果卻變成武功又強又怪異的方冀，還被他偷襲。你他媽的錦衣衛全是吃屎長大的，害得老子挨了一刀，我怎麼會這麼倒霉……自從到中土來，就一直倒了血霉……」

這時一個冷冷的聲音發自牆角：「辛拉吉，你太倒霉了，還是回天竺去的好。」正是大師兄絕垢僧。辛拉吉便不敢再言，怒氣衝天地把手中一碗苦藥一口喝乾。魯烈還在喃喃自語：「如果是這樣，那章逸又到那裡去了呢？」

辛拉吉一聽到這話便又忍耐不住，怒吼道：「姓章的混蛋跳到河裡讓王八吃掉了。」絕垢僧怒喝道：「不要再胡說八道。姓章的去了那裡，魯烈你等一會回衙門去，將他喚來問一問就知道了。」魯烈知道大師兄真的發怒了，便不答話，心中卻暗自嘀咕：「章逸這小子最近抖起來了，我喚他，他還不一定來哩。」

絕垢僧道：「天尊師父和地尊師叔在隔壁佛堂中閉關已經好一段日子，咱們這段時間內一切小心，待兩位老人家出關之時，世上又要出現一種前所未有的絕世武功，咱們拭目以待。魯烈，從今天起，你要派人盯住章逸，掌握他每一天的每一行蹤，咱們再找個機會把他除掉。師父和師叔交代過了，中土武林武功最高的或在全真，或在少林武當，但最可怕的敵人卻是傅翔和這個章逸。兩位老人家目光如炬，絕對不會看走眼。姓傅的小子已讓兩位老人家除去了，而這章逸，咱們定要在二老出關前將之除掉，以絕後患。各位師弟可聽真了？」眾天竺弟子齊聲稱是。

在皇城的西北角，玄武湖之南有一大片空地，太平門大街成為這片大草坪的東側，這是京師的「小校場」。京師平日駐軍約有十幾萬之譜，在城裡的不過數萬，經常利用「小校場」或城外南郊的「大校場」做為操演場所；遇有軍隊在外征戰得勝、班師回朝時，朝廷也會利用校場做為閱兵之用。

章逸在小校場借了一間演武廳，做為召募新錦衣衛的訓練場所。這幾天，鄭芫、朱泛、于安江、沙九齡都住在演武廳後的軍官宿舍中。章逸的訓練主要有兩部分，一是用過去十幾年來，錦衣衛辦案的實際案例做為教材，將每一案的來龍去脈分析得條理井然，從案情中教授偵查的技巧：如何設局鎖定、如何布下天羅地網、如何動手一網打盡、如何防衛自身安全……由於教材都是實例，具體而微，大家學得興致高昂。

第二部分，就是實戰經驗的訓練了。章逸在演武廳裡外架設了許多障礙，模擬的都是一些過去錦衣衛執行任務失敗，甚至送命的場景。由章逸故布疑陣，于安江協助做埋伏，每人都要單獨走上一圈。章逸和于安江負責襲擊，大家要練習如何躲過突襲，順利安全通過。

每日晚餐過後，再由鄭洽講解《大明律》、重大案件審例，以及建文皇帝的仁政要務。每五天休息一天，可以離營自由活動。

∞

這日午餐時章逸宣布，次日休息後，集訓將進入最後階段。最後五日除了加重各項訓練及考試，每一天均安排一場綜合的臨場測試。前者由鄭洽擬定試題，學員可選擇書筆作答或口頭作答；後者則由章逸徵調錦衣衛中的老手，共同設計一連串的埋伏及襲擊，直到學員全體通過。

鄭芫覺得又緊張又好玩，朱泛偷偷對她說，他也設計了一套聲東擊西的策略，要將重重埋伏的錦衣衛老手戲弄一番，將那些借調來的老油子活活氣死。鄭芫大感興趣，飯後就拉著朱泛到演武廳外「散步」，其實便是要問朱泛所設計策略的細節。

朱泛穿了嶄新的錦衣衛袍服，一掃紅孩兒那又窮又髒的「裝扮」。鄭芫穿了一套最小號的錦衣，仍然顯得太過寬鬆，但勒上腰帶，盤起一頭烏髮，仍然挺拔漂亮，婀娜中顯出英氣，好看極了。兩人步出大廳後，便向僻靜的廣場草坪走去。

鄭芫低聲問道：「朱泛，你要搞什麼花樣，可要讓我知道。」

朱泛道：「我瞧昨天章頭兒帶著一批軍士搬來的新道具，全堆在演武廳後的馬廄外。今早咱們出完晨操，俺偷偷去摸了一下底。他們定要搭建一座假山，有『橋』有『洞』有『棧道』，一路上暗置各種埋伏。俺瞧最厲害的是一座隘口前的『獨木橋』，那裡設伏確實不好通過，何況他們可能要用暗器。」

鄭芫咋舌道：「好傢伙，還有暗器。咱們能不能用？」朱泛道：「俺問過章頭兒，他說想用啥就用啥，沒有限制。」鄭芫道：「可惜師父從來沒教過我暗器。」朱泛搖頭道：「妳兩個師父都是正宗少林出身，只怕他們自己也從不用暗器。」鄭芫道：「你會啥暗器？」朱泛冷笑道：「啥暗器都會，連淬毒的也照樣使得。」

鄭芫又問：「你要怎麼聲東擊西？」朱泛道：「照規則咱們遇到難關，如果三次強攻都不能過，便算輸了，是不？」鄭芫點首道：「不錯。」朱泛壓低了聲音道：「俺到了那關口便跟他硬過，對手佔地勢之利，一定不讓得手。俺試攻失敗後，就要躲到一個假山坳裡運氣調息一番，但第二次失敗後，俺要放個假人在山坳裡調息，俺卻繞過那隘口跑到前面，然後就戴了這玩意兒，從反方向倒殺回去，好好嚇章逸一跳！嘻嘻，他一定又嚇又氣，一佛出世，二佛升天。」鄭芫聽了拍手道：「妙極，妙極。朱泛，你要戴啥玩意兒？」

朱泛四面瞟了一眼，確定附近沒有人跟蹤，便神秘兮兮地從錦衣外袍裡掏出一件事物，只給鄭芫瞧上一眼，便又收回懷中。

鄭芫吃了一驚，低呼道：「方師父？怎麼……」朱泛噓了一聲，打斷鄭芫的話，輕聲道：「這是章逸家裡的東西，是方冀師父的面具，真他媽還有八分相像呢，戴上它唬唬人，一時還不易被看穿。俺戴了它倒殺回去，那批老錦衣衛曾經在懸賞布告上的畫像見過，一定以為刺殺朱元璋的刺客並沒有死，又回來找老錦衣衛的麻煩啦，保準嚇得屎尿直流。芫兒妳說，好玩不好玩？」

鄭芫道：「章逸怎會有方師父的面具？怎麼又到了你手上了？」朱泛道：「我怎知章逸家藏這個玩意兒幹啥，想來必是要做什麼壞事，想嫁禍給妳方師父吧？」鄭芫打了他的手一下，道：「亂七八糟，不知道就不要亂說。」朱泛道：「好，不亂講。有一天，一個老兒從章指揮的寓所裡偷偷摸摸地出來，要趕去衙門首告。俺迎上去順手牽羊，把這玩意兒摸到手，那老兒還沒察覺，匆匆趕到衙門去了。哈，我猜他告了個空屁，說不定還挨了一頓板子。」

鄭芫道：「那老兒是誰？」朱泛道：「俺丐幫的弟兄摸了他底，他有一個義女，每天替章頭兒漿洗衣服、打掃清潔，叫什麼寒香的，肯定是有人派在章頭兒身邊的細作。」

鄭芫叫道：「哎呀，咱們要趕快告知章頭兒。」朱泛微笑道：「芫兒，妳以為章頭兒不知道麼？我猜以章頭兒的精明，他早就知道了，只是不說破。留著寒香，說不準那天有必要時，替他傳個假消息給敵人……」鄭芫道：「你們這些男人，心眼真壞。」

這時他倆已走到小校場東邊，太平門大街就在斜前方，一棵老柳樹下原蹲著一個人，見到朱泛和鄭芫走近，便起身走到朱泛面前，低聲道：「前幾天晚上，秦淮河一艘畫舫上出了殺人放火的凶案，船上死了九個人，四個婊子，四個嫖客，一個老鴇，水裡死了一個梢公。嫖客中有一個只燒了一半的屍首，竟然是一個天竺人。這事恐怕跟章逸有關。」

鄭芫見這人是個少年花子，衣上雖有兩個補丁，卻洗得甚是乾淨，人也長得斯文英俊，暗奇道：「原來丐幫裡也有打扮得乾乾淨淨的叫花子，這叫花子生得好看，倒像是戲台上演戲的角兒。」

朱泛低聲問道：「世駒，這事跟章頭兒有啥關連？」

那世駒道：「就是那天晚上，俺偷聽到兩個蒙面人在夫子廟外的牌樓上，大剌剌地說要堵殺章指揮。俺便跑到章指揮相好的鄭娘子家附近躲起來，果然不久，章指揮便護著鄭娘子前來，俺上前警告他要他快逃，章指揮待鄭娘子安全進了家門，就飛快地往東逃走了。不一會，那兩個蒙面人便追了過去，身法之快，有如鬼魅。」

鄭芫聽得心驚膽顫，這幾天沒有回家，直聽到鄭娘子安全無恙，才放了心。她忍不住一把拉住那花子的手，顫聲道：「世駒兄弟，謝謝你通風報信。」那花子一怔。朱泛解釋道：「那鄭家大娘是她的娘。」說完這話便陷入沉思。世駒和鄭芫不知他在想什麼，便都停下說話。

過了半晌，朱泛喃喃地道：「世駒，你再回想，章指揮是一個人對付兩個蒙面人？」世駒道：「俺只瞧見兩個蒙面人追他一個人沒錯。」朱泛低聲道：「這章逸太厲害了，他一人對付兩個天竺高手，還斃掉其中一人，這幾天看他好好的沒事一般，這個人真如謎一樣神秘。整個錦衣衛中，看來以他的武功最高，但他卻一直裝驢，可怕極了。俺還是不要用面具嚇他了。」

鄭芫噗哧笑道：「朱泛怕了？」朱泛臉色凝重，搖了搖頭道：「俺不是怕他，是被他唬得心虛了，還好咱們是同一邊的。」

那少年花子世駒對兩人點點頭，便快步走開了。鄭芫道：「這世駒倒是一表人才。」朱泛道：「世駒身負奇冤，他的身世晚飯後再跟妳說。咱們怕是要快回演武廳，章指揮可能已經先到了。」

晚餐吃的是南京鴨子，由於每晚都有鴨子，那沙九齡已經吃到開罵了。還好上了鴨子後，又來了一盤菊花青魚，沙九齡的臉色才稍好。章逸趕快又著人叫廚房送來一碗臭豆腐，眾人大喜，除了鄭芫。她皺了皺鼻子，悄聲道：「朱泛，第一次碰到你時，你身上便有這種味道。」朱泛道：「笑話，俺每天必洗澡，那會有臭味。」

上完晚課，朱泛對鄭芫道：「咱們到演武廳，俺傳妳兩招暗器。」鄭芫道：「好啊，就算打不準暗器，也得學學如何閃躲暗器。」

兩人回到演武廳，朱泛將四周十八支大火燭點亮，便開始教鄭芫打暗器的運氣、運力及準頭等竅門。他拿了一袋鐵蓮子，先抓起五顆，一揮手之間，五顆鐵蓮子分別打滅了五支火燭。鄭芫拍手叫好，她遵照朱泛教的方法，也是一揮手，一顆鐵蓮子打滅了一支火燭，其他四顆落空。朱泛讚道：「頭一回就打滅一支，很厲害呵。」

鄭芫練了一個時辰，終於有一次運氣好，居然打中了三支火燭，便停下來對朱泛笑道：「今天到此為止，最後一次的紀錄為打中三燭，見好就收。」朱泛忽然抓起兩把鐵蓮子，兩手連揮，原地轉了一圈，剩下的火燭便一一熄滅，偌大的演武廳頓時一片漆黑。

鄭芫正要去重新點火，朱泛已從後面一把抱住了她。鄭芫一陣心跳加速，還來不及反應，身體已被朱泛轉過來，兩人面對面，呼息可聞，然後臉上就感到朱泛溫暖的嘴唇。

鄭芫嗯了一聲，卻沒有掙扎，整個人有些軟綿綿的施不上力，心中十分混亂，又似有一些踏實。這一段時間裡，自己心中的憂患得失、五味雜陳，都在朱泛有力的懷抱中暫時得到一絲平靜。鄭芫靜靜地閉上雙眼，直到唇上感到兩片熾熱的嘴唇印了上來，她全身一陣顫抖。忽然之間，她頭腦清醒了，便輕輕推開了朱泛。

兩人在黑暗中默默無言，忽然鄭芫輕聲道：「我要去看我娘。」朱泛啊了一聲，道：「不錯，明日休息我陪妳去。我現在告訴妳世駒的身世吧。」

朱泛一面走出演武廳，一面對鄭芫道：「世駒姓石，石家原是江南有名的世家，出了好幾個舉人，也出了幾個富商。世駒原名叫石思居，他的父親和伯父在長干里一帶經營木材生意，曾經是江南最大的木材商。朱元璋定都南京後大興土木，所用的昂貴木材，全都向石家採購。十多年前，朝廷爆發了胡惟庸案，朱元璋殺了宰相胡惟庸全家，一路牽連誅殺了上萬人。有一個負責採購大宗物料的王姓官員也被牽扯進去，罪名是參與胡黨謀反，用採購受賄的大量金錢資助胡黨，全家也被殺光……」

鄭芫聽得心驚，道：「就算做皇帝的至高無上，也不能這樣濫殺呀！是錦衣衛在助紂為虐嗎？」

朱泛道：「一點也不錯，聽說錦衣衛那幾年可威風了，想抓誰便抓誰，先殺了再報個罪名，也不必審不必查。那姓王的官員家裡搜出來的帳冊上，記錄了多筆向石家採購木料的金額，都十分龐大，上面記的是世駒爹爹的名字，於是便把世駒的爹抓進錦衣衛。石家立刻備了巨額銀子去衙門打點，結果衙門收了銀，還是把石老爹判了死刑，抄家之外誅其妻子，罪名是『知反不報』。」

鄭芫怒道：「還有天理麼？世駒又是怎樣活命的？」朱泛道：「石家一出事，就立刻將獨生子石思居改名石世駒，過繼給他伯父。那曉得錦衣衛覬覦他家財產，沒有任何上面的命令，便自作主張去抄了世駒伯父的家，他伯父要索看公文，錦衣衛一怒之下，把他全家也殺了……」鄭芫忿忿地道：「那些錦衣衛現在還在當差麼？」

朱泛道：「只怕大部分都還在吧。那世駒是個十分慷慨的孩子，年紀雖小，行事倒似那古代的孟嘗君，平常對窮苦大眾十分仗義。丐幫裡有個弟兄，拚死把他搶了出來，藏在秦淮河青樓裡扮成一個小廝。但他看不慣青樓裡骯髒的那一套，只躲三天便跑了出去，流落到行乞為生。咱們幫裡弟兄便勸他加入丐幫，他想想反正是要飯，便答應了。大夥兒都愛他溫和斯文，幾個武功高的兄弟也傳了他一些功夫。這人從萬貫家財的公子，一夜之間全家被冤殺，自己變成乞丐，沒聽過他怨天尤人一句話，只在幫裡用心辦事，熱心排解糾紛，實在難得極了。」

鄭芫道：「你紅孩兒將來不是要當幫主嗎？應該多傳些上乘武功給這等好人。」朱泛微笑道：「會的，會的。但俺瞧世駒的學識見解都頂好，是足智多謀那一類的人，他武功好壞還在其次，倒是個當軍師的好材料。」鄭芫拍手叫好道：「將來你做幫主，他做軍師，這倒是好！」說到這裡，忽然停下來若有所思。朱泛奇道：「怎麼了？」

鄭芫道：「咱們要去把當年辦案的老錦衣衛揪出來，替石家慘案重新審理一番。人雖死了，總要還他們清白。」

朱泛道：「有道理，有道理。芫兒妳還記得，那天晚上鄭洽鄭學士跟咱們講《大明律》時說，建文皇帝將《大明律》中過於嚴厲的刑法修訂了七十幾條；又說朝廷宣布，洪武年間的幾個大案如有人遭到冤枉誤判，只要能提供證據，便可翻案。」

鄭芫道：「記得啊，光是胡惟庸案及藍玉案就殺了幾萬人，不可能幾萬人都是要叛亂謀反的吧？但人都殺了，而且好多都是三族遭殺光了，誰來翻案？死人可不會翻案的。當時我聽了，只覺這建文皇帝虛偽的無聊，鄭學士講得口沫橫飛，腦子恐怕也出了些問題。現在聽你這麼一提，石家還真有一個漏網之魚。咱們如能找到證據，替他伸冤，順便把當年那些無法無天的壞蛋錦衣衛抓出來正法，豈不是人心大快？」

朱泛道：「照鄭學士的說法，如能翻案，石家被抄的家產還可以發回呢。芫兒你相信不？」鄭芫搖了搖頭道：「我不信。」朱泛道：「咱們先去問問世駒，要他把當年事情的發生始末詳細告訴咱們，咱們便來開始調查。」

鄭芫道：「那天我跟你說，咱們當了錦衣衛，便要穿著錦衣行好事，借朝廷之力替天下受苦受難的百姓主持正義，你說這主意大妙。咱們便從世駒的案子開始吧。」

兩人愈說愈高興，直到于安江出現，招呼兩人要就寢了，才走回宿舍。遠方的軍營傳來幾聲號角聲，其聲嗚嗚然。

8

章逸的訓練計畫已進入最後幾天，小校場上搭建好了新的假山假谷，雖是臨時用石塊和巨木搭成，形勢卻是十分險惡。其中唯一的一條通徑，四周充滿可藏伏兵的深壕暗壑，相當不易通過。章逸從老錦衣衛中挑了幾個打襲擊戰的高手，對每一個受訓的新人設計一套埋伏阻進的策略，要求每個人憑武功機智試著通關。每人遭遇的情境都不一樣，但是難度大致相當。

頭一天接受測試的是沙九齡，他是老江湖了，等閒的伏擊對他不起作用。只見他在人造的假山之中施展點蒼派的輕功，對伏兵的襲擊或抗拒或反制，一手點蒼快劍端的是疾如閃電，很快便通過了重重設伏，來到隘口前的木橋頭。章逸在此埋伏了重兵，一時之間刀劍齊出，暗器亂飛。沙九齡喝聲：「來得好！」施出了成名絕技「追風劍」，只見一道虹光如蛟龍飛騰，從橋頭滾到橋尾，連退三波「敵方」偷襲，終於衝出重圍，回到演武廳前。

章逸拱手道：「沙兄好凌厲的追風劍。」沙九齡抱拳道：「獻醜了。」章逸踱到沙九齡背後，微笑道：「沙兄背上中了一枚暗器。」沙九齡不肯置信，便把錦衣外袍脫下察看。只見背上果然有一道紅色印子，約有三寸長。沙九齡咒罵道：「媽的，這是什麼鬼暗器，打中老子連感覺都沒有。」

章逸道：「俺教他們用鐵丸子上了紅粉，打中了便留下印子。沙兄背上中的這一枚是輕輕擦過，你便沒有感覺，實戰中也不致有什麼嚴重後果。恭喜沙兄，順利過關。」

第二天輪到鄭芫。鄭芫心思縝密，仔細觀察了頭一天的情況，小心翼翼地仗劍前行，「敵人」布置的疑兵絲毫沒有分散她的專注力。直到轉過第三個「山坳」，真刀真槍的埋伏出動了，鄭芫的達摩劍立即布下銅牆鐵壁，滴水不漏。一陣叮叮咚咚，鄭芫已闖過山坳，到了隘口木橋前。只見達摩劍劍光暴長，鄭芫竟然從木橋上主動向兩邊可資埋伏之地發動攻擊，果然引來兩面的反擊。鄭芫「引蛇出洞」的打法，雖然惹來兩面夾攻，卻也使得原來的埋伏完全失去偷襲的優勢，鄭芫在劍光縱橫中一步步通過木橋，悠悠地去了。

章逸檢查鄭芫身上無半個紅印子，成績完美，伸出大拇指讚道：「鄭芫，好樣的。」但他接著道：「妳靠機敏和聰明通過這些埋伏，雖然過得漂亮，可是真實的情況是，妳不知何時、何地、到底有沒有人埋伏偷襲。還要加上最重要的一點，就是隨時隨地的警覺心。幹咱們這一行，隨時得假設有人要襲擊妳。」鄭芫聽得口服心服，連忙行禮稱謝。

第三天輪到了老錦衣衛于安江。結果十分令人吃驚，經驗老到的于安江居然兩次未過。第三次時，章逸打了一個暗號，埋伏的老兄弟們手下留情，讓于安江勉強過了關，該施暗器的一枚也沒放。于安江瞪著章逸道：「章頭兒，咱們以前可沒有這些花樣，可怪不得我給您丟人。」

最後一天上場的是朱泛，他頭戴軍帽，身著錦袍，顯得神采奕奕。章逸知道這幾人中朱泛的武功和實戰經驗最強，於是在設計上改變戰略。

朱泛在第一個山坳前就遇到強烈的突襲，確實吃了一驚，他施出渾身解數突破重圍，轉了幾個彎並無任何人阻擋，然後在木橋前，突然遭到四面八方的暗器偷襲，紅色的彈珠滿天飛射。朱泛在這層暗器組成的彈幕之前明顯受阻，這時埋伏的錦衣衛刀劍齊上，而他已經通過的山坳處三個錦衣衛又從後面攻擊，形成前後夾擊、暗器交叉的凶險局面。朱泛大喝一聲，施展絕妙輕功脫離戰場，直落到山坳上的假石中，無異承認闖關失敗。

章逸指揮旗一揮，眾錦衣衛立刻改變埋伏策略，重新組合後，瞬時躲入各個隱藏之處，一座假山又恢復了平靜。山坳之上只見朱泛盤坐調息，他錦衣衛的軍帽在假石叢中隱約可見。

過了半盞茶時間，朱泛站起身來，從假山上一躍而下，開始了第二次的闖關。經過一番苦戰，朱泛長呼一聲，又一次逃離戰場，盤坐在原地運氣休息。眾錦衣衛再次變換襲擊方式，埋伏就位。

然而這一等就等了半炷香時光，仍然不見朱泛發動最後一次闖關。埋伏在橋頭的錦衣衛首領忍不住伸出半個頭向山坳上望去，見到朱泛戴著軍帽動也不動，不知他在搞什麼花樣？就在此時，一聲長嘯從背面響起，只見朱泛陡然從後方反攻過來，顯然他已從山坳之上施展小巧功夫，瞞過大家到了後方。眾錦衣衛一陣愕然，回過神來時朱泛已經呼嘯而至，手中鋼杖將來襲暗器掃得滿天亂飛，一口氣逆向殺出重圍，安然回到原點。

章逸哈哈大笑，指著留在山坳叢石中的錦衣衛軍帽，道：「好朱泛，好個金蟬脫殼。

你不但不怕埋伏，甩脫了埋伏，反而利用形勢，轉成你來突襲敵人。這個測驗朱泛表現得無懈可擊，咱們大夥兒都要向他學習！」

四人通過了測試，剩下鄭學士最後一次講課，結束之時殷殷勉勵大家，新的小組人數雖少，卻要發揮撥亂反正的力量，未來逐步招兵買馬壯大陣容，要重塑錦衣衛保衛朝廷、為人民主持正義的功能。

鄭芫問道：「鄭學士，您說前朝兩個大案殺了數萬人，這算不算正義？」鄭洽道：「真正叛逆者固當誅殺，但牽連數萬人之數，難保沒有冤死之人。」鄭芫道：「您說難保沒有冤死之人，我卻覺得背了謀反叛逆之名而冤死的人，一定多到數不清，咱們應該還他們一個清白，才算公道。」

鄭洽道：「妳說得不錯。但死者已矣，就算冤死了，就算咱們也有心還他們公道，只怕也很難做到了。」他被鄭芫一連幾問，已經答得吃力。鄭芫卻不放過，繼續問道：「如果有人確能拿出遭冤枉的證據，朝廷該怎麼辦？」鄭洽道：「朝廷已經宣布，只要證據確實，冤者可得平反。」

鄭芫提出最後一個問題：「平反？人已死了，財產能償還給死者家人麼？」鄭洽肯定地回道：「按朝廷的旨意，冤枉被抄的財產當予發還。」鄭芫和朱泛對望一眼，眼中都有一絲笑意。

鄭洽講完最後一課，章逸宣布，大夥兒今晚全部到「鄭家好酒」慶祝結訓，鄭家娘子已應允今夜不對外開放，全店就只一桌好菜，歡迎諸位新錦衣衛。眾人鼓掌歡呼。

鄭洽、章逸一行人走到「鄭家好酒」時，酉時剛過。鄭芫眼尖，老遠便看到店外的石榴樹上繫著一隻毛驢，她咦了一聲，走近一看，那毛驢比她的小黑大一些，眼睛卻小一些，看上去便似乎沒有小黑那麼聰明。她對朱泛說：「有人先我們來了。」

走進店門，只見鄭娘子正和一個青年書生在講話，鄭芫見那書生有些面熟，卻想不起在那裡見過。鄭娘子看見鄭洽走進來，便大聲招呼道：「鄭學士，您瞧誰來了？」

鄭洽定眼看去，那書生正是胡濙。這一下可是又驚又喜，趕忙上前拱手道：「胡老弟，別來無恙？」

胡濙見到鄭洽也是大喜，回禮道：「貢院一別，至今未見，可喜老兄官場得意，可喜可賀……」說到這裡，忽然轉頭向鄭芫道：「敝人來自少林寺，在少室山下一個深谷中見到了傅翔。他身受重傷，但性命保住了，少林寺的高僧託我轉告……」他話未說完，鄭芫已輕叫了一聲，雙腳一軟向後便倒，朱泛一把將她抱住。

在這一剎那，朱泛懷中滿滿地抱著鄭芫，鄭芫的心中卻滿滿地充塞著傅翔，天旋地轉，不知身在何處。

【第十三回】青天審案

暴尚書換了一襲大紅袍，頭頂烏冠，往主審官的高椅子上一坐，就只缺一部虬髯，不然就有幾分鍾馗進士的模樣了。

白景泰仍是老神在在，一副不在乎的樣子。

鄭洽暗想：「不知今日暴尚書怎麼個審法……」

鄭洽和胡濙在「鄭家好酒」店裡重逢，對鄭洽而言純屬意外；對胡濙而言，則是刻意到此來告訴鄭芫，傅翔仍在人世的消息。

大家坐定後，胡濙道：「我離開秘谷之時，已配製了一年的傷藥留給傅翔，他一面服藥一面運功，一年之內當可恢復。接著我就到了少林寺，與一位醫道高深的大師切磋，盤桓了一段時日。他們託我返回南京時，把這消息告知靈谷寺的天慈法師及鄭芫。天慈法師那裡我已去過了，是法師告訴我，今晚在此地可以見著鄭姑娘，只是想不到一併見到了鄭洽老兄，為此當浮一大白。」他舉碗把酒乾了，眾人跟著乾杯。

聽到傅翔仍在人世，鄭芫和朱泛都喜翻了天，忙向胡濙問些細節，鄭洽則把其他幾人介紹胡濙認識了。胡濙道：「前此北上原是與少林寺高僧有約，不料中途認識了燕京大慶壽寺的住持道衍大師……」他一提到道衍，鄭洽及鄭芫都哦了一聲，兩人對望了一眼。

胡濙感到好奇，便停下問道：「鄭兄，你們認識道衍法師？」鄭洽道：「洪武三十年，道衍和尚曾來南京論經開講，第一站便去了靈谷寺。在靈谷寺論經時，道衍曾被小姑娘鄭芫問倒。」鄭芫連忙道：「不敢，不敢，我年幼無知，問的問題太過外行，以致道衍法師一時答不上來。」

胡濙對那道衍法師十分欽佩，聽鄭洽如此說，不禁仔細瞧了鄭芫一眼。記憶中兩年前在這酒店裡見過這小姑娘，想不到竟曾問倒辯才無礙的道衍法師，而這個不起眼的小姑娘，現在不僅是個亭亭玉立的美少女，還是個英氣勃勃的錦衣衛，實在不可思議。他搖了搖頭，繼續道：「道衍知我要北上，定要我隨他先去燕京一趟。我算算時間，先去燕京一遊再上少林寺，不致違了少林高僧之約，便答應了。鄭兄，你猜小弟在燕京城見到了誰？」

鄭洽不假思索地回道：「道衍帶你去見了燕王朱棣？」胡濙奇道：「你怎猜得那麼準？」鄭洽哈哈一笑道：「道衍乃是燕王朱棣的主錄僧，又是朱棣身邊第一謀士。胡老弟是江南名士，又兼通醫學藥理，道衍定要引見了。這又有何難猜？」胡濙道：「鄭兄高明。小弟見了那朱棣，又蒙燕王推薦，與燕京元故都幾位岐黃高手切磋，獲益不少。」

鄭洽想打探燕王及燕王府情形，正在沉吟如何措辭，章逸已先問道：「敢問胡兄對燕王朱棣的印象如何？」胡濙道：「那燕王個性十分豪爽，講話快人快語，論事頗見氣度恢弘，確有皇室帝胄的架勢。道衍一再說朱棣雄才大略，只是小弟沒有機會與燕王深談國家大事，倒是不敢妄評。」

鄭洽道：「有些事還想請教胡老弟，不知你在南京落腳何處？」胡濙道：「小弟這段時間走遍大江南北，是該靜下來收收心的時候了。我打算在京師租一間雅舍，好好讀書修文，準備明年的春闈，希望這次能榜上題名，以慰家中二老。」鄭洽道：「胡老弟才氣高卓，此番遍遊名山大川，見識了人傑地靈，收穫必豐。古人云，讀萬卷書，行萬里路，來年春闈必定高中。」胡濙道：「但願如鄭兄金口所言。小弟這一番萬里跋涉，早已引起家中二老極度不滿，要趕快實踐出遊前對家嚴的承諾，閉戶讀書一年，考中進士，此其時矣。」

鄭洽和一桌新錦衣衛，加上一個胡濙顯得有些不搭調，幸好胡濙為人隨和，言語生動有趣，說些萬里之行的見聞故事，眾人聽得很是有味。他也從眾人談話中得知，這是一支錦衣衛的生力軍，完全由鄭洽負責組織及指揮。想到短短不過兩年，鄭洽竟已擔負起朝廷極為重要的任務，胡濙雖不熱衷功名，但對自己明年如果金榜題名之後的仕途，也免不了產生一些遐想。

鄭芫得知傅翔尚在人世，而方師父早由丐幫飛鴿傳書報了平安，因而心情大為開暢，更兼好一陣子沒有吃到娘親手做的好菜，此時不免多喝了些酒，便有些輕飄飄起來。她站起身來，舉起酒碗，對鄭洽和章逸道：「鄭學士、章指揮，承蒙兩位大人抬舉，將我等納入錦衣衛這個名聲極壞的衙門……」她說到一半，已經引得朱泛和沙九齡兩人哈哈大笑，那于安江原是錦衣衛的舊人，聽到這話不免有些尷尬。

鄭芫可不管這些，繼續道：「好在咱們有志一同，誓要改變這個衙門的作為。從明天起，朝廷便有一批專門幹好事的錦衣衛，以後老百姓見著穿錦袍的武士，不但不會拔腿就跑，還歡迎咱們哩。來，有此心的便飲了這一杯，不違誓言。」她仰頭一乾而盡，酒灑了她胸前衣襟。眾人齊聲叫好，連胡濙也興奮起來，和大夥兒一齊乾了杯。

鄭娘子正從廚房出來，看到這情形便抱怨道：「芫兒，看妳還像個女兒家嗎？」鄭芫先是嚇了一跳，繼而伸了伸舌頭，道：「娘，我不是個女兒家了，俺是朝廷的錦衣衛！」鄭娘子見女兒穿著一身略嫌寬大的錦衣官服，胸前繡著飛魚，腰間緊束寬帶，顯得極是英挺，不禁又是驕傲又是擔心，便怪章逸道：「都是章……章指揮抓妳去當什麼錦衣衛，弄得芫兒男不男女不女的。」章逸陪笑道：「鍾靈女俠早就名滿京師，那怪得我！」

朱泛忽道：「章頭兒，咱們做好事，便從替前朝兩大案中受冤被殺的翻案做起，您說可好？」

章逸一怔，心想：「天下多少好事可以做，你幹麼要選這一樁？簡直是一上來就要和老錦衣衛對著幹！這朱泛是個好事之徒，有他在便不愁沒有麻煩。」口頭上卻道：「好極，不過要翻案還得先找到受冤殺者的家人，否則就是翻成了案，當事者如無後人，也得不著好處。」章逸這回卻猜錯了，這翻案的主意原是鄭芫想出來的。

∞

石頭城門外，隔著秦淮河便是莫愁湖，湖畔十多座樓台水榭在蔥楊煙柳之間此隱彼現，襯著五百畝的湖水碧波蕩漾，極是嫵媚怡人。

湖邊華嚴庵北首有一座兩層樓閣，坐北朝南。相傳朱元璋愛上此地風景，便建了此樓，曾經在此和中山王徐達對弈，每次贏了棋總是懷疑徐達故意相讓。終於有一次再也忍不住了，便下令徐達必須使出渾身解數，不得手下留情，結果徐達不但勝了棋，棋面上的棋子最後竟然呈現「萬歲」兩字。朱元璋不但不怒，反而自承徐達棋力遠勝自己，便將此樓及整個莫愁湖送給了徐達，從此這樓便叫做「勝棋樓」。

此時，勝棋樓中坐著三個人，鄭芫、朱泛，還有一個面貌英俊的青年叫花子，正是那身負奇冤的石世駒。

石世駒正把莫愁湖「勝棋樓」名字的由來講給鄭芫和朱泛聽，朱泛聽了連聲讚歎道：「了不起啊，了不起。」鄭芫道：「你是讚徐達的棋藝高明？」

朱泛道：「這徐達不但會打仗，拍馬屁的段數猶勝過他的棋藝，佩服啊佩服！」他喝了一口茶，繼續道：「那洪武帝是個疑心病重的人，陪他下棋乃是極危險之事。若是輸給了他，他便懷疑你故意相讓，你就犯了欺君之罪；若是贏了他，他心中惱怒，你的麻煩更大了。他媽的還真不好搞！這徐達憑著棋藝高強，一面贏棋，一面排萬歲兩字，馬屁拍到朱元璋心窩裡去，不但沒惹麻煩，還贏得了這神仙居處般的莫愁湖，你們說徐達這老兒厲不厲害？」

鄭芫道：「話雖不錯，他拍馬屁可用的是真本事呵。若說棋藝，朱元璋恐怕差了十級也不止。」朱泛仍在搖頭讚歎，鄭芫不懂為何朱泛對拍馬屁的高手佩服到如醉如痴的地步，不禁有些不齒。石世駒笑道：「紅孩兒不必那麼著迷於馬屁之道，你這官反正做不長的，要那麼精於此道何用？」朱泛暗罵道：「你懂個屁！俺在研究如何拍鄭芫的馬屁，拍到她心窩裡去，又不顯得肉麻，最好還要有趣。」

鄭芫不理朱泛，正色道：「世駒，咱們想要幫你家遭受的冤殺翻案，便需知道當年案發時的細節。今日在這莫愁湖畔清靜無人，你可願意告訴咱們一些線索，好讓咱們重新調查石家的老案？」

石世駒道：「我家與伯父家無端捲入胡惟庸案而遭滅族之事，兩位已經知曉，這其中有一個關鍵，便是那王桂文……」朱泛道：「王桂文？向你爹採購木材的官員？」

石世駒道：「不錯，王桂文是洪武帝宮裡的四品內務官，原是深得上頭信任的採購大臣。聽家父說，皇宮裡唯一一位不貪汙的官員便是他。王桂文在胡惟庸任宰相時，承辦朝廷幾項土木興建大案，不但材料好、價錢實在，凡有回扣的一律轉換成價錢上的折扣，是以替朝廷省了鉅額銀兩。胡惟庸對他又敬又愛，屢次向朱元璋誇他這個內務大臣。胡惟庸案發生後，抄他家時發現兩種文件與王桂文有關，一是誇獎王桂文能幹廉潔的文檔，另一些是歷次採購『回扣』的帳目，其實是替朝廷節省下來『折扣』的帳目。」

朱泛聽到這裡，已經懂了一大半，鄭芫卻問道：「替朝廷省大把銀子有功啊，怎地獲罪呢？」石世駒道：「鄭姑娘問得好。如果王桂文買一批木材花了一萬兩銀子，別的官員採購同樣一批木材要花兩萬兩銀子，那王桂文豈不壞了大家的行情？日子久了，大家沒有回扣拿，便要聯手拔掉這不上道的眼中釘。」

鄭芫道：「你爹又怎地扯進去的？」石世駒道：「錦衣衛受人之託，把王桂文辛辛苦苦向商家爭取到的『折扣』當『回扣』來辦，抄家時發現王家雖非一貧如洗，但也近乎家徒四壁，沒有查到任何金銀財寶。這一下只得從胡家抄出的第一種文件來誣陷，說王桂文資助胡黨謀反，歷年採購所得的鉅額回扣都交給了胡惟庸，所以胡惟庸才會以宰相之尊，多次誇獎王桂文是國家採購之能臣。」

朱泛道：「這一來，你爹的罪名便是賄賂朝廷採購大員，敗壞朝綱，是不？」

石世駒道：「正如紅孩兒所料，但事情發展下去，結果遠比這個罪名更為可怕。錦衣衛將王桂文抓入衙門，既不送都察院也不送刑部，便自設刑堂審理。一堂審理下來，朝廷四品命官被幾個錦衣衛士打掉半口牙齒，肋骨也被踢斷兩根。我爹是個重感情的人，便備了些上好的傷藥及補品去探牢，上上下下送了不少銀子，總算見到了王桂文。他看到王桂文的情形，直呼天理何在，國法何在，便有獄司告了上去。錦衣衛對我爹發了駕帖，拿歷次王桂文向我爹採購的帳單來查我爹，控訴我爹送鉅額的銀子給王桂文當回扣，奸商亂紀，立刻也抓了進去。」

鄭芫滿心欽佩地道：「世駒，你爹為人真義氣啊，商場中有這種夠朋友的人實在了不起。」石世駒眼眶泛紅，繼續道：「我爹被抓進去之前，先把我更名藏到伯父家中，決心不待他們刑求，主動招供朝廷中各部門採購的貪汙案子，並稱他手裡持有證據，要親自呈給錦衣衛的頭兒。這一來審堂上的錦衣衛便立刻停審，將我爹押入大牢。我伯父只好花錢打探消息，但我爹一被抓進去便如石沉大海，再無任何消息。」

鄭芫雖然已知結果，但聽到這裡，仍覺一股不忿之氣悶在心頭，無以宣洩。她忍住淚水，問道：「後來呢？」

石世駒停了半刻，似在回憶往事，也似在平息胸中的激動之情，接著道：「我爹被關一個月後，錦衣衛突然又持駕帖出現在石家，除了抄走所有財產，還把我娘及奶奶等一家十數人全部抓走，數日後便都處死了，罪名卻不是『敗壞朝綱』，而是『知謀反而不報，罪同謀反』。這是什麼國法？我伯父正要去求朝中有交情的、有買賣往來的官員說說情，便已得到這晴天霹靂。他立即要我化裝成一個小廝，在他書房裡侍候，豈料錦衣衛迅雷不及掩耳地又出現在伯父的宅子，當夜就帶走了伯父，罪名是和我爹合夥，隱瞞謀反。」

朱泛道：「殺了你爹，又來抓你伯父，那便是為錢財了。」

石世駒點了點頭道：「第二日便有人來告訴伯娘，若要救我伯父，需捨得錢財。我伯娘便告訴來人，只要救得了伯父，多少銀子都捨得。那人便道，辦案的那邊開出價碼，需萬兩銀子才能先買得活命，然後再看要如何救他放回家來。」

朱泛道：「那來人是誰，你還記得麼？」石世駒道：「是我的堂舅，平日經常來我家和伯父家走動，在刑部做了六品主事，對這些打官司如何送錢脫罪的事務最是熟知。是以他一來說，伯娘自然傾家湊了萬兩白銀，便由我堂舅拿去打點錦衣衛，那曉得結果完全不是那麼一回事……」

鄭芫聽得十分緊張，連忙問道：「結果是怎麼回事？」石世駒道：「銀子送到錦衣衛，辦案的大人突然翻臉，反過來指控我伯父母企圖賄賂朝廷命官，原來的隱瞞助反之罪再加一等，便將我伯父母一家人全數處了死刑，石家所有的財產也全被抄了。」

鄭芫聽不下去了，大聲叫道：「你那堂舅呢？」石世駒雙眼噙著淚水道：「堂舅不但不起身相護，當晚便帶人來家裡，指名書房的小廝其實是我裝扮的，要捉去歸案。就在這時，丐幫的好朋友帶著弟兄把我救離伯父家，才保住了這條性命，但伯父母一家都給殺害了，家當抄走少說有十萬兩。」

朱泛雖早已聽過這事的概略情形，這時仍氣憤填膺，不能自已，好一會兒才恨恨問道：「你堂舅叫啥名字？」石世駒道：「堂舅叫汪典，在我爹和伯父的生意上常主動介紹些官府的人脈。其實我爹做生意誠實不欺，貨物出門負責到底，從來不靠回扣暗盤一類的花樣，靠的全是口碑，委實不需要拉關係找人脈。但看在親戚的面上，生意成後多少送些銀子給他，便算是『佣金』吧。」朱泛道：「這人竟恩將仇報，還是你家親戚哩。這種人俺這回查清楚了，定不饒過他。」

鄭芫道：「世駒，你可知道辦此案的錦衣衛是何人在主導？」石世駒道：「聽說是北鎮撫司的人，但這些錦衣衛私設刑堂，秘密審判，也不知確是何人。我伯父被抓進去前，曾懷疑後面有更高層的人在指使。這事你們該問章指揮，他定然知道一些內幕。」

朱泛仔細推敲了一會，忽然問道：「世駒，你說你伯父被抄掉了十萬兩家產？」石世駒道：「不錯。」朱泛道：「你手上可有證據？」石世駒一怔，道：「當時我尚不滿十歲，怎會有什麼證據在手？除非……除了離家時，慌亂中從伯父書房裡抱走了一些珍本書籍，其他的什麼也沒來得及帶走。」朱泛道：「那些書籍還保存在手邊麼？」石世駒道：「那些書是伯父僅存下來的遺物，我自然保存得好好的。但我以為錦衣衛既然抄了伯父的家，他們手中一定有一張清單吧？」

鄭芫已明白這其中的關竅，解釋道：「朱泛問這抄家的證據，乃是猜想那些貪財的狗官一定把抄家所得中飽私囊，不會傻乎乎地全部上繳。是以你如有十萬兩家私被抄的證據，便能證明這些辦案的錦衣衛私吞了應該上繳的銀子，可以反告一狀，將他們一網打盡。朱泛，我說得對否？」

朱泛笑道：「俺早說過，鍾靈女俠若是辦起案來，南京便要出個鄭青天了。不錯，俺聽世駒講的事兒，猜想頭一回你堂舅從你伯父家拿的一萬兩銀子，定然登記有案而且全部上繳，這可是辦你伯父賄賂朝廷命官的證據；待那辦案的北鎮撫使用罪上加罪的名義將你伯父處死，第二回抄家的十萬兩多半便落入了私囊，因為……」

這下石世駒也聽懂了，大叫道：「因為死無對證！」已氣得雙目盡赤。鄭芫道：「世駒，你莫要氣苦，咱們便來好好追查這石家一案。咱們去請教章指揮，你就去仔細查看你伯父書房裡的那批書籍，看看其中有沒有什麼蛛絲馬跡，可做為翻案的依據。」

∞

章逸自從遭到天竺高手堵殺，千鈞一髮之際絕處逢生，憑著過人機智及出奇武功，讓來襲的兩大天竺高手一死一傷後鎩羽而歸，他便知道這批人不會放過自己了。雖然他是負責南京城防的朝廷命官，但在天竺這批武林高手眼中，可沒有把京師警備的錦衣衛指揮放在眼裡，只要逮著機會，肯定會再度發動襲擊。章逸明白，自己唯一能倚仗的是加倍小心及一身武功。

朱泛冷眼旁觀，他完全瞭解章逸此時的危機。下午他和鄭芫就十年前的石家老案向章逸請教，章逸對此案竟然知之甚少。原來胡惟庸案牽涉甚廣，受難人數太多，這個不算很大的石家案子，即使在當時也沒有引起太多人注意，且事過十年，當時辦案的人員、資料都不容易追查了。鄭芫很是失望，但章逸指點了一條明路，錦衣衛的「經歷司」專司公務文書的出入、謄寫、封存，章逸認識司裡一個管事老江，過年時還借了五十兩銀子給他還賭債，至今未還，明日託老江查查舊文書，或許可以查出一些端倪。

談完了正事，朱泛忽然對章逸道：「章指揮的寓所甚是寬敞，俺既加入錦衣衛，便要在南京長住，總不能再在破廟裡和叫花子住一起。不知能否在您寓所暫住幾天，也好容我慢慢找個適當的住處。」鄭芫正要怪朱泛這要求提得有點不識相，隨即便瞭解朱泛的用意，章逸更是一聽便懂，知道這其實是朱泛為人的義氣。他是要住進章宅，以免天竺人再次圍殺章逸時，章逸雙拳難敵眾手。

章逸哈哈笑道：「朱泛穿上飛魚錦衣，還沒關到一分餉銀，又不好穿著官服去要飯，便把主意打到俺的家裡來了。罷罷罷，今天就搬來住吧，誰教咱們是好弟兄呢。」章逸口中說笑，心中感動，暗忖道：「丐幫紅孩兒年紀輕輕便名震大江南北，除了武功高強外，為人行事極為仗義，必定也是重要原因。」

於是兩個錦衣衛並肩走向章逸的寓所，兩人的年齡差了幾乎一倍，但章逸對這後起之秀有著極高的敬意，心想有朱泛作伴，對方就算再來偷襲，憑己方兩人的武功及機智，若是只求自保，當是萬無一失。

進了寓所，房內走出一個素衣女子，對章逸福了福道：「今日官人沒說有客人來，不然我便備些好菜……」章逸對朱泛道：「這是寒香，隔日來這為俺整理房間，漿洗衣服，做得一手好家常菜哩。寒香，見過俺在錦衣衛的新同事朱兄弟。」

朱泛見那寒香長得十分俊俏，雖然未施脂粉，卻有一種自然的青春之美，暗忖道：「章逸這廝倒有豔福，這寒香出落有致，怎會是侍候他的下人？俺瞧這裡面定有別的蹊蹺。我且不說破，免得尷尬，而且還要考慮芫兒她娘那邊……媽的，這浪子指揮到底好在那裡？怎麼到處有娘兒們愛他？」

那寒香又對朱泛福了福，嬌聲道：「見過朱大官人，快請上座，待寒香奉茶。」那身段、容貌都極是嫵媚。章逸脫了軍帽，對朱泛道：「就把此處當作是自己家，隨便自在就好。」朱泛這輩子第一次被人稱為「朱大官人」，差點忍不住要笑出聲來。他也把軍帽脫了，對章逸豎起大拇指道：「章頭兒了不起，一個單身漢家裡整治得一塵不染，俺這叫花子進屋來便覺自慚形穢呢。」章逸道：「全是寒香打掃收拾得好，俺啥也不管。」朱泛暗罵道：「你只差沒說『全仗我娘子打掃收拾得好』，媽的，還在撇清。」當下也不多說，只表稱羨。

寒香奉了茶，臨時弄弄居然弄了一碟肴肉、一碟醉雞及一碟醃蘿蔔出來，還在桌上擺了一小碗鎮江醋，笑咪咪地問朱泛：「朱大官人，你想喝些啥？咱官人家裡各色好酒應有盡有。」章逸代答道：「俺瞧還是喝那半罈馬札送的燕王府陳年二鍋頭吧。」朱泛連聲道好，心中卻嘀咕：「這那是個下人？愈來愈像女主人了吧？」

章逸喝了口熱茶，道：「明日一早，俺便到衙裡經歷司去尋老江，要他調出十年前石家抄家滅族案的錄事文書來仔細查一查。你便去找世駒，查看他伯父母那一批珍藏書抄。咱們中午在『鄭家好酒』會面。」

這時寒香已在兩人的酒碗中斟滿了白酒，一時之間滿室生香，兩人對乾一杯。好菜當前，美人在側，先享受一段美好時光再作道理。

次日正午，「鄭家好酒」小館中鄭芫、朱泛及石世駒已到齊，章逸卻姍姍來遲。鄭娘子陪大夥閒話了一陣，見其他客人上門便去忙了。章逸開口便罵道：「俺巳時便到了經歷司，那老江快到午時才剔著牙搖搖擺擺來到衙門。經歷司是個冷衙門，兩個小廝也都要死不活的，給俺上的茶是昨夜的冷茶，除了鐵鏽味，還有泥巴味，呸，呸，呸！」

鄭芫笑道：「章指揮你就莫呸了，快跟咱們說有沒有找到石家案的文書？」

章逸道：「那老江聽了俺的來意，居然給我推三阻四，說是要查閱老案的文書，須得有錦衣衛衙門的長官手令方能放行。俺問他，俺這欽命特派錦衣衛練兵僉事算不算是長官？老江扭扭捏捏不置可否，我一瞧便知俺這官銜大概不夠大，只怕要有金寄容或魯烈的手令，他才肯讓咱進庫房去查文書。」

朱泛唉了一聲，道：「章頭兒，你不是說老江該還你五十兩銀子？威脅他還錢啊。」章逸笑道：「你家章指揮臉皮薄，借出去的錢從來不好開口要的，向來都是別人心存感激主動還錢，俺才欣然接受。碰到老江這種不識好歹的，下回還是換朱泛你去當討債手。」

朱泛冷笑了一聲，壓低嗓子道：「要討什麼債？今夜俺便去那什麼鬼『經歷司』，把石家案的文書全都給偷出來，管教那負責管公文的老江吃頓板子再關進黑牢。」

鄭芫拍手道：「好極了，偷公文、偷書信的事，朱泛最在行。就煩請章頭兒把經歷司裡面的情形跟朱泛講一講，他心中便有個譜了。我瞧今夜讓我陪朱泛一道去，萬一朱泛翻閱文書時有些字不識得，我可以幫忙認。」朱泛道：「笑話，不過就是石家的老案子，那個『石』字俺倒是認得的。」

章逸知道這兩個少年人一天到晚鬥嘴耍寶，三句中沒一句當真，其實骨子裡都是聰明無比的明白人，兩人武功又高，如一同去盜取文書，倒也萬無一失，便微笑點了點頭。

石世駒這時才從懷裡掏出一個油紙袋，又從紙袋裡拿出厚厚一本手抄的小冊，對大夥兒道：「我從伯父書房裡拖出了好幾本唐、宋、元朝有名文人的札記抄本，可能都是孤本了，在古書市坊裡可說價值匪淺，但與石家案情卻沒有任何關連。直到最後我翻閱了這本冊子……」

他把那冊子翻了翻，繼續道：「這本冊子乃是我伯父親筆的雜記，記錄了十幾年來幾筆最大宗的生意，包括進貨的來源、本錢、賣出的對象、成本價格、賺進多少銀子、如何交貨、何時銀貨兩訖等等細節，可以說是交易實錄，鉅細靡遺。」

鄭芫道：「冊上把錦衣衛私收他銀子的事也記了下來？」石世駒搖頭道：「那倒沒有，但其中有一次最貴的木材買賣記錄中，有一頁記事似乎……似乎很不尋常。那是洪武二十年，皇帝要修馬皇后住過的寢宮，宮中下令要採購五種最昂貴的木材，其中一種極珍貴的小葉紫檀來自天竺，在懂木材的人心目中，此乃木中之王。」

鄭芫聽得入神，忍不住問道：「這木材為何貴重？」石世駒道：「此木長半寸要八、九十年，是以質密且奇重，入水即沉。長到五寸粗的樹，便都有八九百年的樹齡。唯有皇宮才能把它當建材，平常拿一小段雕尊佛像、磨串佛珠什麼的，便已是無價之寶了。」鄭芫伸了伸舌頭，不再言語。

朱泛問道：「你伯父找到了五種珍貴木材麼？」石世駒道：「其他四種產於中土的也還罷了，就這小葉紫檀一材難得，好不容易透過一個波斯商人，以天價進了三支真正的天竺紫檀，兩支有五寸粗，第三支竟達六寸，其樹齡必定超過千年，而且是支金星紫檀，實是稀世之寶。」

朱泛問道：「金星紫檀？這又有什麼講究？」石世駒道：「上好的紫檀呈紫紅色，紫色中間很溫潤地顯現出一點一點的金星，那光澤要像是發自木材內心的才是極品。我伯父購得的那支六寸紫檀便屬這種金星紫檀，是可遇而不可求的珍品。伯父便把兩支五寸粗的賣給了宮廷，自己留下了六寸的一支，重金禮聘巧手名匠，製成了一口雕花長箱，將十萬兩家財換成金元寶藏於其中，黃金之價固然巨大，那木箱本身更是無價之寶。」

鄭芫漸漸聽出一些意思了，緊張地問道：「箱中藏了多少黃金？紫檀木箱有什麼特徵？」石世駒道：「據伯父的雜記所載，紫檀木箱長三尺，寬二尺，高尺半，全用金星紫檀木製成。箱蓋一角雕了兩匹駿馬，刀工細膩，栩栩如生。箱內分兩層，共裝了一百多個五十兩的金元寶，價值約有十萬兩白銀。」

鄭芫道：「世駒，錦衣衛第二次抄走的十萬兩銀子，會不會就是這一口箱子？」石世駒點頭道：「我琢磨也是，伯父把絕大部分財產都已換成了黃金，所以第一次堂舅來要一萬兩白銀去打點伯父活命時，伯娘手上已沒那麼多銀兩，很費了一些工夫才湊足……」

朱泛這時插口問章逸道：「章頭兒，世駒那堂舅汪典還在刑部嗎？」章逸點頭道：「俺已查過了，汪典仍在刑部，調升了個從五品的員外郎，位高事少，很是享福呢。」朱泛道：「此案中間許多見不得人的事，只怕這汪典都曾參與，咱們萬不可放過他。」

鄭芫心細，向石世駒問道：「世駒，你伯父的手稿雜記還寫有什麼有關財產的事麼？」石世駒想了想，搖頭道：「好像沒有了，其他都是些帳目數字……啊，對了，伯父除了詳記這紫檀木箱的事外，還記載他以百金向蘇州一間喚做『山水齋』的書畫店，買得大痴道人黃公望的一幅『春江垂釣圖』。帶回家後就掛在他書房，我曾見過，想來也在抄家時被抄去了。」

鄭芫道：「好極！除了紫檀木箱的黃金下落，這幅畫的下落也是個可當證據的線索。」

石世駒八歲時遭家毀親亡的慘變，十年來，這些陳年慘事早已封存在心底，不願去多想。這時受到鄭芫等人積極重查此案的鼓勵，胸中一股翻案平反的熊熊烈火又重新升起，他把那厚厚的冊子放回油紙袋中，交到鄭芫手上道：「鄭姑娘心細又聰明，從這冊雜記中說不定還能找到其他線索。我明日就去蘇州，尋到那間『山水齋』，看看能否找到人證。」

鄭芫道：「好，今夜朱泛和我潛入錦衣衛經歷司去，偷那石家案的公文及審案紀錄。還有那刑部的汪典，咱們怎麼對付？」章逸微笑道：「你們先行動吧，汪典處暫時不要打草驚蛇，待案子搞清楚了，俺把他交給于安江和沙九齡兩個老江湖，保管叫汪典招啥他便招啥。」鄭芫聽得將信將疑，待要再問，朱泛道：「芫兒不要多問，章頭兒講的還會有錯嗎？妳到時便知。」鄭芫瞪了他一眼，暗罵：「馬屁精。」

∞

蘇州的歷史有三千多年了，建城也已近二千年，春秋時就是吳國的國都姑蘇，是吳王闔閭所建的大城。北宋時的名臣范仲淹在此建文廟、辦府學，從此蘇州文風鼎盛。學者、文士、書畫家輩出，成為全國人文薈萃的名城。城內有一條山塘河，一條沿河而建的山塘街，據說是唐代詩人白居易任蘇州刺史時所建，過去也有人稱為「白公堤」。

石世駒換了一身皂色長衫，頭上戴了一頂小圓帽，長衫外面加了一件短襖，絲棉裡子，絳色綢面，細看時可見絳色底子中夾著寶藍色的暗花，既輕便又保暖，說不出的瀟灑好看。他這身打扮全是鄭芫問她娘的舅爺借的。老舅爺在南京夫子廟附近開了一爿綢緞店，那絳色短襖是今年南京最熱賣的年貨，批進了一兩百件，賣得只剩下最後一件，借給了世駒。

石世駒自九歲左右便淪落為乞丐，奇的是他一穿上這身裝扮，看上去便是一個商場大少的模樣，連他自己也覺得舉止風度都極自在，毫無彆扭之感。鄭娘子見了，讚道：「到底是富商之後，假不了。」

此時石世駒從閶門渡僧橋一路走來，沿著山塘河的民宅商家，黑瓦白牆倒映在水中，饒有風味。行約四五里路，終於在一間茶樓和一間賣文房四寶的雅店中間，看到了一塊招牌，牌上寫著極有氣勢的三個隸書大字「山水齋」。

石世駒進門來，一個夥計立刻上前招呼道：「公子爺請坐，先用碗熱茶歇歇腿。」那夥計自恃經驗老到，一看便認定石世駒是個識貨的富公子，這種客人最能將好貨賣到好價，是店主最喜歡的客人。石世駒謝了，啜了一口茶，對夥計道：「敢問貴店的主人可在？麻煩小哥兒通報一聲，就說來自京師的書畫收藏家世駒先生想與店主人談一幅畫。」

那夥計暗道：「來了，貴客上門了。」心想這貴客進門來，屋內四壁掛的名家書畫瞧都沒瞧一眼，直接要和老闆談「一幅畫」，那定是要談樓上的珍品了。那些珍品，往往一幅書畫便價值千兩銀子，暗慶自己沒有看走眼，連忙道：「貴客稍坐，小的這就上樓請老闆。」

那老闆是個矮胖的中年文士，從樓梯下來，滿面春風地拱手道：「世駒先生，久仰，久仰，敝人周人鈞。」石世駒起身還禮道：「是周老闆吧？世駒在南京聽朋友談起蘇州『山水齋』的周老闆，不僅店藏名家字畫最豐，可從來沒有贗品，確是金字招牌呢。」

那周老闆聽得欣喜，又拱手道：「過獎，過獎。世駒先生遠道來到小店，說是要談一幅畫，不知有何指教？」石世駒壓低了聲音道：「在下要和周老闆談一幅大痴道人黃公望的『春江垂釣圖』。」說罷盯著周老闆，看他的反應。

周老闆一聽此言，皺起眉頭想了一會兒，然後道：「大痴這幅畫在坊間頗有幾幅贗品，其真跡確是由小店售出的，恐怕也有十年以上了啊。世駒先生何以問起這幅畫？」

石世駒道：「在下出身南京世家，平日喜愛收藏一些古玩精品，青銅器物較多，字畫涉獵較少，不過偶有緣遇到真正的字畫精品，還是願出高價收購。近日有人向我兜售黃公望這幅『春江垂釣圖』，我四方打聽，坊間確有幾個版本，真偽難辨，便問那畫主他所持有的一幅來歷為何，那畫主說輾轉來自蘇州『山水齋』周老闆之手。為求謹慎，特來蘇州向周老闆求教。」

那夥計站在一旁侍候，這時聽這「貴客」說並不是來買賣畫，而是來求證一幅已經售出的名畫真偽，不禁興趣索然。那周老闆的反應卻恰恰相反，只因石世駒這一番話，搔到了周老闆專業的癢處，腹中許多學問待要賣弄，便坐下道：「名家字畫自來引得多方摹仿，若非行家，往往真偽難辨。世駒先生小心求證，正是我輩書畫愛好者應有之舉。您老遠跑來蘇州，還真問對了人呀！」

他啜了一口茶，興味盎然地對石世駒道：「您問的那幅畫，我現在記起來了，是十年前的事沒錯。那幅畫畫的是富春山嚴子陵釣台的寫生山水。富春山的山景，大痴慣用的披麻皴揮灑得淋漓盡致，林木煙雲染得變化萬千，最難得的是釣台上幾筆勾勒出嚴子陵披裘垂釣的人物形象，是大痴畫中所罕見。我記得此畫落款處有詞『子陵有釣台　光武無寸土』十個字，為大痴道人親書，卻沒有留年月。不過從其筆墨之老到，布局之空靈觀之，應是大痴八十歲前後之作。」

石世駒聽他說得十分在行，便問道：「坊間頗有幾幅捉刀之作在流傳，真偽如何分辨？」周老闆道：「據我所知，坊間共有三幅贗作，其中兩幅摹仿大痴只得其形不得其神，容易分辨。另有一幅畫的山景、人物並不全似真跡，但作畫人的筆法墨色、意境布局皆神似大痴，且功力與大痴相差不遠。倒不是說以假亂真，而是很難說它不是同出於大師手筆的另一幅真作。」

石世駒道：「照周老闆的說法，即使是錯買下了這一幅，倒也不算吃虧？」周老闆笑道：「這幅畫現在濟南一位畫商手中，我見過一次，說老實話，我也不敢十分確定此幅定是贗作。」石世駒道：「這就難了。咱們一般的收藏者那能有周老闆這種法眼，只好認定是從您這裡售出的那幅畫就錯不了。」周老闆聽著十分受用，便道：「那倒是，那倒是。世駒先生，您那京師朋友的畫如果真是咱十年前賣出的那一幅，那便是大痴的真跡，絕對錯不了，您可以放一百個心。」

石世駒道：「周老闆還記得十年前的那幅畫，是賣給了京師何人？」他繞著圈子摸了半天的底，此時終於問到重點了。周老闆想了想，道：「怎麼不記得？十年前買這畫的是一個姓石的富商，好像是在京師做木材生意的，出手十分大方乾脆，我要價一百兩黃金是高了些，他連價都不還便付錢拿畫走人，是少見爽快的好顧客，我這會兒記得可清楚哩。」

石世駒道：「雙方可曾留下什麼字據？」周老闆搖頭道：「我不是說那石客官付錢走人乾脆無比，竟沒有要咱們寫個字條。世駒先生何以問這個？」石世駒聽他一路說來，也不知他對石家後來的慘案是否知情，見他似乎起了疑心，連忙道：「在下想要知道，如何確定那幅畫的確是十年前從貴齋售出的……」

周老闆得意地笑道：「這個容易，你只要在那幅畫右下角一堆著了淡赭色的山石中仔細找，便能看到一個膽形的小印，印文是『猗歟山水』四個篆字，那便是經過咱『山水齋』的鑑定了。」

石世駒聽到此言如聞仙樂，他強忍住激動，拱手道：「承教，承教。為求慎重，可否請周老闆將這『猗歟山水』的印文賜在下一紙，以便與畫上的印文核對。在下先備紋銀五十兩奉上，待核對無誤，喜得大痴真跡，當再備厚禮致謝。」

周老闆見石世駒對自己的鑑賞如此推崇信任，心中一樂，人也就大方了，哈哈笑道：「不過是一方印文，何需老兄破費，倒是異日確認了那幅畫，如能有便讓我再好好觀賞一番，也就罷了。」他道聲待慢便轉身上樓，過了片刻下樓來，手中持著一箋宣紙，上面寫著「山水齋鑑賞之章」，並署名周人鈞，左面蓋了一個膽形的小印，印文「猗歟山水」四字朱泥未乾，筆法刀工布局無一不佳，應是出於名家之手。

石世駒接過那箋印文，拿張棉紙墊好，收入懷中，又留下了京師章逸寓所的地址，便拱手作別道：「周老闆有便來京，定要到這個地址來尋我，讓我一盡地主之誼。」

石世駒拜別了山水齋的周老闆，身上雖有五十兩白銀，卻是向章逸借來的，既未用掉便要退還，袋中的川資只有兩吊銅錢，便找一家偏僻的小客棧，要了一個舖位，買了幾塊燒餅，向茶房要了一壺又苦又澀的粗茶，胡亂充飢後就倒頭睡了。他躺在硬板床上，想到此行任務已達成，心情甚是寬暢，天還沒黑就呼呼入夢了。

∞

朱泛和鄭芫趁著月黑風高，潛進了錦衣衛的經歷司。子夜時分，兩人偷偷摸入「藏案室」中，一人手中一枝蠟燭，足足找了兩個多時辰，終於在封塵的庫底找到了十年前石家案的資料。鄭芫小心翼翼地把幾頁文書收入囊中，兩人悄悄退出衙門時，已經快要破曉了。

鄭芫興奮地睡不著，回到娘舅的住處，就開始查閱石家案的文書。第一件發現便是，主辦此案的官員正是錦衣衛的北鎮撫使白景泰。第二件大發現是，審案的文書中確有石家以一萬兩銀子「企圖賄賂有司」的記載，這一萬兩銀子遭沒收繳庫的憑證也保存無損，但是從頭到尾沒有那抄家所得十萬兩銀子的紀錄。以石家這樣的豪富之家，抄家十萬兩的大事居然一字未提，實在令人費解，除非是這十萬兩銀子已被私吞了。

翌日，鄭芫及朱泛把偷出來的石案資料交給章逸過目。章逸想了想，道：「那白景泰好像是以四品錦衣衛僉事的身分兼任五品的北鎮撫使，當年權傾天下，如今好像調到刑部，高升為侍郎了。這事我還要請鄭學士到吏部去確認一下。」

鄭芫道：「有關抄家的事，正如朱泛所料，頭一回的一萬兩記載得一清二楚，被當作石家賄賂的證據沒入上繳了。但第二回的十萬兩，就是放在紫檀木箱中的黃金吧，卻是隻字未提，定是落入那姓白貪官的私囊了。」接著她轉向朱泛道：「朱泛，你愚者千慮必有一得，這回倒是料得神準呵。」朱泛笑而不答。

章逸道：「是不是如此這般，還有待進一步證明，咱們待世駒回來再作道理。」

石世駒趕回南京時，已經入夜了。他川資不足，阮囊羞澀，早飯後趕了一天路，挨餓到此時尚未進飯，趕到「鄭家好酒」店外時，臉色有些發青。鄭芫一把拉住他，問道：「世駒，你怎麼了？臉色不對啊。」石世駒苦笑道：「太太小姐行行好，賞些剩飯充飢吧。」

他已恢復了原來的叫花子裝束，背上揹了一隻布包，一進屋就將布包放在櫃檯上。鄭娘子聞聲出來探望，石世駒作揖道：「布包裡是向老舅爺借用的衣服，完璧歸趙，多謝，多謝。」鄭娘子看他臉色便知他挨餓了，趕快要他坐下，入廚房去先拿了兩個包子、一壺熱茶出來，石世駒謝了又謝。

待石世駒狼吞虎嚥吃完兩個菜包，灌了兩碗熱茶，鄭芫才笑咪咪地道：「世駒呀，皇帝不差餓兵，你任務在身，也不要太節省呀，不吃飽如何趕路？」石世駒打了一個嗝，搖頭道：「我身上只剩下幾個銅板，不敢浪費。要趕時間，路上也沒空行乞，心想不如一口氣撐著趕回來，鄭大娘這邊的殘羹剩菜也強過路上的飯舖。章指揮借來的五十兩銀子倒沒有用掉，待會兒退還原主。」鄭芫道：「此行可有收穫？」石世駒笑道：「圓滿達成任務。」

這時鄭娘子著阿寬端了一大碗熱騰騰的榨菜肉絲麵放在石世駒面前，石世駒連聲道：「叫花子那能吃得這等講究？」但方才那兩個菜包實在不足以裹腹，便呼嚕呼嚕把一碗熱麵吃了，連湯帶菜全下了肚，這才舒服地笑了。

鄭芫最愛看人吃得開胃，以前常常坐在櫃檯後面看客人吃飯，客人胃口好，她便覺得比自己吃著還受用，近年長成大姑娘了，便不好再盯著別人吃飯。這時面對面瞧著石世駒吃得痛快，不禁看得興味盎然。

鄭芫正待問些細節，章逸已帶著朱泛、于安江及沙九齡走進店來。朱泛招呼道：「世駒，正在等你回來，大夥兒好好合計一下，你家老案子下一步該怎麼查。」

大夥兒把查到的事湊合了一下，章逸道：「石家這案子的內情，恐怕跟大家猜得相去不遠，現在最重要的是找到證物，便從那紫檀木箱的黃金，和那幅黃公望的『春江垂釣圖』著手。」朱泛道：「依俺看，那幅畫多半在負責辦案的白景泰府中；那萬兩黃金只怕就不會原封不動了，不過那紫檀木箱想來也還在白府中。問題是，如何取得這些證物？」

鄭芫道：「咱們請鄭學士向皇上請個重啟調查的欽令，就大搖大擺地進白府去查案。」

章逸道：「白景泰幹過錦衣衛，現下又是刑部侍郎，宮裡府裡全是熟人，鄭學士一動公文，只怕就打草驚蛇。那兩件事物要是真在白府，一幅畫加一口木箱子，要湮滅證物還不簡單？至於黃金，嘿，五十兩一個的金元寶上又沒有鑄上石家的名號？」

一直沒說話的「追風劍」沙九齡這時忽然道：「我瞧這麼辦吧，咱們扮作強人，到白府去把那個什麼白景泰綁出來，用江湖上的規矩侍候他，教那姓白的招出那兩件證物的所在，包在俺身上。」于安江壓低了嗓子叫聲好，伸掌重重拍了沙九齡肩膀一下，道：「照哇，俺忍了好半天沒敢講，咱們以前便是這麼幹的。他媽的白景泰當北鎮撫使時，不知玩過多少酷刑，也讓他自己嚐嚐傷天害理的滋味，我操他媽。」

鄭芫自從跟這些粗豪漢子攪在一起，聽粗話、髒話已經不會覺得受不了，最多只是皺皺眉便算了。她接著方才章逸的話，道：「章頭兒說不能動公文，咱們難道從頭到尾用私刑？這樣就算報了仇，卻沒幫助石家翻案平反。」

章逸道：「芫兒說得好，公文還是要動的，不然便沒法子正式成案。這案子最好是雙管齊下，沙老兄和于老弟的辦法可行，但另一邊咱們請鄭學士上個奏章，請皇上下旨重查這個案子，到時咱們已經掌握了證物所在，便一舉人贓雙擒，石家的案子就能翻案了。」

朱泛道：「鄭學士這個奏章茲事體大，皇上會甘冒大險，對一宗十多年前的案子重啟調查？」鄭芫問道：「冒什麼大險？」

章逸道：「芫兒，妳不懂朝廷裡的事，你們這麼做，朝廷若是下令重開調查，確實冒著星星之火可以燎原的危險。試想一個胡惟庸案、一個藍玉案，殺了好幾萬人，這裡面冤死的人還會少嗎？倘若都照石家案的例子出來翻案，不僅舉國刑政大亂，朝廷威信岌岌可危，更嚴重的是可能傷及皇上和洪武帝的關係。祖父手上判定了的案子，如果孫子一上任就大興翻案，這可不是鬧著玩的。」

鄭芫聰明無比，只是不懂這些朝政上的考量，這時聽章逸一說便明白了，不禁憂心地問道：「既然如此，鄭學士的奏章皇上是不會批准了？」朱泛、沙九齡及于安江也覺得動用公文困難重重，石世駒更是面露沮喪之情，默然不語。

章逸這時卻露出一絲神秘的笑容，鄭娘子出來聽了好一會，便道：「章指揮，你一定想好了，說出來大家聽聽，也曉得接下去該怎麼辦呀。」章逸道：「方才說的朝廷顧慮確是非同小可，但俺估計，這事最終還是辦得成……」那于安江跟章逸辦事多年，知道章逸說出這話，其實已經胸有成竹，便催道：「章頭兒，你便莫要賣關子了，快快告訴咱們你的計畫。」

章逸道：「這事想起來難上加難，巧的是它卻湊對了幾個勢，依俺瞧是非成不可。」于安江啊了一聲，問道：「那幾個勢？」

章逸道：「在咱們心中，重查石家案是件仗義勇為的好事。到了鄭洽那裡，就成了一椿與舊錦衣衛作為分割的做法，這正是鄭學士想要的東西，是以鄭學士必定樂意上奏。到了皇上身邊方孝孺、黃子澄那班大學士手上，這案子便成了新皇建文帝行仁政的代表之作，他們必然樂見其成。最後到了皇上手中，這案子正好可以為皇上先前頒下的命令樹立一個實例……」

沙九齡插口問道：「先前什麼命令？」

章逸道：「皇上登基不久曾頒令，前朝幾個大案子中如有冤情者，只要能提出確實證據，可以陳請重新調查。但是此令從頒布至今，沒見到有陳請者翻案的，你道為啥？」沙九齡道：「為啥？」章逸道：「第一，沒有人敢。這兩個大案當年殺得腥風血雨，凡經歷過的都餘悸猶新，誰敢賭新皇帝講的是真是假？第二，當年辦案的手段是斬草除根，大多數罹禍的都遭到全家斬盡殺絕，根本沒有後人能出面要求翻案。就算有些沒死絕的也都流放戍邊，送到千里之外做苦工去了，那還能回京來申冤？再說，就算有人可以申冤，所有的財產及重要事物都被抄走了，又如何能提得出『確實證據』？」

于安江道：「不錯，章頭兒說得再明白不過，事實上就是這麼一回事。」石世駒聽了更是激動萬分，囁嚅說不出話來。朱泛對章逸這番剖析佩服得五體投地，連連點頭道：「章頭兒，您說得透徹。建文皇帝心中定然想，如果這詔命頒布了一整年，半個陳情的都沒有，這道命令在天下讀書人的談論中便有假惺惺之譏。是以皇帝見到咱們這案子的陳情奏章，說不定龍心大悅；如果翻案成功，就是先前那道命令的有效實例了。」

眾人聽到這裡，對章逸的思慮無不歎服，鄭娘子也覺十分地面上有光，對這個浪子又增了幾分愛意。鄭芫還加了一句話：「正因為能提出陳情的人數十分有限，咱們這案子絕不會替朝廷惹來星星之火可以燎原的危險。難怪章指揮說，這案子恰巧湊對了幾個勢，所以非成不可。」

石世駒的心情這時才平靜下來，衝著章逸納頭便拜道：「這事全仗章指揮及諸位仗義相助，石家若得翻案，諸位都是小人的再生父母。」章逸一把將他拉起道：「世駒，莫要如此說，咱們來好好策劃一番，務須平反此冤案，還你石家的清白。」

∞

次日鄭洽的奏章便遞了上去，果然不出章逸所料，皇帝身邊幾個大學士均表此案應予重新調查，建文便即下詔，命鄭洽率錦衣衛負責調查，刑部尚書暴昭負責審理全案。眾臣見到這十年前的個案，不但歷時久遠，而且牽涉也不大，在胡惟庸案中算是一個小案子，居然受到皇帝如此重視，不禁大為不解。只有少數見多識廣的明白人已感覺到一場翻案風潮將要開始，有些前朝辦過大案的人恐怕要倒楣了。

刑部尚書暴昭出身國子監，從大理寺基層的司務做起，一路升遷，洪武帝晚年予以不次拔擢，兩年之內調任刑部侍郎，再升任刑部尚書，是朱元璋為建文親選的班底之一。他與過去胡惟庸案較無直接關係，是以建文命他負責石家老案的重新審理，便有要他能公正而無顧忌地辦案的意思。只是如此一個「小案子」，竟勞刑部尚書親自負責，確是少見。

當天退朝後，暴昭邀鄭洽到刑部密談，鄭洽表示此案事隔十年之久，搜查物證恐怕極不容易，只有石家當時留下的一本當事人親筆所書的生意雜記，可以提供一些蛛絲馬跡，便把石世駒伯父的那本札記當場交給了暴昭，並由暴昭親寫了一張收條給鄭洽。

當晚四更天，刑部侍郎白景泰府中來了兩個黑衣蒙面的夜行人。其中一個矮子用迷魂香迷倒了巡夜的侍衛，直接進入白景泰的寢室，將白侍郎的兩個女人蒙上嘴綁了，便開始逼問白景泰，要他交出家中的珍寶。那矮子尖著嗓子說，江湖上傳聞白景泰家中藏了幾百個黃金元寶，全是傷天害理的不義之財，要他交出來，便饒他一命。另一個聲音沙啞的漢子說，傳聞白景泰家中還有大量古玩字畫，價值連城，也要交出來才能活命。

白景泰抵死不肯承認，那矮子便施出分筋錯骨的手段，專找白景泰身上最敏感的地方下手。白景泰嘴裡被塞了布條，喊痛也喊不響，只能發出淒厲的荷荷之聲，但他仍頑強不肯招認。只見他汗出如漿，青筋暴凸，漸漸雙眼翻白，眼看著便要不行了，那矮子就停手讓他歇一口氣。

白景泰一生用酷刑整治過多少人，且大部分都是被屈打成招的無辜之人，他作夢也沒想到，今夜會落到這兩個黑道無賴的手中，不用刑具就把自己整得死去活來。那矮子心狠手辣，待他稍微喘過一口氣，就又開始施刑，一連三次，一次比一次更狠，白景泰終於點頭認服了。

那矮子掏出一把匕首，對準他的喉頭，低聲道：「俺要拿出你口中之物，你若大聲叫喊，老子就給你一刀，聽明白了就點頭。」白景泰點頭如搗蒜。待矮子將他口中布條扯出，便喝問道：「帶老子去拿金元寶。」另一個蒙面人道：「帶俺去取字畫。」

白景泰搖頭道：「兩位壯士聽稟，你們搞錯了對象，下官家中那有幾百個金元寶？字畫也就三五幅而已……」還待講下去，那矮子伸手打了他一個耳光，喝道：「少囉唆，快快帶路，你還要再吃苦頭麼？」白景泰無奈，只好帶引兩個蒙面人走到隔壁書房，點亮一盞蠟燭，揭開一塊地板，下面藏著一口紫紅木箱，箱蓋上雕有兩匹駿馬，十分精緻。白景泰揭開木箱，只見偌大的箱中只存放了五隻金光閃閃的大元寶。

白景泰道：「下官家中就只有這五隻金元寶，那有幾百個？壯士誤聽了江湖訛傳……」那矮子卻不信，用匕首抵住白景泰的喉管，道：「想拿五個元寶來糊弄你老子？門都沒有！快說，其餘的元寶藏在那裡？」另一個蒙面人喝道：「俺要的字畫呢？」白景泰嘆道：「實在沒有了，字畫都掛在牆上，兩位壯士便是殺了下官，也只有這些了。」那矮子冷笑道：「只有這些？這麼說你他媽還是個清官呢？我操。」

另一個蒙面人一手搶過燭火，走到牆邊舉燭一照，只見書房牆上掛著兩幅畫，左邊的一幅上題了「子陵有釣台　光武無寸土」十個字。他仔細瞧了一下，回首喝道：「其他的字畫藏在那裡？快說！有一幅趙子昂的『駿馬圖』怎麼不見？」白景泰苦著臉道：「壯士，您高抬貴手，下官家中那有趙子昂的畫？您打死下官也變不出什麼『駿馬圖』……」

就在此時，屋外一陣嘈雜聲起，凌亂的腳步聲由遠而近，幾人大聲呼喝：「大人，您在寢室裡嗎？」「大人，您沒事吧？」看來是守夜的侍衛們醒了過來，匆匆趕來護主。

那兩個蒙面人對望了一眼，矮子一面抓起五個元寶，丟了兩個給同伴，一面低喝道：「風緊！扯呼！」兩人擊掌打破窗戶，越窗而出，竄過長廊，從後門逃到花園中，飛身躍過院牆，逃之夭夭。

兩個蒙面夜行人離開白府後，便施展輕身功夫，愈行愈快，片刻便奔出三里路，來到小校場邊一片密林中。林中走出三個錦衣衛來，這兩個蒙面漢子將面上黑罩除下，月光下可見正是沙九齡和于安江。那三個錦衣衛便是章逸、朱泛及鄭芫。

章逸低聲問道：「查到了麼？」那矮子沙九齡道：「那廝書房地板下藏了那只紫檀木箱，箱裡只有五隻金元寶……」一面說，一面把懷中的元寶掏出來亮了亮。朱泛道：「媽的，俺從來沒偷過這麼大的金元寶。」于安江道：「那幅畫就掛在書房牆上，俺仔細認了畫上那幾個字，錯不了。」

章逸等的就是這結果，既然東西仍在白府，抓人抓贓就要快，便低聲道：「你們兩人快去俺的寓所裡躲著，等咱們回來，老于有俺的大門鑰匙。」于安江應了。章逸對朱泛及鄭芫道：「咱們三人這就去抓人抓贓。記著，咱們是奉旨行事，要大剌剌地才像樣子。」

白府中一陣混亂，白景泰從書房走出來，臉上已無驚慌之色，恢復了他平日嚴峻的面容，對幾個侍衛、傭人及丫鬟喝道：「都不要吵，本官在此。」那幾個侍衛跪下請罪道：「咱們被那賊人用迷香薰倒了。救駕來遲，請大人責罰。」白景泰哼了一聲，道：「用迷香的下三濫也擋不住，沒用的東西，要靠你們來救駕，哼，早就讓賊子給害了。」

丫鬟們將兩位夫人安置妥當，上了熱茶給夫人壓驚。白景泰叫丫鬟溫了一小壺酒，就坐在床邊，一面啜飲一面仔細思量，沒有人敢打擾他。他想到那兩個蒙面賊人，想到那矮子對自己施的酷刑，到現在還全身酸疼，刺骨銘心；想到自己在錦衣衛任北鎮撫使時，每次審案用的各種酷刑，比今日自己所受的殘酷何止十倍，眼前浮現一幕幕受刑人慘嚎悲哭的情景，不禁打了個寒噤。這時，他忽然想到一件事，頓時臉色大變。

「這兩個蒙面賊為何一個逼我要金元寶，一個問我要字畫？為什麼？」想到這裡，他又打了個寒噤，腦子忽然清明了。他長吸了一口氣，暗道：「是石家老案！這兩個蒙面人絕不是江湖下三濫的賊子，他們是衝著石家案而來的。」他半生經手的案子多如牛毛，原本也不會立刻就想到石家案，只因為那一箱金元寶的事太特殊，他一想到矮子蒙面人不斷逼問金元寶，終於便想到了石家老案，從石家老案他也聯想到抄家所得的那幅畫，就是掛在書房牆上那幅黃公望的真跡。

想到這裡，他心中升起一股強烈的恐懼之情，他強壓住心中的慌亂，暗忖道：「還好那一百多個金元寶都送走了，我把那紫檀木箱和那幅畫銷毀了，便死無對證。」他當機立斷，大聲叫喚管家的老家人來，吩咐道：「快到內院天井生一個大火堆，要快，火愈大愈好。」

管家待要問原因，抬眼看到主人的臉色，白中透青，比死人的臉還難看，便不敢再問，匆匆離開去準備火爐。

天井中火生起來，白景泰開門瞧了一眼，道：「火不夠大，再燒旺些……」

就在此時，前院忽然傳來人聲，護院侍衛大聲叫道：「你們是什麼人？膽敢闖進白大人的公館？」接著一個宏亮的聲音道：「錦衣衛奉旨查案，你等全部迴避！」

白景泰呆了半晌，長嘆一聲：「來不及了！」

8

由於被告的是刑部侍郎，尚書暴昭特別請示皇上，增派了大學士方孝孺會審。開審是在刑部的青雲堂，章逸、鄭芫和朱泛帶領幾個軍士，騎馬護送白景泰所坐的騾車從太平門出城。刑部就在玄武湖的東南角，是六部中唯一不設在皇城內的尚書衙門。

白景泰身著褐色長袍，面色平靜，嘴角甚至掛著一絲若有若無的冷笑。章逸將他交給了刑部的司務官，打了收條便算押送完畢，此後就由刑部接管。他低聲問那司務，等會開審後可容許他及鄭、朱三人在場？司務官也低聲回答：「開審時，左側設有鄭洽侍講學士的座位，三位錦衣衛便站在鄭學士身後，旁聽則可，但不可發言。」

開始審案時，暴昭和方孝孺坐在堂上，暴昭居中，方孝孺居左，右邊下方一張小案坐著鄭洽，章逸等三人站在後面。對面也有一張小案桌，案上文房四寶，坐著一個文書師爺。

一名司務官捧著鄭洽替石世駒寫的狀子，朗聲唸了一遍，詳述十年前石家兄弟兩家遭冤殺的經過，繼而控訴當時審案的官員不公不正，草菅人命，最後則提出主要訴求，強烈懷疑主審官白景泰貪圖石家十萬兩銀子的財產，假借胡惟庸案的牽連，謀財害命，罪無可逭。因此請求重新調查，還石家清白及財產，嚴懲失責惡吏。

白景泰聽他唸完狀子，臉上仍是滿不在乎。主審官暴尚書喝道：「白景泰，你聽清了訴你的狀子？」白景泰道：「聽清了。」暴昭道：「你可認罪？」白景泰冷笑道：「本案早已定讞，石家助反又賄賂官家，罪有應得。這狀子全憑石家一個狡計逃避王法的死囚一面之辭，整篇胡言亂語，全無證據。尚書大人應該先將當年這個漏網的人犯抓下究辦才是，豈能由他信口雌黃，誣告朝廷命官？」

暴昭暗道：「這白景泰行事很是老辣，口齒又十分尖銳，要他自己伏罪只怕不易。我且先引他入彀，等他咬死了再施殺手鐧。」於是大聲道：「白景泰，你要證據，便讓你看看證據。來人呀，將本案物證帶上堂！」

四個衙役抬了兩大箱事物上堂，司務官當著主審驗了箱上封條，大聲喊道：「封條無誤！」暴昭道：「拆封看證物。」衙役將箱中各種事物搬出，呈放在地，有二、三十大件瓷器，件件精美無比。其中有一對天青色的荷葉洗，瓷色溫潤如玉石，一亮相便顯得華貴不可方物。另有四幅對聯，兩幅是米芾的行書，一幅是歐陽詢的楷書，還有一幅是朱熹的楷書。

暴昭和方孝孺兩人都是書法行家，看了這八聯書法放在地上，彷如灑了一地墨寶，美不勝收。暴昭喝道：「白景泰，你若為官清廉，那有銀錢買得這許多珍貴文物？就那一對北宋汝窯天青釉的荷葉洗便價值數千金，憑你為官的俸銀，要坐擁這些寶物是絕無可能。你從何處得到這些，快快招來！」

白景泰不慌不忙地回道：「大人有所不知，這對汝窯天青瓷乃是先父在河南為官時，以一幅家藏的夏圭人物畫真跡，跟洛陽收藏商交換得來，在白家已有五、六十年了，那裡是在下假公濟私，掠奪而得？至於這些字畫雖是珍品，但市價高低差別極大，碰到好機會，有人急著脫手，便能出平價而購得高價寶物。這全看鑑賞的眼光和時機，這方面暴大人若不常涉足市場，可能就比較不熟。這些字畫，每一幅我何時以何價購得都有紀錄，如果大人要查，可以著人到舍下書房中取得。」

這白景泰侃侃而談，講得也十分在理，幾句話便把錦衣衛抄走的這些證物交代得合情合理，也無從進一步追究。連陪審的方孝孺及旁聽的鄭洽都暗道：「這白景泰是個厲害角色。」

暴昭問坐在左下角的師爺道：「還有其他證物麼？快一併呈上來，一一查問來路。」兩個衙役從堂外又抬入一批從白府搜得的值錢事物，無非是些金銀珠寶，比較特別的是一口三尺長、二尺寬、一尺半高的紫紅色木箱，還有一幅用銀線織成的綾裱長畫，畫作是黃公望的「春江垂釣圖」，畫軸泛出瑩潤微光，竟是整根上好的墨玉製成。

白景泰一一交代那些金銀珠寶的來歷，雖然以一個刑部侍郎的薪俸而言是多了一些，但也還不至於到難以置信的地步；最後問到了那口雕工精緻的紫檀木箱，還有那幅裱褙豪華的長畫。

暴昭指著那口空木箱道：「這木箱的木質厚重如石，紋理的紫天繁星，看上去極是高貴。方學士，您學博識廣，可識得是何種名木？」方孝孺仔細看了那木箱，讚歎道：「此木看起來像是上好的紫檀，但那紫色上的金黃亮點卻不是浮在木面，竟像是點點發自紫木內心。小弟從未見過這等名貴的木材，慚愧，慚愧。」

暴昭轉向座下右首案後的鄭洽，問道：「鄭學士，你識得這奇木麼？」鄭洽道：「回大人的話，在下也不識如此華麗的木料是何名目，便是那兩匹駿馬的雕工，也是出於名家之手呢。」鄭洽見暴昭不斷點頭，便繼續道：「那日隨皇上到內宮為皇后講了一回佛經，曾見到內宮門有兩根紫檀木柱，便是這等木，不過還不及此木箱的色澤。依在下猜測，此木應非中土所產。」

那白景泰終於忍不住了，向主審官拱了拱手道：「稟尚書大人，在下這木箱乃是天竺產的小葉金星紫檀木所製。這天竺紫檀長一分須得數十年，這木箱之木乃是千年以上的木料，是以看上去華麗無與倫比……」說到這裡，似乎警覺不該講太多，便戛然而止。

暴昭點頭道：「還是白景泰腹笥甚廣，你這寶箱由何而來？」白景泰不慌不忙地回道：

「回大人，這口木箱卻不是舍下之物，乃是別人存放在舍下的。」暴昭追問道：「何人存放在白府？」白景泰道：「一個天竺僧人寄放在舍下的，這僧人乃是先父在河南為官時結識的方外之交，在下幼時曾跟他習過一些瑜伽之術。十年前，此僧返回天竺去了，臨行前把這只寶箱寄放舍下。由於其木料及製作都極珍貴，雕工也精美，在下極是小心珍藏，以備異日完璧奉還。」

這番回答顯然出人意料，一切關鍵人物不是已亡故，就是遠在天竺，簡直就問不下去。暴昭想了一會兒，忽然問道：「那紫檀木箱中原來裝的是什麼？」白景泰道：「原來裝的是要帶回天竺的經書，因為箱子太重，便帶走了經卷，留下了空箱。」

暴昭又想了想，問道：「這幅黃公望的長畫又是得自何方？」白景泰從容不迫地答道：「回尚書大人，這畫是在下花五百兩銀子向一個落第舉人買下的。」暴昭問道：「落第舉人姓甚名誰？」白景泰應道：「十年了，不復記憶。」

暴昭以目光向方孝孺相詢，方孝孺搖了搖頭，暴昭便問文書師爺：「都記下了？」師爺道：「都記下了。」暴昭舉起驚堂木一記拍下，喝道：「退堂，人犯收押，明日再審。」

8

白景泰被關在刑部一間單獨的牢房中，房內床、桌、椅俱全，四壁沒有窗戶，全賴四角的燭火和油燈照亮，朦朧中略可辨物。由於人犯是本部的侍郎，牢頭及司役都很客氣，要茶有茶，要水有水，晚飯除兩盤蔬菜、一碗白飯外，白府還送來兩碟臘味及一壺好酒，也特許他享用。

白府的老家人送菜來時，白景泰暗中塞了一條汗巾給他，老家人一瞥巾上寫滿了字，連忙塞入懷中夾帶出去。他牽馬到了僻靜之地，掏出汗巾來，只看了第一行字，便又收好，上馬向城內快馳而去。進了城門，沿太平門大街筆直向南，從皇城西側接到通濟門大街，左轉上西長安街，再右轉停在錦衣衛衙門前。

老家人向守衛的軍士亮了亮刑部的腰牌，言明求見副都指揮使魯烈或金寄容，刑部白侍郎有要件親陳。軍士要他繫馬等著，便進去通報。老家人見另一名軍士有點面熟，便搭訕道：「軍爺，咱們見過？」那軍士道：「怎麼沒見過？當年白侍郎還在錦衣衛幹北鎮撫使時，常來給白爺送信送件的不就是你？」老家人笑道：「軍爺好記性，好多年前的事了。」心中暗自慶幸，老爺出事的事兒顯然還沒傳開，不然這些軍士勢利得緊，必定百般刁難自己，要見魯烈和金寄容談何容易。

不一會，先前那軍士出來招招手道：「跟俺進來。」便引著老家人進入衙門。那軍士道：「是魯大人見你。」

白府的老家人見了魯烈納頭便拜，待那軍士走出房門，便從懷中掏出那條汗巾，雙手呈上，一面含淚道：「老爺無端被關進了刑部大牢，全仗魯大人搭救。」魯烈看完了汗巾上的文字，便對老家人道：「你先回去，出去時小心些，不要讓人瞧見。你老爺的事，俺來想辦法。」老家人叩了頭，千謝萬謝地走了。

魯烈坐在案前，將那條汗巾又讀了一遍，然後丟在火盆中點火燒掉，暗忖道：「原來是十年前石家兩兄弟抄家的事，有人要翻案了。」他把十年前的事從頭到尾仔細想了一遍，但許多細節已經不復記憶。他拍手三響，一名錦衣軍官進來行禮，魯烈道：「著人找到刑部的員外郎汪典，要他火速趕到金頭兒的議事廳，咱們有要事商量。」那軍官應諾待退出，魯烈又道：「且慢。另外要經歷司的文書管事老江，儘快把十年前跟胡惟庸案有關的石家兄弟案所有文書都送到議事廳來。」軍官應聲退出辦事去了。

魯烈想了好一會，搖了搖頭，暗道：「不過就是白景泰黑了人家的財產吧，咱就是拿了些老白的孝敬，又沒有留下證據，俺不怕誰來翻案。」他坐下來，回想那年指使白景泰辦石家案，沒料到白景泰心狠手辣，手段比自己想的還要厲害，竟然搞了十萬兩銀子進帳，自己落得五十個金元寶。想到那五十兩一個金光閃閃的大元寶，模樣兒著實可愛之極，不禁嘴角露出一絲微笑。

他又想到，後來自己偷偷拿了二十個金元寶，獻給天竺的師父天尊，天尊一高興就傳了他「御氣神針」的絕技。這事瞞著所有人，連師兄金寄容也不知道。自己的武功已非昔比，少林、全真加上天竺三種神功在身，只待融會貫通，金師兄便不是自己對手了。

想到這裡，他起身便要去金寄容的議事廳，忽然那傳令軍官匆匆走來，背後跟著經歷司的文書老江。老江一進房門便跪下叩首，魯烈吃了一驚，忙問道：「老江，啥事急成這樣？」老江囁嚅地道：「那石家案的全部文書都不見了……」魯烈呆住了，過了半晌才疾聲喝道：「快去議事廳。」

∞

第二天，刑部青雲堂再審白景泰。章逸帶著鄭芫、朱泛跟隨鄭洽，一早就到了刑部外的大院裡，離開審還有一炷香時間，四人站在一棵大樹下候著。

鄭芫忍不住道：「昨日的審堂上，白景泰啥事都推得一乾二淨，暴尚書好像拿他一點辦法也沒有，我聽得急死了。」朱泛道：「俺瞧那暴尚書有點問不下去了。」鄭洽道：「今日若是再問不出名堂，我瞧只好放人了。」只有章逸微笑道：「俺瞧暴尚書昨日有些欲擒故縱，殺手鐧今天才會出籠，咱們拭目以待。」

又聊了幾句，一名小廝來請他們入內，說尚書就要升堂了。

暴尚書換了一襲大紅袍，頭頂烏冠，往主審官的高椅子上一坐，就只缺一部虬髯，不然就有幾分鍾馗進士的模樣了。白景泰仍是老神在在，一副不在乎的樣子。鄭洽暗想：「不知今日暴尚書怎麼個審法……」

暴昭坐定，驚堂木一拍，大聲喝道：「白景泰，十年前你藉著辦胡案之便，將富商石家兄弟牽入謀反案，以莫須有的罪名殺了兩家人，私吞了胡家財產十萬兩。本官已經查得清楚，你是招還是不招？」

滿堂諸人都沒想到隔了一夜，暴昭劈頭便將石案定調，直接了當指向謀財害命的方向，章逸等人精神大振，白景泰則大驚失色。暴昭接著再拍桌喝問一次：「白景泰，你是招還是不招？」

白景泰回過神來，抗聲道：「庭上所提出的各項物證，在下昨日已一一說明，尚書大人如拿不出新的證據來，叫白某根據什麼憑空胡亂招供？」

暴昭從袖中拿出兩樣東西來，放在身旁陪審官方孝孺桌前，朗聲道：「這裡有一本冊子及一份文書，冊子是石家和朝廷官家做生意的紀錄，幾筆大買賣的種種都記載得鉅細靡遺，另一份則是錦衣衛衙門裡保存的當年辦案公文、筆錄等文書，請方大學士過目。」

這一下似乎大出白景泰的意料，他自開審以來，頭一次感到一陣恐慌，一時不知所措。方孝孺翻閱那冊子中折角的幾頁，很快就看完，再看那份文書，臉色愈來愈凝重，看了幾頁又回去讀那冊子的折頁，似乎在比對內容。只見他臉色漸漸由凝重轉為激動，由激動轉為憤怒，但他並未發作，只將冊子和文件交還給暴昭，深深吸了一口氣，面色恢復如常，一言不發。

鄭芫等人注視著堂上的每一個細節，見方孝孺強忍住了激動，正在琢磨這暴昭接下來的動作，暴昭已大聲道：「方大學士，您看了這本冊子，這冊子是石家的生意經，由兩兄弟的長兄親筆所書，是也不是？」方孝孺道：「不錯。正是石家長兄所記。」暴昭道：「這冊子中詳記了五筆與朝廷做的木材生意，都是由宮中採購大臣王桂文經手的？」方孝孺點頭道：「不錯。」暴昭道：「這些買賣的細節數字，不知是否屬實？」方孝孺道：「回主審官，方才我比對那五筆買賣的詳細數字，與錦衣衛當年所調查的數字完全一致。」

暴昭又從懷中取出幾頁手抄的數字，遞給方孝孺道：「這是連夜從宮中內務檔中抄得的王桂文經手諸案的數字，煩請方大學士核對一下。」方孝孺接過來仔細核對了一會，然後道：「回主審官，宮中記錄的數字與石家冊子上的數字也完全相符，是以在下認定，這冊子所載屬實無誤。」

這「屬實無誤」四個字才出口，暴昭便大喝道：「好個屬實無誤！再呈上那紫檀木箱及黃公望的『春江垂釣圖』！」

於是衙役再次把那紫檀木箱和畫卷抬了出來。暴昭對白景泰道：「石家這本冊子上所記的買賣細節，方才經過方大學士三方比對，確定屬實無誤。你如有意見，便將這三件證物給你過目？」

白景泰追憶當年審理此案及抄家時，似乎並沒有這樣一本冊子，不禁有些狐疑，便道：「此案當年由下官一手審理，從來沒聽過、見過有這樣一本冊子，時隔十年，怎麼忽然冒出來，到了尚書大人手中？此事透著蹊蹺，是否有人造了這本冊子來栽罪？在下不得其解。」白景泰對冊子中的數字先不表示意見，卻根本質疑這冊子的真實性，的是辦案的高手。

暴昭一拍驚堂木，喝道：「傳石家關係人石思居。」只見竹簾掀開，衙役帶了一個布衣青年進入青雲堂，朝案台上坐著的暴昭和方孝孺下跪行禮。鄭洽等人暗呼：「正點兒出台了。」那人正是石世駒。

白景泰不識石世駒，見說他是石家關係人，不禁一頭霧水，十分狐疑地瞪著他。暴昭道：「石思居，你是石家的何人？」石世駒答道：「小人乃是石家昆仲弟弟石鈞之子石思居。」暴昭拿起那本冊子，問道：「石思居，你認得這本冊子嗎？」一個衙役接過冊子遞給石世駒，石世駒翻了兩頁，便答道：「這是小人的伯父石枋親手記載的生意經。石家事發之後，是小的從伯父書房中帶出，藏於江湖之中，已有十年之久。」衙役便將冊子呈回審案上。

白景泰愈聽愈是心驚，忍不住抗聲道：「石家兄弟皆因『知反不報，罪同謀反』被朝廷處死，罪及家屬，那裡又鑽出一個兒子來？此人有詐，大人明察。」暴昭喝道：「白景泰，你莫插口，該你說話時一定讓你講個痛快。傳刑部員外郎汪典！」

竹簾掀出，衙役帶著一個肥頭圓臉的中年漢子走了進來，那人穿著從五品的官服，踱著八字步走到堂前，向暴昭和方孝孺行了禮，站在一旁。暴昭指著石世駒，問道：「汪典，你識得此人麼？」汪典瞧向石世駒，兩人四目相對，石世駒忍不住顫聲道：「堂舅，你還記得思居嗎？」

汪典與石世駒四目一對，已經認出這青年正是當年的小堂外甥，嚇得魂飛魄散，但口中卻硬拗道：「回大人，記憶中的思居年僅八歲，與此人長相相差甚遠，不敢貿認。」

汪典這回答可說是密不透風，無懈可擊。暴昭卻指向一旁的師爺道：「請師爺將你手上的名單唸上一唸。」師爺遵命，唸道：「石大剛、汪明、汪文昌、石大堅、毛小風。」暴昭問道：「汪典，這五人你識得麼？」汪典遲疑了一下，終於點頭道：「下官識得。」暴昭道：「這五人中有兩人是石家親戚，兩人是石枋妻家親戚，還有一人是石鈞妻家親戚，你當然識得。汪典，你說你不識得石思居，可是這五人卻都畫了花押，一致確認此人就是石家唯一沒遭殺害的石思居。」汪典答不出話來。

暴昭道：「石思居，你把當時如何逃得性命的經過詳細招出，不得隱瞞。」石世駒叩了一個頭，道：「小人在父親被抓走時，更名潛身伯父家。待伯父被帶走後，便是堂舅汪典來向我伯娘要了一萬兩銀子，說是錦衣衛裡的開價索銀。堂舅對伯娘說，銀到活命，要放人恐怕還得再想辦法。結果不知為何，錢給堂舅帶去了，反而變成咱們拿錢賄賂朝廷命官的證據，伯父便被處死了。」

暴昭轉問汪典道：「汪典，到底怎麼回事呀？」汪典支吾道：「下官為救我堂妹夫，把錢交上去，其他……其他一概不知……」暴昭打斷道：「我問你，是錦衣衛透過你索取一萬兩銀子，是也不是？」汪典瞟了白景泰一眼，支支吾吾地答道：「是……是，不是……」暴昭驚堂木一拍在案，喝道：「汪典，到底是還是不是？」

汪典囁嚅答道：「是……不是……下官不記得了。」

暴昭冷笑一聲，道：「師爺，唸一下這份錦衣衛的文書第四頁。」師爺從案上拿了冊子，翻到第四頁，唸道：「人犯石枋之妻舅汪典送白銀萬兩來，意圖賄賂辦案之朝廷命官，為石枋開罪，有司遂以隱庇謀反及賄賂刑官兩案定讞，處以極刑……」白景泰打鐵趁熱，連忙插嘴道：「不錯，那一萬兩賄銀，咱們全部上繳朝廷，一文錢也不少。」

汪典聽了大怒，對著白景泰喝道：「這是你們錦衣衛的文書？分明是你們託我去石家榨得一萬兩白銀，做為石枋的買命錢，怎麼可以記錄成是我主動拿錢來賄賂？白景泰，你好狠……」

暴昭打斷他的話，對師爺道：「師爺，你再看石枋親筆所記的那本冊子，翻到夾有本官書箋的那一頁，唸給堂上聽聽。」

師爺翻到了夾箋之頁，朗聲唸道：「洪武二十年，皇帝要修皇后寢宮，下令採購五種昂貴木材。其中最為珍貴者為產於天竺之小葉紫檀，中土無處可尋，幸有波斯商人進得三材，徑達五、六寸，共價兩萬兩白銀，是木中之極品也。余以兩材售於內務王大人，自留一材，求常熟名師製成木箱，長三尺，寬二尺，高一尺半，並於箱蓋上精雕駿馬二匹，栩栩如生。余遂將家產約十萬兩銀悉數換為黃金元寶，每隻五十兩，藏於此箱中，黃金寶盒相得益彰……」

暴昭打斷，問石世駒道：「石思居，你伯父的紫檀木箱是否就是堂前這一口空箱？」石世駒大聲應道：「回大人話，正是這一口空箱。」

白景泰聽到這裡已經面色大變，滿頭大汗。暴昭轉向白景泰道：「白景泰，這箱子是否在你府上找到的？」白景泰道：「是在舍下找到的，但是……」暴昭喝道：「你昨日在此堂上說，這紫檀木箱是一位天竺僧寄放在你家中的，完全是一派胡言。那麼我問你，石家箱中價值十萬兩銀子的金元寶去了那裡？」

白景泰仍思爭抗，也朗聲道：「大人不能只聽一面之詞，石思居如何能證明他伯父有這口裝滿金元寶的箱子？憑一本冊子？嘿嘿，焉知這本冊子不是臨時偽造來陷害下官的？」

坐在暴昭身邊的方孝孺聽白景泰到了這般地步仍在做困獸之鬥，而且想要反咬一口，不禁大為憤怒，厲聲道：「這本冊子所載幾筆木材買賣的詳細數字，與皇宮裡內務帳目完全相符。暴大人先得了這本冊子，又得了你錦衣衛當年的文書，為求周延，命人去宮裡抄得當年採購大臣王桂文大人的帳目。這些帳目在宮中檔案庫藏了十多年，難道也是臨時偽造的嗎？白景泰，你還要狡賴麼？」

暴昭接著追問道：「白景泰，那箱中的金元寶，你藏到那裡去了？」白景泰臉色鐵青，一時不知如何回答。

暴昭轉向師爺道：「後面一頁還有一段，師爺也唸出來聽聽。」師爺翻到次頁，朗聲唸道：「採購大員王桂文大人告知，蘇州漁隱園有一水邊小亭，幾支柱子都是紫檀木，邀余同去觀賞。余至蘇州，遇『山水齋』書畫店老闆周某，遂以百金購得大痴道人之『春江垂釣圖』，返家掛於書房中，可以日夜與大痴筆下之春江子陵相對，不亦樂乎……」

暴昭聽到這裡，便打斷師爺唸下去，轉向石世駒道：「石思居，堂下這幅長畫是否你伯父書房掛的那幅？」石世駒道：「回大人，確是那幅畫。伯父還告訴我畫上題詞的來歷，乃是子陵釣台上後人留下的詩句：『好個嚴子陵，可惜漢光武。子陵有釣台，光武無寸土。』這詩淺白易懂，小人記得清楚，便是這一幅。」

白景泰忍不住了，大聲道：「庭上大人，下官有話要說！」暴昭道：「白景泰，你說。」白景泰對石世駒冷笑道：「那裡鑽出了一個無賴，就算你真是石思居，那時候你才八歲，豈能識得這幅畫的真偽？刑部尚書大人正在親審刑部侍郎，豈容得你這小子在庭上信口雌黃？」

暴昭正要回話，石世駒也叫道：「庭上大人，小人也有話要說。」暴昭便揮手道：「好，你說。」石世駒道：「這幅畫究竟是不是我伯父從蘇州山水齋購得的同一幅，當時我年僅八歲，即使我說是，白景泰和我堂舅自然不信，但小人還有一個法子可以分辨真偽。」暴昭大聲道：「什麼法子，快說！」石世駒道：「煩請師爺仔細瞧瞧，這幅畫右下角的赭色山石之中，是不是有一個膽形的小印，印文是『猗歟山水』四個篆字，那便是經過蘇州山水齋鑑定售出的真跡了。」

暴昭揮手命師爺趨前察看，那師爺蹲下身來，仔細查驗了那幅畫的右下角，然後起立道：「回庭上，此畫右下角確有『猗歟山水』四個篆字小印，隱藏在山石之中，不經提示，很不容易發現。」暴昭命將長畫拿到案上來，與方孝孺仔細察看後，兩人對望點頭。暴昭道：「不錯，確有此印。石思居，你怎知這個印章就能代表此畫是山水齋鑑定售出的？」石世駒這時才從衣袋中掏出一張紙來，朗聲道：「小人這裡有一樣鐵證，請大人過目！」

暴昭在案上將那張宣紙鋪平，只見上面蓋了一個「猗歟山水」的小印，旁邊一行字：「山水齋鑑賞之章」，並署了周人鈞的名字。兩人將那紙上之印與畫上之印一核對，方孝孺點頭道：「不錯，兩印出自同一顆印章。」暴昭也點了點頭道：「不錯，完全相符。」

暴昭抬起頭對白景泰道：「白景泰，昨日你說此畫是你以五百兩銀子在京師肆中買得，現在證據在此，這畫分明是十年前石枋從蘇州山水齋購回的，石枋被殺後，此畫就落入你家。你還有什麼話說？」

白景泰作夢也想不到，只隔了一夜，這暴昭審案從一籌莫展突然各種證據全部出籠，打得自己沒有招架之力，只好低頭默然不語。

暴昭一聲大喝：「白景泰！」聲震全堂，他一字一字喝問道：「白景泰，你還有什麼話說？」白景泰已經鎮定下來，心知今日要脫罪已無可能，眼下只求減刑，便應聲道：「下官抄石家時取得紫檀木箱，當時便是一口空箱，絕無什麼金元寶，請大人明鑑！」

暴昭一記驚堂木拍下，道：「休庭半個時辰，靜候本庭宣判。」便和方孝孺攜手進入堂後的密室。師爺將庭上筆錄分交白、汪、石三人確認並畫押。

白景泰和汪典兩人各懷鬼胎，坐在左邊兩張竹椅上不發一言。鄭洽一行四人起身走到青雲堂的牆角，鄭芫壓不住心中的興奮，低聲道：「這個暴尚書真有一套，他昨日給了白景泰許多機會說謊，讓白某把他的故事都編好了，師爺都記下了，今日才把證據、證人拿出來，白某想要改口翻供就來不及了。」朱泛道：「昨日章頭兒就看出來，暴尚書在欲擒故縱，果然薑是老的辣。」

章逸卻道：「這白景泰狡猾無比，他最後的供詞是紫檀木箱從頭到尾都是口空箱，全面否認金元寶的事。這一招就讓暴尚書很難下判決呢。」鄭芫道：「世駒那本冊子不能當證據嗎？」章逸道：「那冊子可以證明從白府搜出的紫檀木箱和黃公望的畫是白某假抄家而自肥，因為這兩件實物現仍在堂上擺著，誰也賴不掉。但那冊子卻無法證明箱子裡裝有十萬兩銀的金元寶，因為咱們沒有查到元寶實物，倒成了各說各話。」

鄭洽頓足道：「早知如此，便該叮囑沙九齡、于安江他們不可將五個金元寶順手牽羊，應該留在箱中的……」鄭芫道：「其實也沒差別，即使留在白府，五個元寶要轉藏其他地方太容易了，咱們急切間未必能搜到。」朱泛道：「搜到了也只是五個元寶，跟十萬兩銀差太多。」章逸結論道：「總之，很難用一口箱子和一幅畫定罪為『謀財害命』，也難定這白某死罪。」

鄭洽卻搖了搖頭。章逸道：「鄭學士怎麼看此案？」鄭洽道：「能為石家平反這十年前的冤案，是當前第一等重要之事。至於是否能立即要了白、汪等人的性命，倒不見得要急於一時，只因真要追尋那一百多個金元寶的下落做為證據，不知道等到何時才能結案哩。就不知暴尚書和方學士這判決書怎麼寫？」

朱泛覺得這話有理，心中暗忖：「不錯，翻案才重要，要取壞蛋性命何需透過官家，咱們可以私了。」一他已在腦中計畫私刑處死這兩個壞蛋的場景：「嗯，不錯，汪典『良心發現』了，便在刑部左側的玄武湖投水自盡。那白景泰有天夜裡喝花酒喝到爛醉，跌落在秦淮河裡。」一想到這裡，不禁喃喃自語：「可憐，這兩人都餵了王八。」偏鄭芫耳尖，居然聽到一兩個字，便問道：「誰可憐呀？」

這時堂上兩排衙役站定，一個司務小吏高聲叫道：「升堂……」只見暴昭和方孝孺從後堂走出，在審堂前坐定了。暴昭拍案道：「帶白景泰、汪典，其他人等就坐。」

白汪二人被帶到案前站定，暴昭從袖中掏出一個摺子，打開來唸道：「洪武二十年，京師木材商石枋、石鈞兄弟遭錦衣衛逮捕，時錦衣衛北鎮撫使白景泰承辦此案，以『隱瞞並協助胡惟庸謀反』之罪名，將石家全家處死，僅石鈞之子石思居遁隱江湖而得免。十年之後，石思居攜伯父石枋生前親筆記錄各次供應朝廷採購木料之札記，投告當時辦案之白景泰謀財害命，並告其堂舅汪典串通訛財設陷。奉上諭由刑部尚書暴昭重啟查審，並由翰林大學士方孝孺會審。」

這只是起個案由，暴昭唸到此處停了片刻，目光掃了一下堂下，繼續道：「案經審慎重查，兩審當事人白景泰，並傳汪典對質，再依石枋之札記、錦衣衛之文書，以及宮中內務大臣王桂文之採購檔案，確認石家案之實情如次：其一，石氏兄弟皆為殷實商人，歷次供應朝廷採購之珍貴木材貨真價實，並無任何虛報價碼、串分回扣等情事。當年錦衣衛處理此案之文書中，並無任何證據可資牽入胡惟庸謀反案，亦無與宮中採購大臣王桂文合謀之證據，故其『隱瞞謀反，與謀反同罪』之罪名實屬冤枉，應予撤銷。」

石世駒聽到這裡，再也忍不住淚流滿面，哭出聲來。鄭芫和朱泛極為激動地握手相慶，鄭芫情不自禁淚水盈眶。

暴昭繼續唸道：「其二，據錦衣衛當年文書資料，石枋之妻汪氏有堂兄汪典，時在刑部任主事，汪典向其堂妹即石枋之妻勸說，索得銀子萬兩做為石枋活命之資。事後錦衣衛卻以此一萬兩銀，做為石家賄賂朝廷命官之證據，遂使石枋罪上加罪，全家遭處極刑。經重新調查及當事人白景泰與汪典對質，白、汪二人究竟何人主動提出一萬兩銀之議，雙方各持一詞，一時難有真相，唯石妻汪氏之出於被動其情甚明，況汪氏夫陷囹圄，心急而亂投助乃是人之常情，豈能加以賄賂命官、穢亂朝綱之重罪，處以極刑？十年前審判此案者心中豈有天理？豈有國法？豈有良心？」

這三個「豈有」唸出，有如平地三個焦雷，震撼之力有如萬鈞之重，石世駒當場失聲嚎啕，白景泰和汪典低頭不語，鄭洽等四人也都屏息咬牙。鄭芫再也忍不住，兩行熱淚沿著面頰滴在她筆挺的飛魚錦袍上。

暴昭拍了一下案桌，大夥安靜下來，他繼續唸道：「準此，則石家主動賄賂命官之罪名亦不成立。其三，石思居反控白景泰及從犯汪典謀財害命案，經調查及綜合各方資料後，發現石家之金星紫檀木箱和黃公望『春江垂釣圖』確實落在白景泰府中，然而石枋札記中所載價值十萬兩銀之金元寶卻不知去向。白景泰堅持紫檀木箱自始即為空箱，從未裝有黃金元寶，然而此案當年處死石氏兄弟兩家男女老幼十數人，豈有只為謀取一口空箱、一幅長畫之理？惟吾等上體當今皇上施仁政之德意，辦案必求實證實據，萬不可再蹈當年覆轍，刑求逼供，草菅人命，故『謀財害命』之訴雖不無可能，然而眼下之證據尚不足據以立判。惟此案不可就此結案，刑部及錦衣衛皆應繼續嚴查黃金元寶之下落，以求毋枉毋縱，徹底還原本案之真相，以昭天下。」

暴昭頓了一下，繼續唸出摺子上所書最後判決——

茲判決如次：

洪武二十年石家兄弟隱瞞謀反及賄賂朝官之罪名不成立，當年之判決全部撤銷。

當年被當作賄賂之資白銀一萬兩，即當由朝廷發還石家，由石思居憑判決書到戶部支領。

當年抄家時被抄而查有實錄之石家財產，連同白府搜出之金星紫檀木箱一口、黃公望「春江垂釣圖」一幅，發還石家，由石思居據領。

當年主審本案之白景泰已犯曲法枉刑之罪，唯其動機是否為謀財而害命，則以本案尚須繼續詳查蒐證，暫時收押刑部大牢，待證據更加齊全再作處理。重要關係人汪典，親戚罹難之際非但不加援手，且趁火打劫訛取錢財，應立即除去官職，廢為庶人，永不錄用，其所涉案與白景泰有各持一詞之部分，待證據更為齊全時再作處理。汪典雖不入牢，須居家交付地保看管，隨傳隨到。

白、汪二人入牢或看管時期，其家產除家人生活必需之外，一律加封刑部封條，全案最終處理之前，不得動用，亦不得轉移。

以上判處，經呈朝廷核准後立即執行。

主審官刑部尚書暴昭，會審官大學士方孝孺。

附件：石枋親筆札記一冊，洪武二十年錦衣衛石案卷宗十四頁，內府王桂文向石氏兄弟採購檔案抄本一份。

暴昭唸完，拍案退堂。

∞

章逸領著鄭芫和朱泛回到寓所，于安江及沙九齡早已在客廳等候。大夥兒坐下來，于、沙二人聽鄭芫敘述重審石家老案的經過，鄭芫妙語如珠，描繪得生動精彩，章逸和朱泛明明全程在場，這時再聽芫兒講一遍，仍然聽得心情起伏，不能自已。沙九齡和于安江更是聽傻了，直到鄭芫一掌擊在矮桌上，喝道：「退堂！」才鼓掌叫好。

沙九齡正色道：「鄭姑娘，妳講得比夫子廟那幾個說書的強太多了，俺瞧從明日起，咱們到夫子廟去搭他一個棚兒，由鍾靈女俠錦衣衛現身說法，侍候一段『新金陵奇案』，保證萬頭鑽動，一炮而紅。」

朱泛最是好事，拍手道：「沙老哥這個想法太英明了，芫兒的說書與眾不同，不但是現身說法，而且還穿插功夫動作。說到緊要關頭，若有需要時，俺可以客串壞蛋，上台和錦衣女俠過他幾招，管叫滿場喝采，別人卻不必做生意了，全都停下來擠到咱們的棚子。所以俺建議，咱們的棚子一定要搭大號的，愈大愈好。」

鄭芫見大家愈說愈離譜，便也一本正經地問章逸道：「章指揮，您說這生意成不成？」章逸見她擺出一副躍躍欲試的模樣，便板著臉道：「誰說不成？你們第二天便被金寄容開除，就可以正式在夫子廟幹那說書的營生了。」眾人哈哈大笑，都為新錦衣衛成軍以來的第一仗打得漂亮，而感到興奮無比。

章逸道：「這兩堂會審下來，各位可看到了暴大人的辦案功力。雖說是咱們提供了證物，但以白景泰的狡猾老到，若是換一個主審，那能那麼明快地就將他扳倒，治得他啞口無言，乖乖畫押？」朱泛道：「俺最佩服的是暴大人從頭到尾沒有動刑，原以為不用刑求的審案比較沉悶不好看，沒想到暴大人把過程搞得高潮迭起，驚心動魄，比看打屁股夾手指還要精彩，有本事，真有本事。」

鄭芫白了朱泛一眼，道：「朱泛，你還真看戲啊。我最佩服最後那篇判書，不僅面面俱到，該點到的無一遺漏。所有的分析及判決，合情合理合法，該判的毫不拖泥帶水，不該判的絕不貿然硬判……」章逸接口道：「不錯，那些金元寶肯定是被白某給吞了，而且絕對不會一人獨吞。不過沒有證據就不能貿判，嫌疑重大就要繼續嚴查；人要先關起來，以免姓白的在外面串連共犯、銷毀證據，你們看這裡面多綿密的思慮，多老練的手法。暴昭在洪武帝歸天之前，兩年內調升刑部侍郎再升刑部尚書，確實有本事。」

鄭芫道：「如此周延的判文，半個時辰便寫就，真不容易，我瞧鄭學士也有這本事……」

就在此時，有人敲了門，門開處只見鄭洽帶著石世駒走進屋來。鄭洽一進門就笑道：「什麼事只怕我也有這本事？」鄭芫道：「咱們在佩服今天那篇判文，暴大人只花半個時辰就能寫成，實在了不起；我便說只怕鄭學士也有這能耐。」

鄭洽笑道：「那判書確實擲地有聲，刑名事理人情世故，無一不妥貼。但我猜那草稿昨夜便已寫好了，那半個時辰乃是做最後修訂。從文氣看來，其中恐怕還有方大學士的手筆呢。方才我已帶世駒去拜謝了暴大人和方學士，如今他隨我來此，有幾句話要對諸位說。世駒，你說吧。」

石世駒上前一步，向幾位新錦衣衛拜倒。章逸一把拉起道：「思居老弟，不可多禮。」石世駒抱拳作揖，向眾人道：「思居還是叫世駒的好，當年的錦衣衛蓄意要殺死思居，今日的新錦衣衛救了世駒及石家的清白，我還叫世駒吧。諸位為石家冤案翻案平反，大恩不敢言謝，我也不知如何報答，但小可是個知恩知本的人，我在丐幫獲得重生，終生便是丐幫人，今晚我便要回到城隍廟外，和黑面李那批弟兄去吃剩飯殘羹了。至於石家的財產，雖然那十萬兩的金元寶下落未明，但我將獲得償還的一萬兩銀子，加上其他退還的白家財產，變賣成銀子後，怕也有幾千兩。我已決定將半數捐給鍾山靈谷寺，半數捐給城南天禧寺，拜託兩寺的師父代為布施窮困民眾……」

他說到這裡，被沙九齡和于安江揮手打斷，沙九齡道：「且慢，咱們這裡還有你石家的寶貝呢。」說著兩人從行囊中拿出五隻金光閃閃的大元寶。朱泛啊了一聲，搶前拿起一隻元寶抱著又摸又擦，一副愛不釋手的樣子。鄭芫抱怨道：「朱泛，看你德行。」朱泛才裝作一臉忍痛割愛，把元寶放還桌上。

于安江道：「這五個元寶原藏在那紫檀木箱中，那一夜咱們兩人扮作黑道，綁了白景泰，逼他打開木箱，箱裡就只這五個元寶，被咱們順手牽羊摸走，今日寶歸原主了。」

石世駒道：「這五個元寶卻不能拿去賑濟窮人了，畢竟還是官府在追查中的『贓貨』及證物，要煩請章指揮代為保管在錦衣衛衙門裡，視案情後續發展再加以處理。小人聽說這回為取得證據，累兩位英雄扮作黑道，還用了有點……有點下作的迷魂香，實在罪過之極，小人再給兩位叩頭。」說完就跪下，當真叩了一個響頭。

于安江道：「世駒不要客氣，咱倆為了演得逼真，不讓白景泰這隻老狐狸生疑，便要扮得愈下流愈好。」沙九齡也笑道：「最後白府的護衛醒轉要衝進來時，咱們如不順手牽羊帶走這五隻金元寶，豈不引白某起疑竇？咱倆不但順手牽羊，還當著白景泰的面就地分贓，這樣才夠下作，才瞞得過那白景泰。」

鄭洽見相關人等全到了，便對大夥兒道：「石家兄弟的冤案到今日算是平反了，後續搜查金元寶下落的事仍會進行，但只要此案經皇上御筆批准了，在京師將要掀起極大的震撼。此案在整個胡惟庸案中雖只是個很小的案中案，除了當事人，原來知道的人不多，但是經咱們這一翻案、皇上這一批准，只怕不少老案都會有人拿出證據來要求重審。刑部固然多了麻煩，咱們錦衣衛卻是首當其衝，試想當年許多冤案都是錦衣衛一手造成的，如今要重啟調查，老錦衣衛中能用的人有多少？只怕許多調查工作都要落到咱們這支新錦衣衛部隊來了。咱們一共五個人，要如何調整才應付得過來，這是第一樁事。」

鄭芫聽了倒不驚慌，當初提出重審舊案的構想，大家已料想到能成案的件數其實不會太多，現在聽說這些重審案件都要落在五個人的頭上，就得開始設想如何擴充查案人力。

鄭洽續道：「第二樁事，是翻案之風一起，能像石家兄弟案一樣成功翻案的或許不多，但是對全天下造成的影響將極為廣大。洪武之治辦了幾件極為殘酷的大案，殺了幾萬人，其實百姓是敢怒不敢言的。如今皇上容許相關後人翻案，為受冤者平反，還其清白，即使數量不多，也是新皇仁政的第一步。咱們頭一個案子辦得十分圓滿，爾後仍要能多辦幾個好案子，百姓便相信盼望已久的仁政，終於盼到了。」

朱泛道：「咱們人雖少，但可以挑選一些能幹可靠的年輕人，做為錦衣衛的助手，幫咱們辦一些外圍的事。譬如世駒，還有咱丐幫中幾位好兄弟，都可派上用場。」于安江點頭道：「好主意。便是舊錦衣衛中，俺也認識好幾位可靠的老弟兄可幫大忙，而不會出賣咱們。」章逸對沙九齡道：「便是龍騰鏢局裡，只怕也有些可靠弟兄可以幫忙打探打探消息？」沙九齡笑道：「鏢局裡會缺包打聽麼？」

鄭洽見麾下五個人，人人都有自己的人脈，只要指揮運用得當，動員起來力量並不單薄，不禁大喜道：「章指揮及諸位新錦衣衛辦理本案勞苦功高，今夜咱們有場小小慶功宴，章逸負責訂席，我鄭洽負責付賬，在座各位不可不到。」

∞

鄭洽估計得不錯，這石氏兄弟的案子翻案成功，兩個月內，刑部就接到五十七件要求重啟調查的陳情。其中有九案或因陳情者非當事人親屬，或因提不出任何證據，在刑部初審之後便不受理；其餘四十八案，則由刑部及錦衣衛共同編組了一個臨時調查司，由刑部五品郎中齊進和錦衣衛四品指揮僉事馬札共同主持。

由於所涉工作皆為重新調查朝廷已經判過的舊案，是以另派一位都察院僉都御史夏成士、一位翰林院侍講學士鄭洽為總協調，可以秉承朝廷立場，做跨部門整合。其架構撇開舊案辦案人，確保公正重審、不受干擾，同時也要顧及不可讓案情發展到野火燎原，衝擊朝廷，以致不能收拾。可說是方孝孺、暴昭、鄭洽等人煞費苦心的設計。

建文當時基於洪武時代的兩件大案枉殺太多無辜，心懷補救之意，便公布了一道命令，允許受害者後人提出證據，重啟調查。結果大半年來，無人膽敢提出，他善意的做法得不到任何迴響，原本有些沮喪。這次藉石氏兄弟案的重審翻案，兩個月內促成了四十八件新調查案，不禁甚感喜悅，對鄭洽、暴昭等人大為稱賞，欽命獎賞辦案人員，並勉努力辦好新提出的四十八案。

朱泛和鄭芫忙了一整天，離開衙門時已是亥時，兩人只好跑到「鄭家好酒」趕個宵夜，然後陪鄭娘子一道回家。他們走到夫子廟附近，夜市正熱鬧，耍把戲的、說書的、叫賣的……好一片繁華市景。

三人走過一個雜耍的父女班子，那少女在一個矮台上施展軟骨功，她身軀後仰，頭從雙腿之間彎到前面來，將放在台上的一隻茶杯咬起，然後慢慢翻轉，上身迴轉到水平位置時，身軀由左扭轉，持平回到原來姿勢，把咬著的茶杯從口中拿下，往地上一倒，半杯水灑在台上。原來這杯中自始至終都有半杯水，經過這番折騰，居然滴水未灑，圍觀眾人大聲叫好。

老漢抱拳答謝，端出一個瓦盤，要看官老爺鄉親打點一些。鄭芫近日正在勤練暗器，一時手癢，便抓了一把銅錢，一捏成疊，唰的一聲飛擲而出，落在瓦盤正中央，十個銅錢整整齊齊疊成一柱，宛如鑄就，眾人又是一聲轟堂彩。這時有個眼尖的閒漢尖叫道：「哈，妳是鍾靈女俠，妳快去聽那說書的，他們在說妳的故事哩。」這一來，大夥兒都把目光投向鄭芫。朱泛低聲道：「咱們快走。」鄭芫道：「去那裡？」朱泛笑道：「去聽鍾靈女俠的故事。」

鄭芫沒好氣地道：「我才不要聽，咱們快送娘回家去。」三人退出人叢，走了還不到三十步，便被另一群人叢擋住，原來這批人正在聽說書。前方布棚裡搭了一個戲台，台上坐著一男一女，男的端著一把弦子，女的拿著一副牙板，正在介紹今夜要說的書目。只見那女子把牙板一落，抓起一個卷軸，站起來一墊腳，抖手放開了卷軸，卷上寫著兩行大字：

「斬草除根尊武帝　還財活命有文皇」

那女子提著尖嗓子把這書條唸了一遍，那嗓音當真比得夜鶯初啼，清越嘹亮而不刺耳，帶一點嗲音卻無膩味，的確是說段子的好嗓子。

朱泛低聲道：「咱們快走，等會這女子說到又是鍾靈女俠又是錦衣衛的，咱們就不好脫身了。」三人快步離開了人群，轉入一條僻靜的巷子。朱泛道：「看來這重審當年冤案、為枉死者平反還財的事，已經在民間傳開了，新皇的仁政已經漸漸為百姓感覺到了。」

鄭芫道：「這說書的編的條目還真有學問，『斬草除根尊武帝，還財活命有文皇』，武帝便是洪武，文皇便是建文，這般敲鑼打鼓、又說又唱地罵老錦衣衛，對咱們不知是好還是不好？」鄭娘子道：「施仁政有什麼不好？總比濫殺無辜好，別忘了傅翔的爺爺是如何功在朝廷卻遭慘死？」鄭芫道：「娘說得對，一朝天子一朝臣，我就不信那批老錦衣衛敢對咱們怎麼樣。」

朱泛沒有接腔，他心裡卻在耽憂，暗忖道：「芫兒想得忒天真了，金寄容、魯烈那些人絕不會就此雌伏，眼睜睜看著咱們一案一案地翻下去，何況他們背後還有天竺人……」想到天竺人，心頭不禁壓上一片陰影，但有鄭娘子在，他的耽憂一個字也不會透露：「少林之戰後，天尊、地尊至今不見動作。天竺高手上次堵殺章逸不成，難保不會再次出手，這回天尊、地尊是否會出手？」

∞

城外普天寺的殘破佛堂裡，天尊和地尊正處於突破極限的關鍵時刻，一旦跨越便能進入武學中前無古人的神妙境界。這兩人都是武學奇才，天尊天資過人，悟性奇高；地尊於人情世故有些遲鈍，但對武學微妙之處的領悟卻是極為敏銳。兩人在一起時，地尊多是聽天尊的話，但在武學修為的精進之途上，天尊常需依賴地尊的直覺領會。兩人每隔數年便閉關合修一段時日，每次出關都能在武學上有新的領悟，在武術上創造新的武功，實是天竺武林百年難得一見的一對奇人。

這次從少林寺、武當山鎩羽而歸，兩人親身領教了中土一流高手的武功，雖仍自覺天竺神功比之任何中土武功均要略勝半籌，但原以為兩人的「御氣神針」將可無敵天下的想法，卻受到不小的挫折。主要是低估了少林寺的雄厚實力，羅漢堂、藏經閣、達摩堂……各院臥虎藏龍，真所謂高手如雲，奇功層出不窮。更沒料到的是，跑出一個不怕御氣神針的完顏老道，每在緊要關頭便如陰魂不散般出來壞事；而最令兩人不能心安的是，武當山裡好像還藏了一個深不可測的活神仙。

兩人商量後，便決心尋一清靜之處，就地閉關，雙雙苦修，打算再次突破，將天竺武學發揮到前所未有的境界。

天尊和地尊之前也曾多次嘗試過突破極限、更上層樓，可惜近來每次修練到關鍵之際，便突然陷入一種空無一物的虛幻之境，緊接著便感到無比的潛力蠢蠢欲動，似將步向走火入魔。每到此時，兩人便凜然而醒，廢然放棄，於是數月甚至一年的努力便前功盡棄，有時甚至耗損相當大的內力。

這時在天尊和地尊合修努力之下，又達到了那關鍵之際。兩人突然同時陷入空無幻境，接著便是天地相交、水火相濟是否能成的一剎那，地尊腦海中突然沒由來地閃過武當所贈《太極經》中的幾句話，便低聲用梵語道：「陰陽！」同時全身經脈棄陽就陰。

天尊和他數十年來多次閉關合修，心意早通，立時全身棄陰就陽，兩人四掌相接，不由自主地劃起圈來。地尊又叫一聲：「動靜！」那鼓鼓欲動的無比潛力，隨動而分，隨靜而合，陰陽相合之際，所有的力道都在下一圈啟動時便分流於無形。如此一圈一停，完全不加分毫勁道，兩人體內鼓動的潛力便在陰陽動靜之間化為烏有。

這是兩人從未有過的經驗，不需全盤棄功就能止住走火入魔的趨動。十三圈後兩人同時停下，對望了一眼，駭然齊聲道：「太極！」

國家圖書館出版品預行編目資料

王道劍／上官鼎著．-- 初版．-- 臺北市：遠流，2014.04-2014.05
面； 公分．–
ISBN 978-957-32-7364-6（第 1 冊：平裝）--
ISBN 978-957-32-7365-3（第 2 冊：平裝）--
ISBN 978-957-32-7366-0（第 3 冊：平裝）--
ISBN 978-957-32-7367-7（第 4 冊：平裝）--
ISBN 978-957-32-7368-4（第 5 冊：平裝）--
ISBN 978-957-32-7369-1（全套：平裝）

857.9　　103001847

O1302

王道劍〔貳〕

新錦衣衛

作者：上官鼎
插畫：上官鼎
出版四部總編輯暨總監：曾文娟
資深主編：鄭祥琳
副主編：沈維君
助理編輯：江雯婷
企劃：王紀友

發行人：王榮文
出版發行：遠流出版事業股份有限公司
地址：104005 台北市中山北路一段 11 號 13 樓
電話：（02）2571-0297　傳真：（02）2571-0197
郵撥：0189456-1

著作權顧問：蕭雄淋律師
2014 年 5 月 5 日　初版一刷
2021 年 12 月 30 日　初版十一刷
定價：新台幣 280 元（缺頁或破損的書・請寄回更換）

ISBN　978-957-32-7365-3

---

ylib 遠流博識網
http://www.ylib.com E-mail: ylib@ylib.com